贤人庄挨门挨户数，从两个轮子到四个轮子的机动车，家家有。但驴只有一头。自从贤人庄有了报纸过的信，贩子就像走马灯似的纷纷地来打探。他们牙祭尖，知道这里有头好驴，可以配两匹马肉。听出来了吗？不是驴配马生骡子，而是驴肉配马肉，也就是说，两匹马一头驴的肉混一起，可以卖三头驴的价钱。

摘自中篇小说《贤人庄》

贤人庄

尹学芸 著

河北出版传媒集团

河北教育出版社

年轮典存丛书

名誉主编：邱华栋

主　　编：杨晓升

编者荐言

　　中国当代文学已走过七十多年，每一次文学浪潮的奔腾翻涌，都有彪炳文学史的作家留下优秀作品。

　　回首 20 世纪七八十年代，改革开放开启了中国当代文学持续至今的繁盛，由于几百家文学刊物的存在，中短篇小说曾是浩荡文学洪流中的浪尖。然而，以 1993 年"陕军东征"为分水岭，长篇小说创作成为中国文坛中独立潮头的存在，衡量一个作家的创作成就及一个时期的文学成果，往往要看长篇小说的收获。中短篇小说的创作和读者关注度减弱，似乎文学作品非鸿篇巨制不足以铭记大时代车轮驶过的隆隆巨响。

　　进入 21 世纪，特别是党的十八大以来的新时代，我们乘着光纤体验世界的光速变迁，网络文学全面崛起，读图时代、视频时代甚至元宇宙时代的更迭，令人应接不暇，文学创作无论是体裁还是题材都呈现出一种扇面散播效应，中短篇小说创作也再度呈扇面式生长，精彩纷呈。

　　为此，我们特编辑了这套"年轮典存丛书"，以点带面地梳理生于不同年代的当代优秀作家的中短篇小说精品，呈现不同代际作家年轮般的生长样态。

我们不无感佩地看到，生于 1940 年前后的文学前辈，青年时已是文坛旗手，在当下依然保持着丰沛的创作力，他们笔耕不辍，使当代文学大树的根扎得更深。

"50 后"一代作家已走过一个甲子，笔力越发苍劲。他们不断返回一代人的成长现场，返回村镇故乡、市井街巷；上承"40后"的宏大命运主题，下接烟火漫卷的无边地气；既广受外国文学的影响，又保有中国古典文学的高蹈气质。

在"60 后"这一中坚力量的年轮线上，我们能看到在城乡裂变、传统向现代过渡的进程中，一代人的身份确认、自我实现，以及精神成长的喜悦和焦虑。

"70 后"作家因人生经验与改革开放四十年紧密相连而被称为"幸运的一代"和"夹缝中壮大的一代"，也是倍受前辈作家的成就影响而焦虑的一代。如今已与前辈并立潮头，表现不俗。

而作为"网生一代"的"80 后"和"90 后"，他们的写作得到更多赞誉的同时，也承受了更多挑剔和质疑。但经过岁月淘洗，我们欣喜地看到，曾经的文学小将已在文坛扎扎实实立稳脚跟，相继以立身之作进入而立和不惑之年。

六代作家七十年，接力写下人世间。宏阔进程中的 21 世纪中国当代文学，正在形成新的文学山峰的山脊线。短经典历久弥新，存文脉山高水长。

目 录
CONTENTS

破 阵 子

一

早晨上班的时候，父亲对葛文说："你给我订五个人的饭吧，不好不赖的馆子就行。周百川要来看我。"

葛文说："他不来咱家？"

父亲说："他不来咱家。村里还有几个老哥们儿一起来，我们就在外坐坐。"

葛文说："那好，您等我电话。"

葛文拎着车钥匙往外走，走到门口问了句："不让我陪？要说我应当过去敬杯酒。"

父亲赶忙说："你忙你的。他们都知道你忙，我把你的心意捎到。"

葛文说："王芝来不来？"

父亲打了一个愣，说："我还没问，王芝回来了吗？"

葛文说:"她应该回来吧?"

父亲说:"不知道。"父亲又说:"她哥死了,罕村她也没有亲人了。"

吃了晚饭,葛文先洗了澡,穿了睡衣到客厅陪父亲。父亲正在看中央一套的电视剧,讲邓小平的。父亲对老一辈革命家有相同的感情,所以只要电视剧里播有关他们的节目,父亲都能看得入神。

不等葛文问,父亲主动说:"那家饭店的菜品不错,大家都吃得很满意。五个人喝了两瓶酒,你百川叔一人就喝了一瓶。他七十多了,身体还那么硬朗。"

"王芝没来。"父亲补充说,"她还在东北呢。今年二闺女考大学,他们俩送孩子去学校,孩子报完到,王芝回了东北,百川来了老家。"

葛文问他们都谈了些啥。父亲说:"也没谈啥。一顿饭周百川大哭小哭哭了三次。他哭就得有人劝,劝来劝去,菜都凉了。"

葛文问:"他为啥哭,后悔了?"

父亲摇摇头,说:"他不像后悔的样儿。"

葛文问:"这些年他在外都以啥为业?"

父亲说:"也没好意思问。反正看他那样儿混得不错,他的包总在肩膀上挂着,他拉开时我瞥了一眼,好家伙,那里面都是人民币。"

妻子甄妮已经洗了澡，正在用吹风机吹头发。额前的刘海飘舞着蓬松了，甄妮把浴巾扔进洗衣机。招呼葛文说："你给我捶捶背，我今天怎么总腰疼。"

葛文关了卧室的门，骑上去给甄妮做按摩。甄妮的腰身还像年轻时一样柔软、有弹性，只有盈盈一握。葛文用手比画了一下，就褪掉了她的长裤。

甄妮说："你有心事？"

葛文一愣，说："我有什么心事？"

甄妮笑了下，说："你没发现自己心不在焉的？"

葛文讪笑了下，没说什么。

二

连续三天，罕村都像在过节，有一种沸腾的气氛荡漾在人们眼角眉梢。大家奔走相告："周百川回来了！"

周百川倒背着手出现在大堤上，是葛文的兄弟葛武最先发现的。他赶集去买萝卜种子，从堤下往堤上走，就看见一个背影透着特殊：板寸的头发都花白了，肩上却像年轻人一样挂着长襻包，两只手垫在包底下，向前弓着腰背，边走边像孩子一样看新鲜。

两人擦肩而过时，葛武回头看了一眼，惊得从车上跳了下来。"百川叔，你是百川叔？"周百川虽然老了，但骨骼气度都没变，他一直都在葛武的记忆里。周百川显然不记得葛武了，当年他走的时候，葛武还是个孩子。周百川眼睛闪了一下，问："你是？"葛武说："我爸是葛庆林，咱两家过去是邻居，现在还是邻居。"

葛武甩下周百川前来报信。遇见谁都会嚷一句："嘿，百川叔回来了！"

百川婶子年轻的时候叫小凤，此刻正在院子里摘豆荚。身上系着围裙，头上戴着围巾。围巾是深咖色的，折成了三角，系在了后脖颈上。秋天的阳光从柿子树的枝杈间洒到她的身上，她披了一身金黄。簸箕里的豆荚有的已经炸裂了，歪扭着身子，露出里面豆粒睡过的凹槽，匀称精巧，像是用模具加工的一般。年轻时，她的腿摔断过一次，复位复得不好，上身和下身不在一条线上。即使坐在马扎上，也要撇着一条腿。葛武在大门口喊了两句婶子，她也没听见。葛武扔了车子跑进来，说："百川叔回来了，眼下就在大堤上呢！"

百川婶子愣了好一刻，才摇晃着站起身。葛武以为她要往外走。可百川婶子身子一拧，去了屋里。

罕村是个大村，大村总有各种新闻，但再大的新闻也大不过周百川回来这件事，就像他当年出走一样。有人回忆起他走的那一年，是散社的第二年，从村北往村南走的这条路还是土路，被几代人的鞋底蹭得冒出了油。村委的人闲下来没事干，说要顺应形势，建个胡刷厂。胡刷出口日本，一个圆柱形底座，上面栽上扇形的毛毛，日本那边有多少要多少。周百川当时是书记，出了名的脑瓜儿好使。他从县外贸局把项目跑了来，村委的人都听他的。副书记葛庆林尤其跟他莫逆，凡事言听计从。

葛庆林跟他跑手续、跑贷款，各个环节都参与其中。那时的信用社小额贷款没处放，政府的人求着大家办实业，所以五万块钱现金拿到手，是用麻袋装的。两人在路上合计说："先请工程队盖厂房，再找木匠打操作台，再买一辆小货车，投产以后大半年的时间就能收回成本。"麻袋煞在周百川的后车座上，随着车轱辘的颠簸飒飒有声。来到家门前，周百川说："这袋子钱就先放到我家吧，赶明儿先给工程队预付款，也好让他们买材料。"

葛庆林说："行，你说咋办就咋办。"葛庆林当时想：这样多的钱堆在家里，周百川会一天到晚惦记着，一旦心里装着事，也许就把跟王芝的事淡了。

周百川和王芝的事，还在隐秘阶段。葛庆林之所以知道些情况，是百川的媳妇小凤找了他。那天葛庆林正在村西自家地里刨白薯，就见小凤远远走了过来。天空染了暮色，模糊了小凤的眉眼。小凤年轻的时候就不是好看的姑娘，腿不直溜，有点儿疤瘌眼。黄头发，还带卷儿。那种天生的黄色鬈发要过很多年才能成为风尚，但在 20 世纪 80 年代初还不行，小凤总为自己的黄色鬈发自卑，恨不得用墨汁染一遍。她是当庄的娘家，能与周百川结婚是因为周家穷，否则，她自知配不上他。她在王芝家门口遇见周百川两次，周百川从那所颓败的房屋里出来，王芝像影子一样在屋里闪。周百川笑着朝后挥手，那手挥得特别有内容。仿佛是在说："甭出来，等着我，过一过我还来。"小凤低声细语说这些的时候，脸红得像刚刨出来的红皮白薯，能把暮色染透。葛庆林当时就在琢磨，小凤是一个嘴紧的人，打掉牙齿往肚里咽。如果不是实在咽不下，她绝不会把话说出来。

小凤的意思是，自己是当庄的娘家，给娘家人留些脸。眼下自家的两女一儿都懂事了，得给他们树个榜样。这两层意思，葛庆林一项一项说给周百川听。两人蹲在田埂上抽烟，天上翻滚着洁白的云朵。周百川一直在看天，烟头烧手了都不知道。他承认了他与王芝的事。王芝父母双亡，只有一个光棍儿哥哥，不着调，经常到外乡游走。有一次王芝发高烧，人都烧迷瞪了，自己从屋里爬出来求救。碰巧周百川从那里过，一直把她背到了乡卫生院。

周百川说："大哥，你有过爱情吗？"

把葛庆林吓了一跳，这样的字眼咋能轻易说出口？

可周百川固执地问他有没有，葛庆林窘得恨不得找个地缝钻进去。家里的女人都是父母给找的，来到炕头上，生儿育女。啥叫爱情？

可周百川说，他遇到了王芝，就是遭遇了爱情。他结婚十多年，才知道啥叫爱情。

葛庆林匆促地说："王芝盘子是不丑……"

周百川站了起来，皱起眉心说："不光是脸。"

葛庆林没有勇气再往下问，不光是脸，难道还有别的？

麦种刚下到地里，土还是暄的，垄沟里有碌碡碾压过的痕迹。周百川倒背着手转磨，像驴一样走出了一圈儿深脚窝。这次谈话没有进行下去，是葛庆林走神了。他一直琢磨"爱情"这两个字是咋回事，还想知道周百川心里的爱情是什么样子。

小凤问葛庆林周百川是啥态度，葛庆林抹了抹脖子，无法回答。想起"爱情"他就觉得懵懂，像是面对一道解不开的难题。葛庆林的背上凉飕飕的，像走了魂一样。"慢慢来吧，他会收心的。"葛庆林只能这样安慰小凤。

三

村里的胡刷厂没能建起来。地圈出来了，周百川说："来年春天再动工。"北方的冬天来得早，呼啦一场大雪降下来，就封了猪圈门子。"腊七腊八，冻死鸡鸭；腊九腊十，冻死小人儿。"茅草房子的屋檐底下垂下一尺长的冰锥，一群孩子拿着竹竿去敲打，掉下来的就当冰棍吃。腊月二十三，周百川接到通知，让他去市里开会，据说当时的市长是木匠出身，他想基层的那些老伙计，想请他们春节前到城里的宾馆洗洗澡，吃点儿好吃的。周百川是乡里指派的唯一一个代表。当时选派代表的条件很严格，说话做事别太土，得讲究卫生，要会跟城里人沟通。简而言之一句话：不能给乡里丢人。罕村所在的乡镇有二十九个自然村，周百川能选上做代表，理由不言自明。

周百川回来，带回来许多新闻：大会宾馆的地毯都寸把厚，有些人不单往上吐痰，还用脚搓；洗澡间的热水啥时用啥时有，可就是不知道大闺女服务员在哪里烧火；伙食太好，这顿吃饱了下顿还不饿，不过三天，就有人撑得起不来床了。

这个春节周百川家过得与众不同。小凤和她的两个女儿以及儿子周仓都穿上了新衣服。新衣服都是在大城市买来的，样式、颜色、面料，都不是乡下供销社能提供的。尤其是小凤的一件粗呢上衣，在屋里是黑的，到阳光底下是蓝的，衣服能变色，罕村人真是闻所未闻。大家成群结伙地来参观，女人穿到身上过干瘾。那年周仓十二岁，因为是家里唯一的男娃，娇贵得就像金马驹子。周百川经常带着儿子往野地里跑，大人孩子滚了一身雪回来，周仓的手里总会提着猎物，几只鸟，或一只兔子。

事后葛家经常回忆起那一年，征兆，都是征兆。十八岁的葛文远远看着弟弟葛武和周仓一起放鞭炮。他那年才高中毕业，高考离录取分数线差了一分半，他正准备来年的高考。葛武买了十几个小洋鞭，早放没了。周仓的裤子口袋却鼓鼓的，里面几乎就是个百宝囊，小洋鞭抓出来一把，又抓出来一把。跑回家一趟，两只口袋又装满了。葛文暗暗奇怪，周家这是买了多少炮仗啊。

到了农历三月，麦苗返青了，燕子回来了。乡政府的公家人一次一次地往罕村跑，说胡刷厂该动工了。可关键时刻周家出事了——周百川的媳妇小凤让人打了。

那晚村里放电影，村里家家闭户倾巢出动。小凤因为家里有活计，一个人留下了。她这一天的活计繁杂却有章法。从早晨掏灶灰开始，一家人的三顿饭，缝缝补补，洗洗涮涮。得空了去菜畦翻土，把发酵好的粪肥一筐一筐地驮到地里。这些事情她从来不攀周百川。漫说眼下周百川是书记，管着罕村四千多口人的吃喝拉撒。就是刚结婚的时候，周百川白丁一个，穷得只剩下了高个子，小凤仍然觉得周百川是金贵人，她从不使唤他。周百川长得周正，心灵手巧，脾气也好，心里再烦也只是说话声高一些，从不打人骂人。嫁了这样的男人，一辈子还图什么呢。

小凤把乏了的身子放舒展，瞌睡像个夜游神，晃晃荡荡就来了。突然，有人抡起木棒打在了她的脑袋上。她大叫一声，本能地朝炕里滚。棍棒又打了几下，却打到了炕席上，"梆梆梆"的声音在宁静的夜晚传出去很远。小凤大声喊着"救命"，来人从屋里逃走了。门外葛文正好从家里出来，准备去看电影，与那人照了面，那人慌慌张张丢了棍子，葛文刚要说什么，那人把他的嘴捂住了，附在他的耳边说："别说看见我。"说完，跑进了夜色。

葛文比父亲更早知道周百川回来的事。那天葛武回到家，先把这事告诉了媳妇。媳妇不信，说："他敢回来？派出所不抓他？周仓会收留他？小凤婶子能见他？出去了三十年，他有脸回来？你肯定认错人了。"葛武不听媳妇的一连串发问，到大门口给葛文打电话，他觉得这是个大新闻，应该让哥哥知道。

"你猜不到咱村谁回来了。"葛武想卖关子。

葛文却像他肚里的蛔虫，张口就说："是周百川？"

除了周百川，没有谁能让葛家人这么关心。这三十年，葛家父子到一块儿经常议论这个人和他过去的一些事。他去了哪儿，在干什么，过得咋样，都是葛家人关心的话题。村里人都说，像周百川这么聪明能干的人，在哪儿都会混得好。只有想家和惦记儿子两项，没奈何。当年周仓可是他的眼珠子，经常骑在他的脖子上。他人是说走就走了，心也许会像刀割一样流血呢。

葛武问："他就不能不走？"

葛庆林说："他不走就会出人命。不是出一条人命，是出两条人命。"

葛文闷着头儿不语。他不同意父亲的观点，他觉得周百川走是因为他想走，否则，没有他摆不平的事。

四

葛文对父母说："这一年别指望我干活儿，我要复习参加明年的高考。"葛庆林主张给他报个辅导班，可葛文不想再去学校。他说："就差那一分半，稍微用点儿功，明年好歹都能找补回来。"

可是第二年高考前出了点儿事，葛文大病了一场，考得比头一年更差了。于是葛文又复习了一年，第三年高考，终于超过本科分数线六十多分，他是罕村第一个高考过了本科分数线的人，父亲葛庆林说："若是你百川叔不走，他会号召全村给你庆贺，摆桌席，吃流水。"

这个时候，周百川已经走了一年多。见他回来无望，乡里安排葛庆林当了村支部书记。包村干部想让葛庆林在发展集体经济上想些法子，葛庆林脑袋摇得像个拨浪鼓，说啥也不想再动那个脑筋了。

包村干部说："葛书记你也忒老实，村里的五万块钱，整整多半麻袋，怎么能放在他一个人的家里。就这么让他全拿走，你亏不亏！"

葛庆林说："那时他是书记，我是副书记，我不听他的听谁的？再说，我也不知道他要私奔啊，三个孩子一个老婆，还有十几亩地，他块块种得跟别人家不一样。芝麻、棉花、山药、小豆……哪一块地他都精心精意。谁想到他说走就能走。"

包村干部说："你就一点儿没察觉？"

葛庆林摇头说："察觉了我就不让他走了。"

小凤挨的那一棒，实实在在地打到了要害。看电影回来，周百川隔着院墙喊葛庆林："大哥，大哥，快去喊大夫，小凤的脑袋流血了！"

葛庆林跟大夫一起进了门，小凤已经昏厥了。昏暗的灯光下，她的脸纸样的白，脑袋上方包裹着一件衣服，都被血洇透了。葛庆林后半夜回到家，腿乏得夹寨子。转天一早起来，想过去看看，发现周百川家大门紧闭，里面连一点儿声息也没有。

周百川伺候小凤许多天，换着样儿给她做吃的。家里的公鸡母鸡今天杀一只明天杀一只，鸡汤的香味儿飘满了葛庆林家的院子。葛庆林的老婆秀芬经常站在院子里听隔壁的动静，回头对葛庆林说："周百川喊：'凤儿，凤儿，该吃饭了。'你怎么没喊过我，芬儿，芬儿？"葛庆林说："哎呀呀，你酸不酸？都多大岁数了。"秀芬说："我多大岁数？我就比小凤大两岁！"

十几天以后，小凤从屋里出来了，白纱布还在头上裹着，但人明显白了，胖了。她到外面来抱柴火，蹲下身的时候，上身直挺挺的，不敢倾斜。

秀芬赶紧过去帮忙，说："百川不在家吧？你别做了，我多做些，都去我家吃吧。"

小凤说："我这十几天待出毛病了，总觉得眼前是花的，越不干活儿越不行。"秀芬看着她的脑袋，小心地用手摸了摸："还疼吗？"

小凤说："早不疼了。"

秀芬说："这是哪个缺德鬼干的？你没得罪过人啊。"

小凤说："贼人哪管你得罪不得罪，你放手让他偷，就啥事都没有了。"

秀芬愤愤地说："换了我也不会放手让他偷，置个家容易嘛！"

类似的对话也在周百川和葛庆林之间进行，只是比这要早很多天。第一面见到周百川，葛庆林就急急地问他有没有报警。周百川说："人都跑了，报警有啥用？"

葛庆林问："是谁会下这么狠的手？"

周百川说:"还能是谁?小偷呗。"

葛庆林心里存了疑。乡间很少有小偷,更没听说过小偷会伤人。一般情况下,小偷发现有人,会比兔子跑得都快。伤了人对小偷也没啥好处。

葛庆林问:"都丢了啥?"周百川说:"啥也没丢,要是丢了,小偷就不会下手打人了。"

葛庆林惦记那五万块钱的事,可周百川不提,他也不好意思问。反过来想,如果小偷真把钱偷走了,周百川肯定报警。那可是半麻袋钞票啊!

那段时间,周百川总是神龙见首不见尾,站下说不了三句话,就做出急着要走的架势。春已经很深了,胡刷厂的事一直也没有再提。周百川不提,葛庆林就没了提的理由。

葛文像个游手好闲的人一样,每天傍晚都往村西走,穿过一片树林,去大堤上散步。他戴一副近视镜,瘦条的身材,像根竹竿一样晃。

葛文这种举动,若是别的人,肯定行不通。游手好闲等同于二流子,你没事在家坐着、躺着,没人管你。你像二流子一样到处乱转,会让人嚼舌头根子。可葛文是要考大学的人,他一天到晚看书眼睛累,需要去大堤上看看树、看看水。

罕村的人都通情达理。

过一个十字路口,便是通往河堤的小巷,里面有一个土门楼。葛文每天都从这里去，再从这里回。葛文愿意走这条路，这条路让他隐隐有些期待。他有那么两三次看见有个人从土门楼里晃了出来，看背影他就知道，是百川叔。逢到这个时候，葛文就停下脚步，一动不动，也不弄出声响，等着前面的人影走远，他才小心地往前走。那个院落不大，大概只有两丈长。灰色的瓦楞里长着伶仃草，葛文便觉得这房子里的人也是伶仃人。他猜度百川到这里来干啥，一些画面在他眼前闪回，他会脸红心跳。心里长草的感觉，就是那时滋生的。过去葛文总是默念一些物理和化学公式，不知从哪天起，一些令自己脸红的画面就成了主导。好在葛文是清醒的，他屏住一口气，驱逐那些杂念，把那些枯燥的政治题重新往回牵。那些题便像瞎驴，一牵便回。

有一天，葛文出去得稍微晚了些，路过那个土门楼不经意间一回头，就看到王芝正好往外走。王芝亲昵地喊了声"葛文"，就像两人是同年的要好的姐妹一般。

葛文停下了脚步，匪夷所思地看着她，不知她有什么话说。王芝扯了他一把，把他拉进了院子。

葛文问："有事吗？"

王芝说："有事。"葛文就随她往屋里走。王芝突然搂住了他的肩，附在他的耳边小声说："葛文，谢谢你。"

葛文一直痒到了心里，可他不喜欢听那个"谢"字。他知道王芝"谢"的是什么。

葛文先王芝一步进了屋，这屋狭小幽暗，只有一只小躺柜，墙上连皮都没有，到处黑黢黢的。王芝每天就睡在这样的屋顶下，让葛文有点儿难受。可作为恶性事件的同谋，他又有些隐秘的兴奋。他幽怨地说："你干啥打百川婶，让她流那么多的血。你的心真狠。"

王芝叽叽地笑，说："我不狠心怎么办？"

葛文说："什么怎么办？"

王芝拍了一下他的脸，说："你小，你不懂。"

葛文哼了声，那意思是，没有我不懂的。

王芝的眼圈突然红了，像受了天大的委屈一样，用袖子捂住了脸。

那一瞬，葛文柔软得一塌糊涂。他扯了下她的衣襟，小声问："你怎么了？"王芝赌气似的一扭身，从柜子上拿来一个木头升，里面是刚炒的倭瓜子。她一下子全倒在葛文旁边的炕席上。重重地说："吃！"

葛文看着王芝，王芝也看着葛文。

两人突然一起笑了。

葛文甚至有把王芝搂过来的冲动，她真是太迷人了。

王芝低着头说："你肯帮我吗？"

葛文喉咙都是焦的："你说。"

王芝大方起来，说："你是村里最有学问的人，我信得过你……世界上真有黑牡丹这回事吗？"

葛文想起了一个成语——国色天香，这是书本上说的，图画也只在书本上见过。乡间没有牡丹，有的只是草茉莉、指甲花、西番莲、芍药花。

葛文很困惑："牡丹还有黑的？"

王芝的脸红得透亮，她神秘地凑过来："他说我长了一朵黑牡丹，我不信。村里的女人那样多，就我长了一朵黑牡丹？他说是，黑牡丹就长在了我身上，我想知道他是不是在骗我……"王芝忽闪着大眼睛，样子像个淘气的小女孩儿。

葛文的近视镜上弥漫了雾气，他甚至听不清王芝嘴里的话，一股温暖的气流瞬间在全身回旋，一些想象让他把身体绷紧了，一动不敢动。"黑牡丹……在哪儿？"

王芝跳上炕去，一下就把裤子褪了下来。她的花裤衩是被面改的，大朵的红花绿叶，已经陈旧了，侧面拴着两个带子，她把带子解开，"唰啦"就把裤衩扒了下去，连一秒钟的迟疑也没有。

五

两家的隔墙是葛武去年垒起来的，他去年新盖了房。跟这边比，周仓家的房子和院墙都显得寒碜。周仓的脾气随了百川婶，绵软、随和，可也没本事。一个女儿在镇里读高中，当年被计生小分队一吓唬，连儿子都没敢要。周仓家的大门没门楼，两扇大铁门漆着绛红色的油漆，如今早就褪色了。过去总是敞着门，百川婶子拐着腿进进出出。可今天大门紧闭，整个下午都紧闭，一直闭到了晚上。葛武一直想过去看看，推了推，门从里面闩紧了。他悻悻地往家走，媳妇笑话他不敢敲门。葛武说："不是不敢，是不知道见了百川叔该说啥。"

转天一早，周百川过来串门了。葛武慌得手足无措，周百川却很沉稳，从迈进院子就这里那里地打量，脸上是一本正经的神情。好像过去三十年他不是离家出走，而是干正经营生去了。他夸葛武的日子过得好，房子设计得有明有暗，推拉窗好，通风，客厅方方正正。他摇头说："周仓没算计，没算计。"

葛武听懂了他的话，庄户人的日子，讲究吃不穷，穿不穷，算计不到才受穷。周仓有钱先吃肉，有点儿顾脑袋不顾屁股。其实他想告诉周百川：自己有人帮衬。听说兄弟要盖房子，葛文二话不说就拿了五万块钱，谁帮衬周仓呢？两个姐姐比他还穷。可这话有点儿捅人肺管子，葛武想了想，没敢说。

看够了，周百川要葛庆林的电话。葛武一边翻手机一边请他坐，周百川却像没听见似的，拿了号码就从葛武家出来了。他村南村北到处走，有老伙计的人家就进去叙谈几句，说明天进城去会葛庆林，一起吃个饭，他负责联系。

葛武抓紧时间跑到周仓家打探消息，一家人正在包饺子，看得出，他们是款待高门贵客的级别，桌子上摆着酒，几盘几碗的剩菜还摆着。周仓的四间房子是结婚的时候盖的，那时家里正穷，柁木檩架看着都将就。中间是堂屋，两边各一个卧室。周仓两口子住东屋，百川婶住西屋，节假日孩子回来了，和奶奶一起住。

葛武发现，周仓家明显干净整洁了。说窗明几净一点儿不为过。门帘拧过的褶皱还很明显，百川婶穿了一套新衣服，像过年一样。

周百川是农历三月十四那天失踪的。再有几天，就是五一国际劳动节。

连续三天没在村委会露面，葛庆林就有点儿起疑。他吃完晚饭以后到隔壁串门子，小凤说："周百川去县里开会去了。"葛庆林说："他去开会我咋不知道？"小凤说："百川临走有话，这个会是秘密会，谁都不知道。"

既然这样说，葛庆林也没往心里去。第五天，小凤大概也觉出事情不对，村里有风言风语说，王芝家一天到晚锁着门，也好几天了。小凤来找葛庆林，让他到城里打听打听。葛庆林应了声，不忍心告诉她。葛庆林刚从乡政府回来，县里根本没有什么秘密会议。只是那个时候谁也没想到周百川会抛家舍业从此跟罕村永别。很多人都以为他去荒唐了，一天两天，一月俩月，总有荒唐够的时候，他还当着书记呢，家里还一窝八口人呢。只有葛庆林心里有数，周百川那样的人，干啥都一门心思。

关于爱情问题，自从周百川说过，葛庆林就有了心病。他跟媳妇是娃娃亲，媳妇是远房亲戚家的表妹，打小儿父母双亡，被葛庆林的父母收养了。两人从小耳鬓厮磨，相敬如宾。生了两个儿子，媳妇跟他还见外。从不当着他的面换衣服，夜里做事情要闭着灯。自己跟她之间是不是有爱情呢？因为拿不准，葛庆林甚至很郁闷。

那种感觉折磨了他很长时间，一会儿觉得有爱情，一会儿觉得没爱情。那天日暮时分，天上飞着成群的麻雀。周百川拍了一下葛庆林的肩膀，说："如果没有尝到爱情的滋味，这辈子就是白活了。"说完，周百川转身走了。葛庆林在新撒下种子的地里愣怔了很长时间，这话有点儿让他着迷。

那年的秋收秋种，罕村就像看戏一样。周家的两女一儿都被轰到了地里，当牲口使。小凤扶犁杖，大女儿牵墒，小女儿撒肥，儿子周仓拉鸡蛋头轧地。小凤咬着牙不吭声，自己像驴一样盯着地垄走，不看左右任何人。过去她是罕村最幸福的媳妇，百川一走，天就塌了。

关于那五万块钱，葛庆林险些背黑锅，他被派出所的人扣了好几天，写了十几页情况说明。好在他跟小凤说的总体上出入不大，派出所最后确定钱被周百川拿走了。既然是两个人私奔，就一定要用钱；既然想在外过得长久，还需要用大钱。只是怎样解决这件事，成了一个难题。一年以后，信用社的人来找小凤，让她还债。小凤哪里有钱。信用社的人给她出主意，让她提出离婚，这样那笔巨款就跟她没有瓜葛了。

小凤说要钱没有，要命一条，就是死活不离婚。这件事，最后不了了之。

周百川在村里到处走，每一条街巷，每一个旮旯都不放过。他走到哪里，身后都有人遥遥地注视，但没人主动跟他搭话。看得出，周百川在外面过得不错，衣服、鞋子的质地都高出村里人不止一个档次。皮肤、形神，都不像受苦受累的人。他不说话，但脸上的表情有内容。似乎在说："三十年了，罕村怎么还这样，这些干部都是干什么吃的！"除了多了些房子，房子侵占了街道，街道七扭八歪，看不见有啥变化，啥变化也看不到！记忆中的几座坑塘没有了，上面也盖了房子。当年他对这一切都有过设想，坑塘养鱼、养藕、种荷花。坑塘边上植柳，柳树底下放一些石桌石凳，就像城里的公园一样。这些想法他跟葛庆林说过不止一次，去大城市开一次会，他的眼界就宽一点儿。继他走，葛庆林又当了二十五年书记，只是这二十五年葛庆林就是个支应，啥事也不想干，啥事也没干成。

六

葛文跟甄妮在一起，总觉得有点儿不对劲，怎么不对劲呢，他又有点儿说不出。不好，反正是不好。他不好，当然甄妮也不好。年轻的时候，生闷气、砸筷子，甚至闹到了离婚的地步，事却没法对人言讲。儿子的出生挽救了他们的婚姻，两人都一心一意在儿子身上，身上的那股劲儿慢慢就淡了。眼下儿子已经上高中了，两人偶尔在一起，更像是在尽义务。

他们是自由恋爱结的婚，两人都在医院工作，葛文在眼科，甄妮在内科。甄妮三十多岁就提了副主任，她比葛文混得好，但甄妮觉得葛文比她有眼界。

十几年前，葛文便在一家眼镜店做兼职。人家的生意越来越好，葛文起了外心，在对面也开了一家眼镜店。葛文的眼科大夫身份为他赢了很多分，后来他干脆辞了工作，自己当起了老板。

甄妮曾经半真半假对葛文说："你找个人吧，换个人也许你就好了。"

葛文重重地掐了甄妮一把，怪她乱说话。葛文说："你是不是有啥想法？"

甄妮别过脸去，说："女人四十豆腐渣，谁还要？"

事实是，两个人都以家庭为重，很少出外应酬。各种节日都给彼此买礼物，晚上出去散步还能牵着手。那种感情，怎么看都与爱情有关。葛文对甄妮尤其满意的是，甄妮对自己的父母好。母亲肝癌住院期间，都是甄妮在照料。父亲喜欢吃饺子，甄妮就隔三岔五自己包，去超市总也不忘记买水晶虾饺，而且比葛文还愿意喊"爸"，闲着没事还能跟父亲下盘五子棋。要知道，父亲身上的一些毛病和习气连葛文都不愿接受，可甄妮不在乎。甄妮对葛文说："谁都会老，谁老都免不掉有毛病。"遇到这样的儿媳，葛家父子俩都觉得烧高香了。

葛文回罕村，提前并没有跟家人打招呼，他想下午去下午回，若告诉他爹葛庆林，二话不说，爹就会上车。父亲来城里是属于"轮官马"，葛文和弟弟葛武各养两个月。葛文和甄妮对他再好，他每次走也都喜不自禁，就像挣脱了樊笼，从此解放了一样。葛文下午三点到的家，弟媳要张罗晚饭，葛文说："回城里吃。"葛武问他："今天咋有空来？"他说："去镇上办事，顺道从这里过。"葛武问："找谁？办啥事？"这都难不倒葛文，做生意这些年，他跟地方上的人都熟。

话不过三句，葛武就说起了邻居周家的事，因为这在罕村，是引起轰动的大新闻。葛文马上竖起了耳朵，他就是为了周百川来的。周百川走了足足三十年，葛文很少想起他。可知道他突然回来了，葛文自己都不明白为什么，心底就像一片凹槽，忽然溢满了水。水里游动着无数活的生物，搅得葛文不太平。葛文特别想知道有关他的信息，就像相关的一个巨大秘密，心中的那份惦记，突然变得无与伦比。

"王芝没回来？"

明知道王芝没回来，葛文还是问了句，他是想知道有关王芝更多的信息。葛武的兴趣却不在王芝身上，他兴致勃勃地说起周百川那天回来，下了马路直接上的河堤。路遇几个人都没认出他是谁——毕竟他走的时候才三十八岁，正当壮年，眼下头发都插灰了——可自己一眼就把他认出来了。"你知道我凭什么把他认出了吗？"葛武问。葛文不关心这个。葛武说："凭他的两个眉骨，眉梢像剑锋一样。"葛文却在想周百川的眼睛，眼神凌厉，能明察秋毫。这样的人能看准路，他的选择十有八九是对的。

对。葛文就是想看看周百川，走在另一条路上的周百川。

那个黄昏是致命的，十八岁的葛文有了一段特殊的经历，这些年他从没对任何人说起过。可只有他自己知道，那段短暂的经历甚至影响了他的一生。大姑娘王芝把裤衩扒了下来，就那么叉开了两条腿，让葛文看。眩晕突如其来，让葛文手足无措。眼前无疑是一个巨大的旋涡，能让人情不自禁地陷落。葛文的近视眼镜像蝴蝶一样飞上飞下，眼前弥漫着雾气，他总也看不清楚。他急得用袖子抹眼镜，似乎一不留神那朵牡丹就会飞走。短暂的不适过去了，他听到花开吐蕊的声音，而且有特殊的气味。他把头深深地埋了下去，王芝朝侧边一滚，躲开了。王芝边提裤衩边问："看清了吗？"葛文不答。他不能说话，一说话就会哭出来。他无数次地想过女人，他想的女人总是虚幻而缥缈，像天上的雾一样。女人原来这样明晰而具体，原来是一朵黑牡丹！葛文到底没能支撑住自己，他蹿上了炕，拼命去扯王芝的裤衩。四只手在争夺中都用了蛮力，"咔嚓"，裤衩撕成了布片。王芝手一挥，打了葛文一个满脸花！葛文脑子轰的一下，清醒了。他捂住脸，眼泪一下流了出来。王芝把他踹下炕，又奋力把他往门外面推。葛文用双手扳住了门框，都没挡住王芝的力量。最后一推，葛文趔趄到了院子里。王芝披头散发，喘着粗气，眼睛憎恶地看他。葛文又羞又恼，一回头，周百川在院子里站着，厉声说："葛文，你要干什么！"

事后葛文无数次地问自己：你要干什么？周百川以为你要干什么？王芝会如何对周百川说葛文要干什么？这些想法很要命，羞愤起来，葛文恨不得扎到水缸里淹死。

可另一方面，记忆鲜活而又铭心刻骨。他在王芝的身上到底看到了什么？

　　葛文在与甄妮结婚前，像模像样的恋爱谈过三次，每次都无疾而终。葛文运气好，几个女孩儿都不错，就是谈着谈着没了心气儿。大三谈的是一个重庆女孩儿，性格也像西南的天气一样火热。两人暑假结伴去旅行，开了一个房间。开一个房间是为了省钱，女孩儿跟他约法三章：不做，不做禽兽，不做禽兽不如。葛文怀着巨大的好奇做了许多铺垫，才哄女孩儿让他看一眼。在这之前，女孩儿的私处成了他最大的念想，他曾经遍寻各种图片和资料，把每一个名称都烂熟于心，但他再没遇到哪个女孩儿主动让他看，不管像什么，他都希望复习一下，跟自己年轻时的记忆有个交代。他把十八岁的记忆就叫年轻的时候，那种感觉混杂而又强烈。每每一想，他都会喷薄而出。女孩儿的模样却让他失望，稀疏的淡黄色的绒毛深处，是早春没有发育好的叶片。枯焦，丑陋，不洁净，是苦春。干旱的苦春就是这样。他心底燃起的灯火原本斑斓璀璨，此刻却一盏一盏在熄灭，直到心房变得漆黑无比，他才让自己长叹了一口气。这口气叹出来，就叹出了另一个自己，绝了所有的情怀和念想。女孩儿一直闭着眼，进入了冥想。应该说，答应跟他开房就是妥协和暗示。她在想下一步怎么办，是坚决拒绝，还是半推半就，就没想到葛文会背转过身去，悄没声地走出了房间。旅游回来他们就分手了，从此再没有一句话。参加工作以后，葛文又处了两个女朋友，第一个传统，死都不肯让他看，不让看怎么往下谈？第二个葛文看了，与他的梦想相距甚远。

认识甄妮的时候葛文已经三十岁了，他在医院越来越像怪物。再不结婚就有永远单下去的危险。就是为了撞运气，他在婚前没有要求看甄妮。两个人同在一家医院，彼此熟络。甄妮五官匀称，皮肤相当好，又跟他同年。葛文觉得他们没有不结婚的理由。而新婚之夜，他发现了甄妮不是处女。这是其次，更重要的，甄妮没有毛发，是俗称"白虎"的人！葛文一下傻了眼，他没想到女人还可以这样，还能够这样！这样的女人，还是女人吗？他裹在被子里像个受委屈的孩子，泪流满面，他觉得他被甄妮骗了。可从洞房里出来，他已经无路可退了。他就这么披着婚姻的袈裟且行且走，两人之间的沟壑找其他办法填平。夜里睡不着觉，他经常望着屋顶想年轻时的遭遇。那个傍晚，实在是特别，自己差一点儿就成了强奸犯。他不确定自己看清了什么，可那些个记忆，却分明在他的心里。

七

葛文在村南的庄稼地里"碰"到了周百川。这之前，周百川村东村西转了个遍。葛武说："周百川在村里村外到处走，旮旮旯旯都用脚丈量了。"村南那里有一眼机井，周百川绕着机井像驴一样转了半天磨。机井是周百川当年打的，为了浇那片果园。当年政府提倡种植多样化，周百川总是践行者。他让村集体预留了一片耕地，栽种了红果和苹果。刚育了苗木，周百川就走了。后来果树长大了，但行情一直不好，红果落在地上，被村里人捡去喂猪。果实稀烂贱，树便不被人看好，今天伐两棵，明天伐三棵，一片果园就毁了。后来这里就成了野园子，吊在树上的小苹果能长拳头大。树老而无用，糟朽都不在人眼里。再后来被人整体承包了，树与树的空隙种了些农作物，各种豆类、花生、白薯、谷物，似乎是想起什么种什么，种什么都是意外收获，这于土地其实是一种轻贱。站到这里，周百川感受到了那种轻贱，不是对土地，而是对自己，当年打井不是简单的事，眼下机井半个井壁坍塌，明显废了。周百川想找块石头丢一下，试试水的深浅。可这里都是好良田，一块石头也没有。周百川怅然地望着这一切，锁紧了眉头。他在想：如果自己不走这里会变成什么样？果园会生机勃勃，果品会搞深加工，会为机井盖座房子上把锁，会把村里的日子过得红红火火。日影像鸟儿的翅膀一样扑落了，一股巨大的悲哀统领了他，站到这里，他发现，他是被整个村庄抛弃了。而在这之前，他一直以为是自己抛弃了村庄。

他脚步踉跄地往前走，路边停着一辆银灰色的轿车。葛文摇下玻璃，试探地问了句："是百川叔吧？"

周百川一下子就喊出了葛文的名字,他对葛文印象很深。那天在饭店,周百川想买单,可葛庆林说:"这里是葛文的关系户,菜随便吃,酒随便喝,记葛文账上。"当然这是提前葛文有过交代,并交了 2000 块钱的押金,只是父亲葛庆林并不知道。周百川急匆匆地往这里奔,紧紧握住了葛文的手。葛文端详他,他也端详葛文。周百川确实老了,葛文也不年轻了,但周百川确实还有一种老而弥坚的气质,是当年的影子投射,那种投射让葛文不舒服。一股风吹起了葛文脑顶的一缕头发,是唯一的一缕,从右边像栈桥一样搭到了左边。葛文用手抚了抚,完全是下意识的。葛文的眼睛落到了周百川的脑顶上,那些插灰的头发像猪鬃一样茂密,根根直冲天空,说不出的一股豪气。葛文忽然有些泄气,他不明白为什么会这样,怎么会这样。他从周百川的眼睛里看到了自己,头顶光亮,额头刻着很深的皱纹。眼角的沧桑诠释着以往的岁月,日子远不像想象的那么光鲜。葛文的内心像雨天的云雾一样潮湿且烦闷,网状的云絮阻塞了所有的热情,脸上不由现出了嘲讽。葛文说:"我都不敢认您了……您还认得我?"

周百川稳稳地说:"你刚才先喊的我。"

葛文一怔,尴尬得恨不得抽自己的嘴巴。记性差,嘴还欠。他找补说:"这是在村头,若是在别处我可不敢喊您,我没葛武那么好的眼力。"

周百川哈哈一笑，说："你可是卖眼镜的啊！"

这话真是天衣无缝！可却让葛文有了挫败感。他卖眼镜不是秘密，可话从周百川嘴里说出来，分明就有了嘲讽。许多年前的记忆化成了水，瞬间就把葛文吞没了。那话后面是潜台词：你以为你是谁！就像许多年前的那声断喝："葛文，你要干什么！"

葛文的心痛得拧紧了，牙帮骨不由错动了一下。

周百川热切地说："你过得好，葛武也过得好。你变化不大，到哪儿我都认得你，倒是葛武我不太敢认。听庆林说你自己干买卖，我替你高兴。好汉子不挣有数的钱，你替葛家争光了。打小儿我就看你有出息，比周仓有出息。"周百川频频点头，说不出的赞许。

葛文唾了一口唾沫，心里憋着的那股劲儿缓上来了，但表面不动声色。"如果有您的帮衬，周仓会比我们都强。"这话有一点儿像敲山震虎，周百川无奈地摇了摇头，说："还是得靠自己，帮得了一时，帮不了一世。"

葛文挑衅说："你能帮一时，就是帮一世。"

周百川终于听明白了，仓促说："我没出息。"葛文差一点儿就说出"你哪儿没出息，你为啥没出息？"

葛文心底的咄咄逼人自己都有点儿吃惊。他来罕村见周百川多半是因为好奇，当然还有一少半是想知道这个奔七的老人什么样，仅此而已。他没想咄咄逼人。显而易见，这个老而弥坚的周百川与自己关联不大，他也仅值得见一见。这是葛文来时路上的想法。可站到这里，与周百川面对面，葛文忽然很委屈。内心深处的想法翻涌上来，才发现那些委屈并非与眼前的人毫无关联。当年如果不是他们之间有奸情，王芝就不会让葛文看私处，自己也就不会差一点儿成了强奸犯。事后他就是这样为自己命名的，因为他有东西需要遮挡，他不敢承认，他其实是对王芝着迷了。按辈分，王芝是姑姑，大他六岁。

那种混乱的感觉让他背负了很多年。

周百川和王芝出走那天，是葛文和王芝有了"关系"的第二天。葛文固执地认为自己那天跟王芝有了关系，毋庸讳言，是男女关系。他觉得，男女关系就是这么来的，他不仅看了私处，还把脸埋了下去，只是后来的发展超出了他的承受能力。他觉得他有一种为所欲为的力量，既海纳百川，又摧枯拉朽。可这种蛮荒之力却无处落脚，他单薄的胸膛里有一万头鹿乱撞，却没有一头鹿能活着出来。他每天都盼着黄昏早点儿降临，他好打王芝家门前过，王芝能再一次把他喊住，一伸手把他拽进院子里。他想：那天王芝肯定知道周百川要来，所以急着把他推了出来，王芝憎恶的眼神都是临时加上去的，是在表演给周百川看……周百川比她大十二岁。而自己只比她小六岁。相比之下……哪有什么相比可言哪！桃花谢了，粉色的花瓣顺着胡同朝前翻滚，在背风的地方与柴火末子搅在了一起。葛文一脚踩上去，再狠狠踏几脚。他总觉得桃花深处隐藏着东西，他想念它，却又想破坏它！心底的恶狠狠传到了脚底板，他甚至想把那些桃花踩成烂泥。

那种煎熬只有葛文自己知道有多伤人。那两扇木门总是挂着锁。葛文的焦渴从喉咙里冒出烟来了，在空气中腾挪起蓝色的火焰。他甚至觉得王芝像兔子一样闻到了凶险，她是在故意躲自己，她其实就在门后，那门只为周百川一个人洞开……

几天以后，当葛文知道王芝和周百川双双失踪时，葛文简直气疯了，他跑到大堤上抱着一棵柳树使劲摇动，痛哭失声，他这才知道自己被心心念念的人耍了。进而他觉得是被那两个狗男女耍了！可怜自己还包庇了一个杀人犯，这才真是有口难言哪！

暮色含着水汽弥漫了整条河堤。柴榆树和野桑树都不成材，树干细小，却有着巨大的头颅。微风吹得含蓄，暗淡的星光底下都是鬼影。葛文拼着喉咙嘶喊，却是努力压低着声音，他害怕被人听到。那心里种下的鬼，如此隐秘却又如此张狂。他害了一场大病，几个月缓不上精神，高考考得一塌糊涂，连葛庆林都奇怪，复习了整整一年，怎么考得还不如去年？

葛文只得又复习了一年。这一年，他是把命豁出去了。

八

周百川坐上副驾驶，葛文自己都觉得有点儿处心积虑。他问周百川从哪儿来，答说从东北。问东北哪疙瘩，他说牡丹江。问他干些什么，他说打零工。这样蹦字的问答显然不能继续下去，葛文憋了一口气："说王芝姑姑……她还好吧？"

周百川说："她挺好。"

葛文问他怎么个好法。这把周百川难住了。他看着车窗外，嘴巴跟踉跄了一下才说："她身体好，能吃能喝，哪儿都好。"

葛文心底的不怀好意像蒸汽一样往上冒。王芝哪儿都好，他居然会这么说！葛文故意说："王芝姑姑也有五十了吧？"周百川说："五十六了，头发全白了。她不像我，还有插灰。"他摸了摸自个儿的脑袋，那些插灰头发就像在应答，飞扬起许多头皮屑。

葛文想起街上跳舞的那些俗称"大妈"的人，腰比肩膀还宽，脸上的褶子一抓一把。女人这样的称呼于她们已经是奢侈了。曾经像花儿一样娇艳的器官变成了干柴火。皮肤像被木锉锉过一般没有光泽，眼里都是云翳……葛文不由牵了下嘴角，说："五十六了，是老了。"

周百川看着前方，却心有柔软。他想的是：王芝可不像五十六岁的女人，气血还旺，在东北一个叫扶桑的小镇当模特队队长。心中的柔软反映到嘴上，话就有了迂回："头发白是因为遗传，她身形都没咋变，还跟当年的模样差不多。"

葛文敏感地看了周百川一眼："差不多？莫不是成精了？"想起那个高挑的身材，身后垂一条油亮的大辫子。那是改革开放初期，女人刚时兴编一根独辫。生产队的年月，大姑娘都是两根大辫子，像算盘子一样……

葛文嘴里说："都记得，我都记得。"

电话响了。铃音是前些年流行的歌《一生有你》："因为梦见你离开，我从哭泣中醒来……"葛文心里怪怪的，看着周百川把电话捂到耳朵上，嗯嗯了两声，说："回头再说吧，我在车上呢。"葛文的眼睛一直在眨巴，让车滑行，他想听清楚对方在说些什么。待周百川收了电话，葛文才踩了下油门，说："是王芝姑姑？"周百川说："她一天打十个电话，总是对我不放心。"

她是得不放心。葛文笑了笑，戏谑说："还有百川婶子呢。"

来到了家门前，两人你拉我扯，都想让对方去自己家里，到底还是葛文占了上风。葛文是实心想让周百川去自己的家，也就是葛武的家。葛武的家就是他的家，他这个葛家老大，在这里说话算话。周百川则有些虚浮和客套，从严格意义上说，他在这里已经没有家了。他说："回去说一声。"就匆匆进了大门。就听他在院子里喊周仓，说晚饭去葛文家吃了。葛文在指头上抢车钥匙，侧耳听周仓如何应答。没听见周仓说什么，百川婶子拐着腿走了出来，声音寥落而胆怯："饺子都包好了……"声音像是被谁踩住了话尾巴，让葛文纳罕。丈夫三十年杳无音信，回头依然接纳，待若贵客，不知道百川婶子是什么心理。葛文一直没有看见周仓，听葛武说，周仓看到周百川就会张着嘴傻乐，就像小时候有放不完的炮仗一样。"这一家人，都够复杂的。"葛文自言自语了句，口气有些遗憾。周百川从院里出来，葛文打开车的后备厢拿酒，还有许多从超市买来的熟食，他对这一切早有准备。葛文身上的动作与手法多少都有些拿捏，酒是好酒，菜是好菜，周百川哪里看不出来，他急忙走过去，接过了两只袋子。

两人坐成对面，葛文心底的念头一个一个往外冒。他渴望知道更多的信息，周百川当年抛家舍业跟王芝走，到底是为了什么，真的是因为所谓的"爱情"？葛文记得，当年父亲悄悄跟母亲说出这两个字的时候，羞成了大红脸。父亲说不出，人家却做得出……只是这话不能拿出来交流，就在葛文的嗓子眼儿里憋着。他们一杯一杯地大口喝酒，周百川逐渐放开了，谈起当年的流浪生活，怎么到的东北，怎么定的居。那种隐姓埋名的生活艰辛且漫长。买户口，分别给自己和两个女儿。赚钱始于养貂，发展到跟俄罗斯人做贸易，林林总总。他的脖子上系着红线绳，歪身子的时候胸前晃了一下，是一块鹅黄色的不规则的美玉，看着价值不菲。

葛文殷勤地给周百川布菜，问他："怎么不给王芝姑姑买户口？"

周百川说："她一个家庭妇女，既不上学，也不做工，要户口没用。"

葛文说："那她整天做什么？"

周百川说："洗衣做饭，料理家务。我挣一分交给她一分，挣一百交给她一百。如果不是出门在外，我口袋里从来不装钱。"

葛文哦了一声，判断这里有缘故。往好里说，王芝是全职太太，有丈夫供养；往不好里说，周百川是在提防。到底是全职太太，还是被提防的对象，大概王芝自己也弄不明白。她不识字，她没周百川心计多。葛文又给周百川满了一杯酒，问他在外叫啥名。周百川被一块鸡肉塞了牙，用牙签挑啊挑，捣鼓了半天，却没回答葛文。再提起话茬，说的是许多年前的事，做代表去开会住宾馆，外面下大雪，屋里暖得穿单衣。跟市长握手，提前都要演练，手伸出去多远，抬起来多高，嘴角上提一公分，都有严格规定。

葛文听得不耐烦，打断话茬说："不提那些陈芝麻烂谷子了。"

周百川怔了一下，说："那你听什么？"葛文高声喊葛武说："别弄菜了，桌子上放不下了。"

葛武张着两只油手往里探了一下头，说："就还有两个。"

葛文说："两个也别弄了。"

葛武也进来坐了下来，跟周百川碰了一下杯。

周百川一直在看葛文，此刻把目光收了回来。他对葛武说："你离周仓近，以后还请你多照应。"

葛武憨厚地说："叔，你放心，咱老一辈少一辈都有交情。"

葛文喝得头有些木，他借着酒劲儿说："别提交情。当年那五万块钱……"

电话响了，他适时收住了话尾。摁了一下免提，甄妮问他在哪里。他才想起还没跟家里请假。"我在罕村喝酒呢，跟百川叔。"他狠狠打了个酒嗝，顺势站了起来，说去趟厕所。

厕所在院子外面，用秫秸扎成的篱笆墙。黑咕隆咚，葛文并没有进去，而是在墙根下解决了。转过身来，就听见有人喊自己："葛文，葛文！"周仓家的大门虚掩着，窗上的一点灯光遥遥地映了过来，门口站着的人看不清眉眼，但明显拐着一条腿，像枚剪影。

葛文叫了句"婶子",走了过去。小凤说："酒还没喝完？"

葛文说："大长的夜，忙啥。"

小凤说："让你叔少喝点儿，也是快七十的人了。"

葛文说："百川叔棒着呢，您放心吧。"

小凤说："你们都聊了些啥？"

葛文说："没聊啥，闲说话呢。"

小凤说："你能不能劝他别走？落叶归根，儿子孙子都在这里，祖宗也都在地里埋着呢。"

葛文一激灵，怪不得他们把周百川当贵客待，原来存了这样的想法。葛文说："您咋不自己跟他说？"

小凤落寞地说："我说不出口，他打年轻的时候就不待见我。"

周仓原来一直在院子里，此刻插话说："他的包就在你柜子里锁着，钱，身份证，家门钥匙，火车票。你不给他就哪儿都去不了。"

小凤厉声说："他没腿？他可不像你那么废物！"

周仓说："那就打折他的腿！"

小凤喝了一声："那是你爹！"

周仓嘟囔了句："也就你还拿他当我爹，他自己承认吗？"

葛文再回到酒桌上，突然多了几分豪气。他分别给自己和周百川的杯子都倒满了酒，说："一口干，你敢不敢？"周百川知道葛文在撒酒疯，摇头说："我不敢。"葛文端起自己的杯子一饮而尽，又把另一杯酒端了起来，周百川想接过来，葛文躲了一下，突然高举过头，都浇到了周百川的脑袋上。葛文说："我看你敢不敢。还敢回罕村？真是欺负罕村没人了！"

九

葛文出溜到了椅子上，头歪着，一口一口往外吹气。其实他还清醒。把酒浇到人脑袋上的事，他自觉有些过了，看葛武的眼神就知道，把这傻孩子给吓着了。葛文很难受，他一直很难受，一场醉没能解决他的难受，反而给难受叠加了砝码。他想扯一下脖领子，却弄掉了衬衫上的一粒纽扣。纽扣落在地上，葛文用手去捉，半天才捉上来。他调皮地朝周百川展示了一下，放进了上衣的口袋里。周百川看着葛文，脸上滴答着酒水，没擦。在外奔波了这些年，经的看的太多了，没有什么能遮蔽他的眼。周百川轻轻叹了口气，起身告辞。葛武慌张地不知照顾谁好，嘴里一个劲儿地给周百川道歉，周百川反过来劝解葛武："葛文喝多了，你给他熬点儿醒酒汤……不喝多了他不会这样。"

在夜晚的天空底下站了会儿，周百川去葛武家的厕所方便了一下。他没有选择外面的墙根，而是用手机的光束照亮。他看出来葛文的酒喝得不痛快，他比葛武心重。周百川有点儿后悔这一次回来，他以为这三十年把一切都抹平了，包括他私吞公款。他在东北反复咨询了律师，确定自己没事，才决定回来，现在看来哪里有那么简单。他回了屋里，摸着灯绳开了灯。往天周仓和他住一个屋，今天却孤零零地就剩一个铺盖卷。周仓今天一天都不爱理他，不像他初来的那几天，周仓一天到晚合不拢嘴。周百川知道因为什么，他没有给周仓想要的。

周百川坐在炕沿抽了会儿烟，脑子里都是儿子十二岁时的模样，跟他去雪地追兔子，放风筝。周仓是小瘦身板，跑不快，跳不远，有点儿黏人，但不蠢不傻。这三十年的艰辛他能体会，可能体会又能怎样！周仓是正值壮年的汉子，却没有汉子样。吃饭筷子不离菜盘，所有的肉都挑进自己嘴里，除了经营两亩地，挣不来一个活钱，媳妇和妈都跟他受罪。这样的儿子，哪里像他周百川的种！

当年他没想到会跟王芝私奔。王芝二十四，他三十六，他身后一片累赘，哪里有私奔的条件。他不喜欢家里叫小凤的女人，可小凤唯命是从，让他无法挑理。如果不是命中遇见王芝，日子真就那样过下去了。王芝是一片坑塘，一下就把他陷没了顶。那种折磨和纠结真是三天三夜也说不完。他无数次地假设过,事情如果重来,他还会离开这个家吗?答案是肯定的。除非不遇见王芝,除非与王芝不发生所谓的"爱情"……

那天他把她背到了卫生院,又把她背了回来。去的时候,王芝是松散的,人就像一蓬柴草。回来人就像一个粽子,捆紧了自己,也拴紧了他。他为王芝做了碗热面汤,伺候王芝吃完,想走,哪里走得脱。王芝也不说话,就像孩子一样拽着他的衣袖,大眼睛里都是委屈。是这些年的荒芜让这位大姑娘怕了。她真像瓦楞里的伶仃草一样,栉风沐雨,无处依倚。周百川就是在那个时候动了恻隐之心。他把王芝抱在怀里,王芝哭了。王芝哭起来更像自己的孩子,哭得他的心都是疼的。

橱窗下面有一只小圆桌,两边有两把藤椅,是供顾客休息的。今天葛文一直在这里坐着,往来穿梭的人流尽收眼底。这里是条林荫路,成年的国槐在空中支起了架子。很多好看或不好看的腿骨支起两瓣屁股在空中行走。葛文留意的都是穿高跟鞋的年轻姑娘,长裙短裤不一而足。葛文托着腮看了老半天,店员小刘纳罕,说:"老板,你这是看啥呢?"

玻璃门被试探地推开了,葛文从壁柜的反射中看清了来人的轮廓。一张典型的属于乡村的脸,就像一株有病的树,根本看不出年龄。来人喊了一声"大哥",葛文的脸上马上有了职业化的笑容："是周仓啊。"壶里还有剩茶，葛文给周仓倒了一杯，问："怎么有空儿进城。"

周仓说："我来送那个老东西，一下公共汽车他就把我往家撵，没良心的玩意儿！"

"他走了？"葛文有些吃惊。

"走了。"周仓喝了一口水，有水流顺着嘴角淌了下来。他伸出舌头舔，可迟了，那水已经淌到了下巴上。葛文用眼角看周仓，说："你送他干啥，多余送他。"

周仓说："是我妈让送，不送不行。其实他是后天的火车，今天来城里，分明是在家里待腻了。"

"我们也伺候够了！"周仓忽而有些愤愤，说，"每天三顿好吃食，要酒有酒，要肉有肉。他给的那几个钱都让他吃走了！"

"你们对他还是有感情。"葛文从柜子里摸出一盒烟，弹出一支叼在嘴上。他平时不怎么吸，甄妮不让。所以他从不把烟带回家里。他让了下周仓，周仓晃手拒绝。葛文点着火吸了一口，淡不流水地说："换成别人家，他连门都进不去。"

周仓气哼哼地说："都赖我妈。总想让他回心转意，三十年，他的心早变成了石头。"

葛文说："他真是够狠心的。"

周仓说："没有比他更狠心的人！那些年，我们娘儿几个过的是啥日子，我那么小，收秋种地就当牲口使，所以个子一直都没长高。上学没有学费，我妈背着一筐粉坨子去赶集，去得早看不清路，结果掉进沟里摔断了腿。"

周仓眼圈红了，突然捶了下桌子："我真想杀了他！最次也卸他一条腿，不能让他囫囵个儿地回东北。那个娘儿们就那么好，让他抛妻弃子？"

葛文浑身一震，眼前立时生起了云雾。他抖着声音说："你咋还起了杀心，他是你爸，不应该呀。"

周仓恨恨地说："你不知道他多欺负人！一早儿我妈给他包饺子，他一抹嘴头连句话都没跟我妈说，他还是人吗！我妈让我来送他，下了公共汽车他就让我回家，我偏不回！他在头里走，我就在后面跟着。有好几次我都想摸块石头拍死他，可我下不去手啊！我一直跟他走进了那家旅店，他进了225室。就是医院旁边的那家，叫'好再来'吧？"

心中蛰伏的一些疼痛被重新挑起，葛文禁不住要打摆子。那家旅店离这里不足50米，是过去的大众浴池改造的。葛文外地的同学来也曾安排在那里，怎么那么巧，也是住225室。

葛文看着腾起的烟柱，缓缓地说："他不叫周百川，他不是你爹。你爹跟他其实没有瓜葛。他有两个丫头，他这次出来，是送闺女上大学的。"

周仓说："我知道，他叫周顺，我看过他的身份证。"

葛文说："对啊，可我们不认识周顺，周顺跟我们一毛钱的关系也没有。"

甄妮是饭桌上的话匣子。医院的事，同事的事，朋友的大事小情，她都能说得津津有味。甄妮有语言天赋，学别人说话总是惟妙惟肖。她若哪天值班，饭桌上只有葛文和父亲两个，那就惨了。父亲不知道说什么，儿子也不知道说什么，饭吃得沉闷，而且别扭。所以甄妮在不在家吃饭是大事。

这天，甄妮在单位打来一个电话，她这样说："爸，你认不认识一个叫周顺的？"

葛庆林问："他是哪儿的人。"

甄妮说不出。甄妮说："不认识就算了，我也是随便问问。"

晚上，葛庆林到外面去迎甄妮，这个莫名其妙的电话让他牵肠挂肚。甄妮详细讲起事情的经过。她去外科找人，主任刚从手术台上下来，正在跟人谈论一个收治的患者，是夜里被人送来的。他住在一家旅店，夜里进去了窃贼。不单偷了他的钱财，还扎伤了他。奇怪的是，小偷临走的时候居然在那个地方割了一刀，下手有点儿偏，刀柄稍稍竖直些那个东西就给切掉了。让他通知家人，他说他在这个城市只认识一个叫葛庆林的人。

葛文手一抖，筷子掉在了地上。甄妮奇怪地看了他一眼，说："他嘴里的葛庆林肯定不是爸，我都没当回事，你紧张个啥。"

葛文遮掩说："现在住个旅馆都这么不安全了？"

甄妮说："也该着他倒霉。他住的地方是一个刀把拐角，窗外是一道土坎，是医院的家属住宅小区。喏，我们散步从那里走过，你还说：'旅店也不采取防护措施，多不安全哪。'窃贼果然是从那里进出，然后逃到了街上。"

葛庆林问："人救活了？"

甄妮说："据警察的分析，小偷是为了钱财，刺伤他只是为了得手脱身，所以看上去两刀都没想致命。小偷的手法很高明，就像学过解剖一样。"

葛文去厨房端汤锅，给父亲和甄妮各盛了一碗。葛文说："没事别出门，出门别住旅馆。"

甄妮瞥了他一眼，说："住大街上？"

葛庆林每天上午都去电力大厦的台阶上坐着。那里聚集着一群老伙计，有二十几个。说起旅馆的凶杀案，还有知道得更详细的人。说这个倒霉蛋是牡丹江的人，本来一早要去火车站坐车，没想到让小偷盯上了。一听牡丹江这三个字，联想到昨天甄妮嘴里的周顺以及自己的名字，葛庆林起了疑心。他急急站起身，快步往医院的方向走。几天前跟周百川一起吃饭，有人问他现在在哪儿落脚，周百川说牡丹江。葛庆林当时暗笑了一下，心底嘟囔了句："牡丹江也是朵花，瞧他多会找地方。"

　　葛文妈得肝癌住了三个月的院，甄妮给他们找了个单间，对面两张床，有电视和空调，像宾馆一样。葛庆林没事就到处转，医院的旮旮旯旯他都熟。他径直来到了外科病房的护士值班室，打听一个叫周顺的人。小护士像是捞到了救命稻草，大声喊护士长，说："周顺家终于来人了！"

　　周顺住在一间六人病房里，靠窗。阳光从窗外直射进来，正好打在他的脸上，他沉沉地闭着眼，脸像纸一样的白。葛庆林站在床尾看他，几天不见，周百川一下就瘦掉了魂。

　　邻床陪护的一个小伙子蹭了过来，小声对葛庆林说："快给他交费吧。昨天还是大输液瓶，今天就换成小的了。再不交费，明天就不会给他用药了。"

　　葛庆林说："至于吗？"

　　对面一个中年妇女说："要不是警察来做笔录，连小瓶的都不会给他输，还至于嘛。"

　　葛庆林连忙摸兜，他只有几个零用钱。他到外边给葛文打电话，让他先送五千块钱来。葛文自己没来，把甄妮派了来。甄妮担心葛庆林老眼昏花，说："您可是看准了，这个人真的是传说中的百川叔？"

　　葛庆林说："不会错，把骨头烧成灰我都认识。"

　　周百川的沉默似乎有一种恒久的力量。他只跟葛庆林打了个招呼，就又沉沉地闭上了眼。深夜的场景一直在他的脑子里转，可他跟谁都不想说，跟警察都不说。那扇窗户原本是开着的，窃贼跳进来时，他还以为自己在做梦。一把刀子扎到心窝，他只来得及哼一声，就晕了过去。窃贼扎的第二刀，他都不知道。傍天亮时，他又自己醒来了，才喊救命。

周百川的觉睡得有些沉，但窃贼的手脚着实够利索。就像做了一个梦，周百川有点儿不愿意被惊醒。

十

周百川走的那一天，罕村的许多人都看到了。他在前边走，周仓在后面跟着，相距大约有十米远。而在周仓的后面跟着拐腿走着的小凤，相距有三四十米的距离。小凤送他们到村头，人家坐的公共汽车已经没了踪影，她站到路边，久久地朝汽车消失的方向望。小凤的脸上很平静，似乎这一天只是普通的一天。这个男人，无论在不在她身边，都是她的男人。她就是这么认为的。眼下他又一次走，不过是又到远方去做事了。她一拐一拐回来的时候，一直都在这样想。路人什么样的眼光看她，她都无动于衷。

想当年媒人过来保媒，她有多欢欣鼓舞。村里的姑娘都说，周百川英俊潇洒的样子就像电影里的人物。姑娘都这样说，却没有谁想嫁给他，他家实在是太穷了，哥儿六个，耗子似的挤在一个窝里。小凤却截然相反，她一直仰视他，对他抱有感恩的心，因为他肯娶她。结婚那天入洞房，周百川在地下抽烟，小凤和衣躺在被子里，激动而又忐忑。周百川抽够了烟才上炕，扯下她的裤子打量她，那神情她记了一辈子。周百川把所有的不喜欢都写在脸上，可还是在那一晚要了她。

小凤畅快地呼出一口气，她真怕周百川扭头就走，让她从此没法做人。她对自己说，无论以后他对她什么样，有这一晚，她都应该知足。

衰老似乎是从村外回来就开始了。去的时候，她觉得自己的腿脚还有力气，回来就不行了。她躺在炕上，觉得身上的筋骨都快散架了。这之前，她一直是这个家的主心骨。儿子废物，媳妇也不顶趟，凡事没个算计。日子交到他们手里她不放心。周仓从城里回来，她就把钥匙交了出来，说："我老了，从今天开始，家就由你当吧。"

那只老式躺柜还是她结婚时周百川打的，有一个抽匣，里面装着这个家庭所有值钱的东西。周仓赶忙打开了那个柜子，见里面有几捆子嘎嘎新的人民币，扎眼睛。周仓张大嘴巴说："他，他留下的？"

小凤别过脸去，没有回答。周百川不愿意把钱给儿子，说他不成器。小凤不愿意他把钱给自己，但最终她拗不过周百川。

周百川走之前，又把村里的东西南北走了个遍。村西过去是耕地，现在都变成了大片民房，民房紧邻着大水坑，连正经的路都没有。周百川从坑边上的杂草丛里穿了过去，路上留下了很多泥脚印。有生之年他不会再回来了，就是死，他也一定是死在外面了。想到这些，他有些感伤。他的两个女儿都在上大学，她们从来不知道，世界上还有一个叫罕村的地方与她们血脉相连。他和王芝把这些都隐瞒得很好。

他来之前跟王芝狠狠干了一仗。王芝自然不同意他回罕村，说既然已经三十年没回去，再忍三十年，又会如何！王芝的心思他自然懂。可就是因为未来没有三十年了，他才执意要回，不回死都合不上眼。从心里说，他不再惦记谁。小凤，儿女，早就隔膜而陌生了。可他惦记这片土地，渴望双脚踩在这片土地上，这些泥土是他血肉的一部分。这种感情王芝不懂。

坑边有一棵水柳，他把它连根拔了起来，手脚并用移栽到了路边上。这里是一个死角，有一棵树的生长环境。周百川蹲在这棵指头粗的树下抽了支烟，想：再过一些年，它也许会长高长壮。

"你就叫周百川吧。"他对这棵树说。

周百川在医院里住了十多天。他兜里有一张银行卡，这是他最后的财产。他把卡交给葛庆林，葛庆林由此学会了使用 ATM 机。他用葛庆林的手机给王芝打了个电话，说自己的手机和身份证都被偷了，要在这边耽搁一段时间。

王芝的气还没有消，或者，是新的气又生出来了。王芝说："你不愿意回就别回来了。"咔嗒一声，电话挂了。周百川脸上的肌肉一阵痉挛，把手机给了葛庆林。

葛庆林注视着他说："我去给你买个新手机吧。"

周百川摇了摇头，说："不用了。"

葛文从广州提货回来，隆重地来看周百川。他几乎是从病房门口风风火火进来的，周百川欠起身子跟他握手，彼此寒暄，都像劫后余生一样。葛文查看了周百川的伤情，甚至提出看周百川的下体。周百川有些难为情，但还是自己把被单撩了起来。原本应该是乱糟糟毛发的地方突兀地变成了白花花的一片，惊着了葛文。一道刀口斜着从腿根处往阴茎方向延伸，但却戛然而止，进深不足一厘米。细细的缝合印记纤巧精致，像鱼的嘴巴。葛文重点看了周百川的阴茎，像个问号一样窝向另一侧，一副委屈的嘴脸。葛文险些笑出声，那玩意儿因为没有丛林的匹配显得丑陋而孤单，重要的是，他没有葛文想象的强大。

这晚周百川难得的好精神，跟葛文说了一晚上的话。说了一晚上的话，却绝口不提自己被偷和被刺。他不提，葛文也不提。葛文发现自己轻松愉悦了，他甚至跟周百川开起玩笑。眼下周百川没了身份证明，就是黑人黑户，寸步难行。葛文暗示他自己可以帮忙，周百川看着窗外，却没有接话茬。

葛文私下找公安局里的熟人了解案件的进展情况，熟人说："进展啥啊，这种案子根本没有警力介入。"葛文问："怎么回事？"

熟人说："他是外地人，小偷如果是流窜作案，别说案子根本不可能破，就是破了也一点儿意义都没有。"

葛文不明白："这是恶性案件，怎么就没意义呢？"熟人说："不是没死人吗？若是死了人，破案就有意义了。"葛文仍是不懂，但他没再追问下去。

周百川出院回了罕村，又成了轰动的大新闻。

他光秃秃地出现在院子里，把周仓惊着了。周仓一步跨进屋里，喊："妈，妈，那个人又回来了！"小凤身上的力气仿佛就在空中飘着，她一收拢身体，那些力气就又回来了。小凤蜷起身来下炕，抿了抿头发，站到了堂屋的前门槛子里边。小凤吃惊地说："你，咋瘦成这样？"

周百川疲倦地说："我受伤了，没地方可去了。"

小凤伸手把他拉进了屋，小凤说："这里是你的家，你回家就对了。"

周百川的刀伤让小凤惊出了冷汗。她上下的刀口都看了，红色的皮肉新鲜娇嫩，像婴儿的嘴巴一样。她伏在那里嘤嘤地哭，说："亲人，我差点儿就见不到你了，我的好人哪！"小凤嘟囔的声音像风中的琴弦一样顿挫，带着颤音。眼泪像涨潮一样从干涸的眼眶往外涌。周百川的眼睛也湿了，叹息说："这是命。"

小凤说："对，这就是命。"她抻了被单给周百川盖好，拐着腿来到了院子里。

她在一瞬间就知道自己应该做些什么了。豆秧用三股木杈攒起来，挑到了墙根底下，腾地方。一只半截油桶上面坐着只锅，在屋檐底下备着，是俗称"冷灶"的那种，已经很久不用了。小凤弓着身子把冷灶拽到了院子中央，生火，刷锅，烧水。嘴里"咕咕咕"地喊一只公鸡过来，一只草筐扔出去，正好把公鸡扣住了。宰杀、拔毛、开膛破肚一条龙，小凤干得爽心爽手。大门敞开着，鸡汤的香味儿顺风能飘出三里地，门外聚集了很多人，可只有葛武在门口探了一下头。葛武说："婶子，炖母鸡汤啊？"小凤大声说："是公鸡汤。女人坐月子才喝母鸡汤！"

周百川虚弱地听着外面的动静，有一点儿恍惚。三十年的光阴变成了一瞬，让鸡汤的味道挤没了，中间似乎只隔着一个瞌睡。周仓在堂屋窜来窜去，不知在干什么。他有些怕这个当爹的人，自从看见那些嘎嘎新的成捆的票子，他的敬畏就滋生了。他从没一下子拥有过那么多的钱。他从每捆钱里抽出一张放进自己的衣兜里，那块地方似乎能生出火来，皮肉都灼得慌。他脚步很响地从后院找来硬柴。似乎在告诉周百川，你好好躺着，我在为你服务呢！

　　周仓耗子一样的眼神总躲着周百川，这让周百川笃实了自己的猜测。那天派出所的民警来做笔录，特别问起："你是谁？你到这里来干什么？"周百川没有说实话。他只肯说出葛庆林的名字，却没有提起罕村。他知道，提起罕村就是一个不小的麻烦。民警说："亏你在这里没有熟人，否则我们肯定以为是熟人作案。"周百川问："为什么？"民警说："地点，时机，手法，稳、准、狠，都像早有预谋。小偷一般只对钱物感兴趣，可这个小偷却连你的钥匙、身份证和火车票都偷走，分明是不想让你离开这里嘛。"

　　最后一句话，周百川听到耳朵里，自己跟自己干仗，然后自己把自己打败了。周百川狠狠地想：周仓，一定是周仓干的！我的儿子，还是有血性的，而且活儿干得漂亮！不让你走，不说不让你走，让你求着我把你留下。只是周仓手下留情了，十年一刀，他应该扎自己三刀！周百川甚至有些甜蜜地享受了伤痛，感念那进深的一厘米，让他还是个男人！如果那根真清净了，自己还有脸活着吗？臊也臊死了！他承认，他这一辈子的祸，都是那条根惹下的，他管不了它！打年轻的时候起，它就支配着他的大脑、心，以及每一根神经，承载着他全部的欢乐与幸福。它挑剔、享乐、任性，而在它之外，所有人的疼痛、眼泪、艰辛、屈辱都与之无关，都漠然待之。被人割的这一刀，是账，也是命。

　　出来混迟早是要还的。

他试着喊了声周仓，周仓应了声，又去后院拿硬柴了。灶里的火从烟囱里蹿出来，火舌像活的一样腾挪。家里许久没有这么旺的火了，周仓的脸都被火光映红了。离开了灶眼，那红还在脸上挂着，还挂着柴灰，汗水。小凤去棚子里筛小米，小米养人，只是有沙子。媳妇则像没嘴的葫芦，跟在婆婆身后。她总是显得慌张，家里突然出现的这个公公，像一头大象一样，把家撑满了，她的眼神都没处放了。周百川喊的声音，她也听见了，急得朝周仓摆手，那意思是：你快去！周仓却放稳了心神，洗了手，擦了脸，才进到里屋，慢条斯理说："您有啥事？"

周百川说："给我倒杯水来。"周仓出去端水，周百川坐了起来，迎接这杯水。周仓端来的是一个大罐头瓶，满满的一大杯。周百川接过水来没有喝，看了周仓一眼，说："我在这里住一段，你不会烦我吧？"

周仓说："不烦，您住多久都不烦。"

十一

眼科主任突然去世了。眼科缺人，主任、副主任都是他一人担着。甄妮得到信儿就去找院长，说："现在生意难做，葛文也想干业务了。否则，那么多年的学不是白上了？"甄妮顺手把五千块的购物卡夹到了院长的一本书里，院长自然心领神会。他让甄妮回家商量商量，葛文是当老板的，还愿意给别人打工吗？

吃了饭，一家人一起看电视。甄妮削了个苹果，给这个不吃，给那个也不吃。说起回眼科的事，葛庆林首先赞同："人这一生不能光为钱活着，得有地位，有名望。地位、名望从哪里来？从老医生、老专家这种称呼中来。"葛文不屑一顾，他活自在了，不想再去受约束。甄妮斜着眼看他，慢吞吞说："假如……我说的是假如，让你回到眼科当主任，你乐意吗？"

葛庆林抢着说："回去，当然回去。"

葛文也笑了，说："那还用说。"

医院的各科室主任权力大得很，而且收入很可观。真有这样一个位子，关掉眼镜店都值得。甄妮把苹果切成了菱形块，用牙签穿起来一块，这回葛文接了过来。

甄妮这才说原委："各科室都人满为患，别说梯子形队伍，都不知有几架梯子。只有眼科除外，一年一年地招不上人来，院长也很着急。可如果我不去张罗，当然不会有人想起你。"甄妮咬了口苹果，白牙齿在咀嚼的空当一闪一闪。甄妮继续说："好歹当年你也是眼科的骨干，回来顺理成章。"

有关邓小平的电视剧播完了，葛庆林的关注点也告一段落。他索性把电视关了，专心探讨葛文回医院的事。葛文让甄妮说得有点儿动心，他离开医院已经十年了，说回就能回来，而且还有不错的位置，葛文都有点儿不敢相信自己有这么好的运气。

说不上是因为心情还是因为天气，秋凉的温怡让人通体舒泰，葛文和甄妮居然找到了一种类似蜜月的感觉。过去离间他们之间关系的种种阴影都不复存在，有时候葛文刻意去想，居然遥远得难以捕捉。葛文确实把那种东西放下了，回头再看甄妮，年轻时的种种不如意都显得那么可笑，转眼，大家都老了。一种悲怆的心情让葛文格外卖力气。他想：大好时光都给了流水，他们再不抓紧，人生就真的变成画饼了。两人之间的甜蜜连葛庆林都看出来了，有时候电视剧没看完，他就回屋睡觉了。

葛文和甄妮相视一笑，眼神都有些黏稠。

事情想象不到的顺利。几天以后，人事部门的任命下来了，葛文必须走马上任了。葛庆林两个月的期限已满，也该回罕村住小儿子家了。他让葛文先把他送回去，可在这节骨眼儿上，店员小刘有事回家了。眼镜店不可能关门，葛文让父亲临时照顾一下。告诉他所有的商品都明码标价，拒绝讨价还价。需要验光的患者定时定点，葛文下班以后直接过来。学生验光打八折，乡下的孩子还可以更优惠些。葛庆林看了一天一副眼镜也没卖出去。实在闷得慌，他给葛武打电话，问："萝卜长得咋样，白菜下种了吗？"

葛武好歹回答了，就开始说周百川的事。他说："百川叔天天有鸡汤喝，气色一天比一天好，整天出去遛弯儿，看人主动打招呼，就像从来没出走过一样。百川叔也不提走的事，我看他是不想走了。连百川婶子模样都变了，说起话来嘎嘎的，像是年轻了十岁。"

葛武提供的信息让葛庆林激动不已。周百川是自己办的出院手续，葛庆林以为他悄没声地回东北了。甭担心他没有身份证之类，这个家伙有的是办法。没想到他自己悄悄回了罕村，他为啥回罕村成了葛庆林心底的一个惦记。像年轻的时候一样，葛庆林喜欢追在周百川的屁股后头听他说话，住院的那些天，他每天都会过去假装陪床，周百川撵都不走。就像眼下，葛庆林居然像个孩子一样心神不宁。他马上给葛文打电话，让他明天送自己回罕村。可葛文的电话一直打不通，他又给甄妮打，甄妮说："回罕村的事晚上回家再说，葛文现在开会呢。"甄妮口气温婉，但还是让葛庆林不好意思了。想想也是，葛文不比过去，他是当主任的人了，哪能像以往那么清闲。晚上回家有多少事不好说，这个电话打得实在多余。

葛庆林帮助葛文整理了一下货柜里的内容。一块玻璃板总翘起来一边，不平整。他摁下去，玻璃板又翘了起来。他小心地把玻璃板掀了起来，发现下边压着个锡纸包。锡纸包叠得方方正正，有棱有角，他拿出来打开一看，吃了一惊。

葛文晚上下班，葛庆林已经把自己的东西收拾好了。他还是等不到明天。两个月的时间实在漫长，他熬过来已经不容易了。虽说儿子媳妇都好，外面也认识了一群老伙计，可这种感觉跟待在罕村不一样。城市是别人的城市，罕村才是他的罕村。何况眼下罕村还有周百川，当年两人搭班子，一个书记一个副书记，从没红过脸。在罕村跟周百川待在一起，成了葛庆林最迫切的愿望。老爷子既然等不及，葛文便给葛武打电话，让他媳妇和面，用铁锅烙大饼，他们回去吃。兄弟媳妇的千层饼做得好，葛文百吃不厌。爷儿俩上了路，暮色已经漫上来了。很多拉砂石料的大车昼伏夜出，像长龙一样摆满了马路。葛文在车缝里钻行，不时骂一句对面不会回灯的家伙。葛庆林有点儿紧张，一直给他盯着前边的路。他接了葛武的一个电话，说了他们现在的位置。大概还有十几分钟就要到家了。饼可以烙，菜也可以炒了。往口袋放手机时，他摸到了一个光溜溜的东西，才想起那个锡纸包。葛庆林把锡纸包拿了出来，放到了前边的挡风玻璃下面的一个凹槽里。葛庆林问："你百川叔的身份证，怎么在你那里？"

葛庆林预备儿子这样回答：在外面碰巧捡到了，或者警察找到了身份证交给了他。葛庆林知道，儿子葛文方方面面都有朋友。别看他的眼镜店不起眼，却能搭起一张网。儿子之所以把身份证包好放起来，还有一种可能，他不想还给周百川，是想替周家母子留住他。小凤这半生，没有男人疼爱，拉扯三个孩子，有多凄惶只有他们这种近邻才知道。这个理由应该非常成立，因为葛庆林也赞成。还有一种可能，儿子根本不知道这个事，是店员小刘放在那里的。此时正好到了路口，要右转弯。葛文对这件事毫无防备，忽地冒出了一身冷汗，他作势要抢那个锡纸包，车子剧烈一摇晃，一辆大货车呼啸着从身边剐了过去，他们的车子横着打了个旋，车头撞到了另一辆车上。葛庆林只觉得身子一歪，头撞碎了侧面的玻璃。

没有人知道那一刻葛文都想到了什么。那一晚，他从那扇窗进出都如履平地。所有用于作案和作案得来的东西都被处理了，保留身份证纯粹出于好奇。锡纸是店里那盒烟的内衬，葛文当时想好了以后被人发现的理由。那些理由与父亲葛庆林找的理由一模一样。

黑暗像大鸟的翅膀一样倏忽而至，整个世界都发出了破碎声。

十二

村里搞生态村建设，上面下拨了几千万的资金，据说是某个大人物的"点儿"。基础设施建设从去年冬天就开始了。垃圾回收，管线深埋，总有不认识的人在村里干这干那。罕村人也奇怪，既然有工程，怎么不先紧着村里人使呢。他们找到了现任书记，现任书记啥也不知道。资金是上面给的，人是上面派的，好像与村里人并无关系。

春天开始修路，路基垫起了足有三十公分高，村里人都很高兴，说这回下雨再不会踩两脚泥了。周百川从村南往村北走了一遭，找到做工程的小头头说："你们这样干活儿不行。路基抬这样高，夏天院子里的雨水流不出去，是不是让家家都养蛤蟆？"

小头头挺不耐烦，说："这事我不管，是上头让这样干的。上头让拉多少土方，我们就拉多少土方，让拉多少砂石料，我们就拉多少砂石料。"

周百川一下翻了脸，站在路中间指着那些工人说："别干了，都别干了！给你们家干活儿是不是也这样糊弄？把你们的上头叫来，我跟他掰扯掰扯。上头不来人之前，我看你们谁敢动手！"

周百川的气势震慑了所有的人。小头头悄悄问村里人，这个人是谁。有人告诉他，是村里的老书记。小头头开始说好话，说这工程都是按天承包的，下多少料他们说了不算，但完不成每天的工程量他们要负责任。周百川却毫不通融，坚持要把路基降下去十公分。村里沿路的各家各户也被提醒了，他们纷纷站在周百川这边。周百川还发现了别的问题，自来水管道不足半米深，冬天管道封冻，根本不可能有自来水。路灯的灯管质量太次，估计安装的人前脚走，后脚村子就变得漆黑一团。周百川轻而易举就取得了村民的信任。大家都说他比现在的书记强，现在的书记就知道对镇政府唯唯诺诺，一点儿不懂得考虑村民的利益。周百川带领大家监督施工方，每天忙得不亦乐乎。

遥远北方的那个家，逐渐成了梦中的一片风景。在外三十年，周百川唯一的目标就是挣钱，挣很多钱。那个目标实现了，眼下他又有了新的目标。周百川觉得，人不能活得太自私，过去几十年，他一直是在为自己干，而现在，他得为村里人干点儿事了。

他就是这样向王芝解释的。

可罕村对周百川的留下有各种各样的说法。他的儿子在这儿，孙子在这儿，他的根也在这儿，小凤的宽容感化了他，等等。然后就是窃贼的那两刀救了小凤一家，否则周百川早就回东北了，但没有一种说法是周百川的想法，周百川的想法，其实连他自己都不信。可他确实在罕村待住了，过年的时候，他买了许多炮仗，是那种又高又壮的礼花。他跟儿子周仓在外放礼花，婆媳两个在院子门口看着。礼花在天上开得璀璨，把一座村庄都照亮了。

春天，葛文也回到了罕村，但他不是原先的葛文了。两车剐蹭时他被挤压在一个狭小的空间内，人差一点儿成了薄饼。他在医院躺了三个月，命是捡回来了，但智商回到了婴幼儿水平。甄妮心平气和地与葛庆林谈了次话，说要与葛文离婚。葛庆林能说什么呢！眼下，葛庆林推着儿子在院子里晒太阳，教他说话认人。葛文喊了一声爸，葛庆林感动得老泪纵横。

那个锡纸包始终揣在葛庆林的怀里。有关锡纸包的疑问再没人能够解答了。解不开，就如同有个秘密住在心房，葛庆林随时随地都能感觉到它的存在。他在家里没人的时候，试图用锡纸包唤醒葛文的记忆，葛庆林说："眼镜店，玻璃板，周百川，身份证。"这些元素组成了一串信息链，可葛文懵懵懂懂，眼神直勾勾地反应不过来。他着急，葛庆林也着急，爷儿俩面对面坐在那里，呜呜地哭。葛文一边抽搭一边用手掌给父亲擦眼泪，眼神无辜得越发像个孩子。

周百川偶尔来看葛文，葛庆林的态度总是很冷淡。他觉得，那场车祸或多或少都与周百川有关系，可这种关系，葛庆林却说不出口。周家人团圆了，葛家父子两个却吃了个天大的哑巴亏。葛庆林固执地认为，那天是身份证的出现让葛文分神了，才出了车祸。

有一天，周百川从葛家门前过，葛庆林正端着碗给葛文喂饭，看见周百川，葛文嘿嘿一笑，突然指点着说了句："周顺。"

葛庆林问："啥，你说啥？"

葛文指着周百川，努力清晰地说："周——顺。"

周顺是周百川身份证上的名字。

这回葛庆林听清了，"啪"地打掉了葛文的手。周百川却急了，说："你咋能这样对待葛文，他现在这个样子，能说话是好事。"话是这样说，周百川脑子里却转悠了一下，他记得，葛文曾经问过他在外叫啥，作为秘密，周百川并没告诉他。

从理论上来说，葛文不应该知道他的名字。

贤 人 庄

一

　　风在草梢上打滚，草场在太阳底下泛着金黄，像摇曳的水面一样。水面就在马路对面放着粼光，那一湖水，被人称作"金盆"。太阳忽而照到东，忽而照到西，那些粼光就跟着太阳走，寸步不离。这沿线傍水的村庄几十个，两万多口人，都为这一金盆水，两三年的时光呼啦啦搬走了大半。有欢天喜地走的，有哭天抹泪走的，总之都去城里住高楼了。那些大瓦房、二三层的小楼，都被长胳膊机器捣碎，挖坑深埋了。地底下的土翻上来，在地上铺了一溜平，种上花草树木，那些植物就可劲地长，但再长也长不过那些老土上的作物。庄稼地，果树园子，坡上坎下，没了农人拾掇，那草就长得像菜板子一样瓷实。各有各的家族领地，这边是拉拉蔓，那边是起起芽，都是有我没你的阵仗。它们虎视眈眈地看着那些后来者，伺机侵蚀和围剿。那些娇弱的花朵干不过野生族类，一张张营养不良的脸上，写满了忧伤。

这是被人称为"一期工程"的地方，已经有了一望无际的意思。房屋推倒，果树拔了，栽了一水儿的银杏和木槿，苗木还小，但整齐划一。"二期工程"的建筑尸骸还没来得及掩埋，山墙林立，橡子檩条横七竖八。偶有几株榆树、桑树突兀地矗立，没了遮挡，能被人看出惊慌来，似偷偷从地底下钻出来窥探一番。"三期工程"的房屋和主人都还在，临建搭得乱七八糟，瓦屋上接出了奇形怪状的建筑，大风刮来乱晃荡。墙壁上留下了清点过的痕迹，大大的一个"拆"字坐在红圆圈儿里，神采飞扬。人们脸上的惶惑与祈盼交相辉映，只有狗的叫声透着绝望。

贤人庄在"二期工程"的中间地带。前面是小水村，后面是二十里庄。这二十里是指到坝城的距离。也就是说，贤人庄离坝城，比二十里的路程还少一点儿。

这一带的村庄都是明代建村。相传贤人庄建村最早，村名是御赐的，但究竟是哪一个皇帝御赐，却有不止一个说法。

说法太多，不如不说。

贤人庄的人好是公认的，从古到今路不拾遗夜不闭户。姑娘嫁到外村，都是孝顺媳妇。就如这次大规模拆迁，远远走在了小水村和二十里庄的前头。政府的人都说，老百姓要都像贤人庄的人那样，会少很多麻烦。他们有一个数字做比喻，贤人庄最困难的钉子户，政府的人最多去了五趟就解决了问题。而二十里庄的一个钉子户，让政府的人跑了九十九趟。九十九趟是什么概念？会哭的孩子有奶吃，他们是想连产奶的娘一起吃了！这个比喻够形象，可见拆迁办的人实在伤透了脑筋。贤人庄却由此饱受诟病。左邻右舍都说贤人庄的人傻，在赔偿问题上吃了老大的亏。

先来了一辆大卡车，又来了一辆大吊车，停在路边上。进村的路早就不成样子了，从坎上掉下的砖头瓦块叽里咕噜，把路都要封严了。有些粘连的墙体像大石头一样，就在路上横陈，小轿车根本开不过去。当然大卡车和大吊车不在话下，司机下来彼此借个烟点着火，商讨一下路径，大吊车率先往里隆隆地轰，不经碾的砖瓦一声一声嘶鸣，都碎了。

他们一共来了七个人，六男一女。女的是从卡车的副驾驶上下来的，穿着高跟鞋。她甩着胯骨走过来，围着村中心那块碑转。"小齐，是不是这个？"小齐跟另几个人从车厢里下来，掐腰围住那碑。小齐是个戴小圆眼镜的年轻人，米色的夹克敞开着，兜风，这让他的瘪胸脯鼓胀了不少。他在更大的范围转了转，手机不时拍着照片，嘴里却啧啧地打扎板儿，遗憾得不得了。村庄面目全非，这块碑的周围环境也面目全非。这里曾经有一棵老槐树，树冠斜过来笼罩那碑，像故意打起一柄巨大的遮阳伞，如今连树桩都不见了。小齐丈量了大概的位置，用脚荡了下，原来那碑掩埋在一块墙皮底下了。那块墙皮是白的，仰面朝天，粘着丝丝缕缕的麻刀，过去不知贴在谁家的墙体上。翻过来，那上面甚至有油笔写的"好吃"两个字，像蜘蛛爬，一看就是孩子写的。

不知是啥东西好吃，字体中映下了孩子满足的样儿。小齐找好角度，把这两个字也一并拍了。

"有啥好拍的，到处都是烂兮兮的。"女人不满地嘟囔，"问你呢，碑是这块吗？"

小齐直起腰，镜片在太阳底下熠熠放光。小齐说："碑是这块，可这是谁的主意，非要移走？文物在属地是活的，移走就死了。"一股风刮来，小齐的声音被刮走了大半，要不他的声音也透着虚，没底气一样。

午后刚一上班，所长喊他下乡。他问："下乡干啥？"所长说："拆迁队一会儿来车，你跟他们走。"他在车上才知道是来移碑，下了车才知道是移贤人庄的碑。

各村其实都有碑，是 20 世纪 80 年代普查地名的产物。都是毛碴碴的水泥制成的，描成红漆字，但贤人庄的碑是清代立的，在全县绝无仅有。这里在清代以前叫"河套地"，后改称"贤人庄"。是因为这村里的村风好，声名远播。也就是贤人庄的碑，才没被当石材砌猪圈。那碑半人高，是大理石的，有底托，下面刻有莲花和祥云，上面长了许多苔藓。小齐用手心去擦那些苔藓，石碑沁凉的感觉直抵心底，像大冷天吃了冰棍一样。

"文物在属地是活的，移走就死了。"小齐反复嘟囔。

"啥活的死的？"女人皱起眉头说，明显有些不耐烦。女人是�’嘴，塌鼻梁，长了两只凌厉的大眼睛，"就你事多，移走已经不错了，要是我能做主，就地挖坑埋了。"

女人用胜利者的姿态看着周围的人，那些人都赞同地对她笑。

小齐却像没有听见，继续用手心搓石碑上的苔藓，说："一块碑就是一段历史，上面有许多信息依附着，政治的，经济的，文化的，哲学的。一块碑就是一段活着的历史，能行走，能穿越时空。"

"你躲开。"女人不想再费唇舌，她看着小齐这样的人就费劲。这种不识时务的人哪儿都有，除了让人厌烦一点儿用处也没有，"都到这个时候了，你还说风凉话有屁用？不想移碑你早说，我们就不来了。"她指挥工人干活儿，你干这他干那，干脆利索。一根撬棍在手里掂了掂，差点儿闪了腕子，一个年轻人赶紧接了过去。先在周遭清理泥土。毕竟是老碑，那些泥土也都生根了，用铁锹根本挖不动，撬棍和钢镐派上了用场，翻动了一堆碎石。还有老槐树的根须也在周围缠绕，锋利的锹刃此刻化成了刀，高高扬起，又一下一下往地下戳。那些毛须如同微小的血管，一下就崩断了。但那些供养主干粗壮的根脉却坚硬且柔韧，它们有功似的盘桓、坚定地护住那碑，一次一次若无其事地把锨镐弹起，自己却只受一点儿皮外伤。于是换人换手换家什，直把人累得人仰马翻。到底它们战不过人和铁器，胳膊粗的根脉露出了白森森的碴口，真的是承受了千刀万剐，断裂时甚至发出了嘶鸣。太阳弹跳了一下，眨眼就收敛了光芒。秋天就像一个咏叹调，气力不接，什么都不长久。就像那白光光的日影，刚才还在西山上，忽而一跳，就散成了一片火烧云。那碑终于自己摇动了一下，像老年人的一个踉跄。就是这个踉跄带来了希望，大家欣喜起来，多上去几个人，站在背向村庄的那一面，弓起腰背，伸出两只手臂，脖颈使劲往下抻扯，女的喊了声："一、二！"轰的一声，那碑终于倒下了，沉重的身躯匍匐在地上，此刻那里有新挖上来的土块，石碑跷起了脚，可真像一位古人哪！人们长出了一口气，左手右手互相拍一下，掸土。摸兜，掏烟，陶醉地吸一口，就有人轻蔑地说那碑："小样儿，你倒是站着哇！"

他们用铁链把碑套牢，吊车卡车都就位，女的一喊号子——突然，有个人不知从哪里蹿了过来，手指那碑激烈地喊："放下放下放下！这是文物，你们盗挖文物犯法！"大家一齐看那人，就是个农民嘛。肥腿蓝裤子，皱巴灰上衣，粗眉大眼，骨骼皮肉都像风干的老树枝杈，更显出了生活的底色。他的身后跟着一条黑狗，也是一条丧家犬的模样，在外围扯着嗓子穷嚷。

大家的眼神像风一样从那人头上掠过，该干啥干啥。那人却像惶急的老鹰张开翅膀，一下匍匐在碑上，嘴里说："贤人庄的碑，我看你们谁敢动，我看你们谁敢动！"吊车试探地抻扯了两下，那个巨大的吊钩钩起的锁链咔啦响，像是穿越了他的肩胛，听上去心悸。那碑上的人却无动于衷。

女的走过来，气急败坏地嚷："天都快黑了，你捣什么乱。快下来，快下来！"

那人说："这是贤人庄的碑，你们无权拉走。"

女人不屑地喊了声，说："什么贤人庄，这里哪还有贤人庄？这地上地下的文物都属于国家。"

那人说："那你们就更无权拉走。"

女人尖起嗓子说："我们怎么无权，我们是代表国家来的，你知道不知道？"那人不说话，却用坚硬的后背表达了不信任。

小齐此刻走了过来，围着那人转，伸手拍了拍他的肩背，叫了声"老赵大哥"。

那人偏头一看，嘴里叫了声"齐馆员"，从碑上滑了下来。他捉住小齐的手来握，小齐慌忙应对，两只手握在一起颇不容易。那人像是见了久别的亲人一样，再叫了声"齐馆员"，竟呜咽了。旁边的人都有些不好意思看，朝远处闪躲几步。

女人找话说："倒好像有人咋着了他似的。我们咋着他了吗？"大家都摇头。

老赵抹了一把脸，问小齐："你跟他们是一伙的？"

小齐笑了下，说："是一伙的。"女人在背后指点小齐，对他的回答不满意。小齐介绍说："这是贤人庄的赵庆福，当年村里的干部想把这块老碑卖掉，是老赵大哥拼命护住了。"

赵庆福问："你们要把碑弄到哪里？"听说放到博物馆统一收藏，老赵难为情地咧咧嘴，露出了一口不洁净的牙齿。他讨好地对女人笑了下，女人把脸扭到了一边。

小齐不止一次来过贤人庄，每次来都跟老赵聊会儿。第一次见到老赵时，老赵正在摘红果。那些明艳艳的红果不吃先倒牙，小齐从那里过，直嚷嘴里都是酸的。果园里八卦阵一样地摆了许多果筐，有的已经装满了。老赵问小齐："来谁家串门？"小齐说："随便转转。"

老赵喜欢随便转转的人，于是停了手里的活计招呼小齐进到果园来。老赵喜欢显摆贤人庄的历史，旮旯角落哪里有属于历史的信息都了如指掌。只要是陌生人，老赵都喜欢跟人家显摆。听说小齐是博物馆的，他拉着小齐去了家里。他家有很多古旧残破的书，倒不是多有价值，就是体量让小齐叹为观止。从交谈中得知，老赵并不是多有文化的人，他只是喜欢并崇尚文化。他从河滩地捡来的石凿、石斧以及各种稀奇古怪的石头，都像战利品一样在窗台上陈列着。这些石头有些与历史有关，有些与时尚有关，不一而足，让人觉得老赵像个痴子。小齐第二次来直接去了老赵的家，他们已经能坐在炕头上喝两盅了。

小齐问："大家都去住高楼了，你还在这里干啥？"老赵往南山指了指，说："啥都搬了，大黑还在这里呢。"小齐就明白了，他认识那头驴，说："以后也不用种地驮果筐了，卖了吧。"赵庆福点头说："我也这么寻思，还没容空儿呢。"

石碑装到了卡车上，女的指挥大家上车，司机把大卡车轰着了，要走的架势。赵庆福又去捉小齐的手来握，这次小齐急于上车，没来得及。他们过去见面根本不用握手，所以小齐没那个准备。赵庆福眼巴巴地嚷："贤人庄的家没了，以后咱哥儿俩再见面也不容易了。"小齐登上车门仓促地说了句："我去新家看你。"

两辆大家伙轰隆隆地朝村外开，狼烟地动。赵庆福脑里闪过新城的一片楼房，每栋楼房都有三十层高，排着一模一样的小窗户。他又喊："你也不知道我在哪个窗户住啊！"

二

后车座上拴着缰绳，奔波二十多里，赵庆福和大黑一起进了城，后面还跟着一条狗。在外环线上过马路的时候遇到红绿灯，狗把他们跟丢了。狗在马路那边急得跺脚，赵庆福趁机拐了弯。这条马路四通八达，人车奔涌，狗闻不着他们的气味，自个儿回了贤人庄。

当然，这是老赵的想法。

大黑拴在山里整整四天。四天前赵庆福最后一个举家搬走，把大黑藏到了山坳里。这四天，赵庆福没有哪天耳根子清净，老婆何玉新只要见着他，手不闲着嘴也不闲着，一边干活儿一边磨叨。她用抹布来回擦脚印。地上的瓷砖洁净得能照镜子，稍微有一点儿灰尘她就不依。每一个新搬家的人都这样，别的可以不管，就是地上不能有脚印。她说："早就让你把大黑卖了，你就是不听话。说什么要卖也不卖给杀驴的，你以为驴金贵。除了杀驴的，现在谁还要驴？"

赵庆福狡辩说："使驴的人家多着呢！北面搞旅游的，用驴拉车，还有人专门骑驴呢。"

玉新说："人家骑马！也就你瞎掰，把驴一个拴在山里，如果让狼掏了，你后悔都来不及。"

赵庆福说："你净说没边儿的话，都多少年没见着狼了。"

玉新说："人比狼更可怕！现在的驴肉这么贵，谁看见那样大的一头野驴都会动心。"

赵庆福说："大黑明明是家养的，咋会是野驴？"

玉新说："庄子都废了，狗成了野狗，驴可不就成了野驴。"

这话让赵庆福心里一动。左右邻村的狗都卖给了狗贩子，小的十块，大的十五、二十，一车一车地往外拉。贤人庄的人不忍心让狗挨一刀，可又不想带走，便放任了。他回村里，家家的狗都在叫，可它们都没了主人。狗成了野狗，驴可不就成了野驴。他心里明白，玉新的话没错。可他嘴里含糊，说："那地方隐蔽，没人能轻易看见大黑。"

玉新说："不怕一万就怕万一啊！眼下闲人多，总有逛野景的。万一让人得了手，你哭都找不着坟头。"

玉新这话说出来已经到极限了，让赵庆福的脊梁长了毛刺。想那片山洼里的荒草径，是偶有人出没。现在的闲人也叫"驴友"，还真有手贱的，偷个桃摘个杏的人多了去了，保不齐会对一头驴动心。想到这里，他一刻也不敢耽搁，放下手里的活计就往外走。玉新问他去哪儿，他头也不回地说："去贤人庄。"

没想到正好遇见那群人来挖石碑。如果不是看见小齐，赵庆福还真以为那是群盗碑的人，他豁出命去也不会让那些人挖走，他会扎个帐篷守在这里。

石碑上的字是清代知州刘念拔题的。当初还有人想用新碑换旧碑，说是喜欢刘念拔的楷书，摘自家庭院当摆设。真实情况谁知道呢。一卷票子都过手了，赵庆福联合村里人把事情挡下了。后来才知道，这块碑原来还是文物，倒卖文物犯国法。当时的村长叫胡大生，因为这个事，很多年见了赵庆福都爱搭不理。后来胡大生在路边开鱼馆，赚了大钱。有一次请人算命，说他命中有贵人相助，否则早些年有牢狱之灾。胡大生如五雷轰顶，惊出了一身冷汗，料想是当年见财起意想卖村碑的事。再见赵庆福的面，胡大生拱了拱手，叫了声"恩人"。

大黑这头驴，不是普通驴。

贤人庄挨门挨户数，从两个轮子到四个轮子的机动车，家家有，但驴只剩下了这一头。自从贤人庄有了拆迁的信儿，贩子就走马灯似的来打探。他们耳朵尖，知道这里有头好驴，可以配两匹马肉。听出来了吗？不是驴配马生骡子，是驴肉配马肉。也就是说，两匹马一头驴的肉混在一起，可以卖三头驴肉的价钱。马肉又叫"死马肉"，远不能与驴肉相比。"天上龙肉地下驴肉"，驴浑身是宝，马跟驴不是一个行市，这，是另一层意思。

无论贩子出多少钱，赵庆福就两个字，不卖，一点儿通融的余地也不留。大黑的身世不寻常。大黑的妈是黑脊背，却长了个白肚皮。"白肚皮"是一头沉默寡言的驴，干活儿下死力气做。它生大黑时年事已高，有点儿像人的横生倒养。总而言之，白肚皮死于难产。大黑被生拉硬拽扯出宫腔，不睁眉眼，看着像生了软骨病，站不起来。正是秋霜下来的时节，人穿着夹袄都冻得打哆嗦。赵庆福来不及多想，抱起大黑就上了热炕头。大黑的一身胎衣黏抓抓，腥膻得厉害，赵庆福也顾不得，把被子围在了它的身上，用自己的毛巾给它擦小脸。村里人说："赵庆福恨财不起，恨家不发，把自家的炕当成了驴棚。"

那年山坡上的谷子遭遇了大旱，产量低得可怜。赵庆福自己舍不得吃，留着给大黑滚米汤。那年儿子赵乐七八岁，村里人见他就开玩笑："你爸又给驴喂奶了？"赵乐说："是喂米汤。"村里人说："你不懂。驴在你家住炕头，盖棉被，吃人奶。"赵乐说："我家没有人奶。"村里人说："你爸就产奶，不信你回家问问他。"赵乐大声说："我爸不产奶，我妈才产奶！"

喂养大黑是一段艰苦的历程。稍大一些，把黄豆炒熟碾成面，冲成茶汤给大黑喝。整个一个冬天，大黑像女人坐月子，连屋都没出。赵庆福发现，一吹冷风它就打哆嗦，那身毛皮就像穿在了狗身上。赵庆福也奇怪，两三个月以后，大黑已经有了一头驴的俊朗样子，腿骨挺拔，小脸娟秀，两耳尖尖，大眼睛水汪汪。可它就是怕风，死活不肯去屋外。它就像这家的一口人，跟着赵庆福这屋那屋地转。村里人又说："没见过这样养驴的，比孩子养得都娇气。"直到转年春天，花开了，草绿了，空气香喷喷，它才战战兢兢地走出屋，翻蹄亮掌像风一样跑，拉都拉不回来。

转眼就是十几年过去了。赵乐长大了，在省城考上了公务员。小黑也长成了大黑。这些年，它可没少卖力气，再苦再累也不尥蹶子。赵庆福看它，从来也不用看牲口的眼神，眼里都是情愫。他还开玩笑，说："你要是个母驴就更好了，我要让你儿孙满堂，多子多福。"

赵庆福进到城里，已经掌灯了。天还没有黑，马路边上的灯就长成了葫芦串。赵庆福一边走一边心疼电费。照他的想法，这一条街有一盏灯就够了，稍微能借点儿光，看清道就行，根本没有必要把灯杆栽得像高粱地。他住的楼在边上，是最后一排。他早就相看好了，楼房不远处就是绿草地，草地上新栽了梧桐树，都有胳膊粗，拴驴是再好不过了。那样鲜嫩的草肯定也对大黑的胃口，看上去比韭菜都齐整。没想到，城市里还有这么好的地方，自己进了城，大黑也跟着沾光。想到这些，赵庆福很高兴。他的脑子里，已经有了一番图景。城市人都喜欢遛狗，他遛驴。看着他牵这样一个大家伙，估计会把城里人乐坏的，城里人就爱看稀奇，他们生活得都太平淡了。大黑又有免费草料吃，要说这日子，不比在贤人庄差。他借着路灯的光亮寻找草茂密的地方，蹲下身去，用手摸了摸。那些草苗苗从手心滑过，沁凉，散发着一股好闻的纯净气息。赵庆福很满意，把大黑拴好，拍了下驴脸，说："你这回可是过年了。这些草，随便你吃，你今天吃了明天它还长。"大黑也通人性似的打了个响鼻，伸出舌头舔了下他的手掌，算是依依不舍告别。

圆桌是从老家搬来的，桌面开裂了，使胶带打了补丁，靠在了侧卧的外墙上。上面摆着两只倒扣的盘碗，碗底油汪汪的。这屋那屋没有看到何玉新，赵庆福就知道，她这是看人跳舞去了。

小区挨着街景公园。进城的第一天，两人不顾一天的劳累，先到公园转了转。公园里栽了许多奇怪的树种，在山里从没见识过。还竖着许多奇怪的石头，其中一块大石头上有"大地史书"几个字，是描绘北部山脉中上元古界的，说有八亿到十八亿年的历史。一块石头这样古老，赵庆福一下就痴了。他在石头旁坐下，侧耳听那石头，似乎能听出整座村庄发出的嘈杂。有个小老头儿从石头里钻出来，稀疏的白发，在脑后绾个髻，披一身粗麻布衣，扛一柄锄头下地。这是先祖，赵庆福经常在心里描摹。他文化不高，但喜欢那些久远的未知的历史。家里的老旧残书都是他四处搜罗来的，装满了整整一屋子。就是因为太多，反而无法搬运。赵庆福一狠心，任那些建筑垃圾埋了。反正迟早都得埋，什么都得埋，还在乎什么！

赵庆福一直坐到腿麻了，屁股底下凉得受不了才站起身，却找不见何玉新了。都十点多了，那些扭秧歌、跳舞的还不散伙，城市人的劲头儿可真足，就像上紧了发条的钟表。何玉新从年轻的时候就羡慕城市，幻想着有朝一日能成为城市人，如今这个愿望终于实现了。她是村里的文艺骨干。不爱干家务，甚至不爱做饭，但爱参与公共文化活动，赵庆福从来都支持她。她从公园的一头儿走到另一头儿，打球的，打拳的，舞刀弄剑的，她挨个场景看。最后选中了一支跳广场舞的队伍，偷偷跟在人家背后比画了半天。

然后，每晚都去。

最后一口饭还没咽利落，敲门声响了。

赵庆福往城里搬家的时候特别不开心。说良心话，不开心的人不多，但他算一个。他是最后一个搬走的，说政府动员了五次才解决问题，指的就是他。赵庆福经常蹲在一处山岗上，望着毁坏的村庄出神。房子搬走一户捣毁一户，村子逐渐千疮百孔。他经常自言自语说："这是贤人庄啊！这里有先人的骨血啊！"艾特马以为他说给别人听，站起身来左右看，并没有什么人，只有山峦黑黢黢的影子。

艾特马是一只老狗，十三岁了，后背上的毛都磨秃了。眼球混浊而疲惫，眼角堆了两窝屎。它卧下身去，把下巴放到两只前腿上，侧着头，听赵庆福说话。是赵庆福以为它在听自己说话。赵庆福站起身，眼前是蓊郁的丛林，像一片黑压压的人的脑袋。他比画说，这村原来叫河套地，赵姓哥儿仁从山西挑着担子一路走了来，开荒种地，诗书传家，把河套地变成了贤人庄，远近都有名。眼下贤人庄变成了 6 号楼，就在城边子上占那么一长条的地方。前边是 5 号楼，小水村。左边是 10 号楼，二十里庄。"这下好了，贤人庄跟它们没区别了，没区别了！可这样地连根拔，我舍不得，舍不得呀！"他像做报告一样说完，呜呜地哭。仰面朝天，鼻涕眼泪一起往下淌。嘴巴最大限度地张开，像一只圆口的喇叭发出嗡鸣。艾特马闭着眼，有些羞愧地不敢看主人。赵庆福是个足智多谋的人，他有法子对付拆迁队。只是，赵庆福心太软，三招两式，赵庆福投降了。因为拆迁队的人说，你是贤人庄的人，要给其他村庄做表率，全镇人民都看着你们呢！得，赵庆福恨不得自己去钻水窟窿眼儿，给政府添麻烦的事，祖宗三代也没有过！只是这村的景致实在是好，前边是湖水，后面是山峦，一到春天满山满谷的桃花杏花，香得狗都打喷嚏。艾特马带着别家的狗在树行子里穿行，经常忘了回家吃饭。

三

赵庆福小心地把门拉开了一道缝。这可不像乡下，房门随时可以大敞四开，广迎远方宾朋。这话说得有点儿大，其实就是左右的乡亲，串门子，数扁担，前五百年，后五百载。车轱辘话今天说明天也说，从来没听腻过。你关门闭户要遭人笑话，以为你干啥见不得人的事呢。儿子赵乐一再叮嘱，搬到城里来，第一件事就是关门关门关门，要紧的事情说三遍，关门是第一要务。赵乐威吓说："你要是不关门，卖保险的，卖菜刀的，卖化妆品的，推门就进，就像推自己家的门一样，来了就不走。还有那非偷即盗的，损失财物是小，还要人性命，这样的案例多了去了。"赵乐索性威吓到底，举了很多网上看来的例子，强盗冒充查水表的上门，用胶带把人的嘴封上，手脚捆在一起，像捆粽子。要银行账户和密码，还有恶人把人大卸八块，用硫酸溶解灌了下水道，总之只有你想不到，没有他做不到。

赵庆福的心紧着跳了两下，才看清门外是个胖女人，一手拿着笔，一手拿着本，正煞有介事地记着什么。她用拿着的笔挑了下头发，说："我物业的，3002是你吧？"

赵庆福站出来瞅门牌，发现自己真的是3002。分房的时候其实就知道，可总是记不住楼牌号。他问啥事。

胖女人嚷："还好意思问啥事，西边的草地都让你给破坏了！"

这话赵庆福不爱听："我又不吃草，我咋会破坏草地？"

"那驴是你家的吧？我跑楼跑得腿都细了，还好找到了你……你知道草坪多少钱一平，气得我直打哆嗦。你们这些农民啊，能不能让人省点儿心……"

赵庆福窝着背靠在墙上，总算明白了，那地方草好，但不能放驴。可女人的话他不爱听。他看女人的腿，穿紧身裤，模样像个萝卜。

女人说："看什么看，还不赶紧想办法。"他问女人咋办，女人叹了口气说："还能咋办，罚你你不会出钱，恢复草坪你又不会。你说说，还能咋办？赶紧把驴处理了！"

女人让赵庆福签字，赵庆福把手背到后面，他可不能随便签字，这也是儿子赵乐告诉他的。签字就意味着履行责任，而有些责任是你根本履行不了的。

女人苦口婆心说："咱是城里人了，要懂些城里的规矩。那么美的草坪，你真舍得放驴？吃些草还是小事，那驴蹄子一倒腾，好好的草坪就破坏得没法看……政府为了让咱们农民过好日子，真是方法用尽……咱不帮忙，不添乱行不？"

赵庆福说："不是，大姐……"

女人说："叫我谢主任！"

赵庆福不满地说："咋句句都像吃枪药似的。"

女人把本子丢过来，说："立马签字，把驴的问题先解决了。"

赵庆福问："怎么解决？"

女人说："要不你给我，我给你解决。城里那么多驴肉馆，还解决不了一头驴？"

赵庆福这回签了字，他不能让女人把驴拉走。女人其实也就是吓唬他。回手一摁电梯，立马就开了。门一合，把人变没了。

赵庆福出来才发现天已经乌蒙蒙了。这城里的天就是这样，一天到晚乌烟瘴气，像闹妖怪一样。山里人把这种天气就叫"妖怪天"，山里妖怪携风带雨，城里的妖怪却啥也不带，就带一股呛鼻子的煤烟味儿。自打搬上来，也没见过透亮天儿。他像贼一样瞅好了才往西边走，却没提防，艾特马在车棚旁边蹲守，刚要往这边扑，赵庆福比它发现对方早几秒，嗖地退回了楼道。他的心怦怦地跳。艾特马是有这智商的，它一定知道他住在这里。可知道又怎样，他是下决心不要它了。他让自己静静神，大步往外走。艾特马果然欣喜地跑了过来，叼他的裤脚，舔他的脚面。他不理会，两只脚左蹬右踹。其中一脚蹬到了艾特马的耳根，艾特马疼得大叫一声，终于死了心，站着眼巴巴地看他。他没回头。他从贤人庄回来的时候艾特马就一直尾随着他，不走大路走小路，在公路下坎腾挪。他知道却假装不知道。进城的时候车流多起来，他跟大黑抢了个红灯，周围一片急刹车声，好歹总算过来了。艾特马没跟过来，他以为它不会来了。

狗是儿子赵乐的玩伴。赵乐曾经说："将来艾特马死了我要给它送葬，把它埋在核桃树下，就像这家里的一口人。"

说这话时赵乐才十五六岁，会背很多唐诗。家里那些古旧残破的书赵庆福喜欢，赵乐也喜欢。他经常扎到书堆里几个小时不出来。搬家之前，赵乐打电话问起过艾特马，但也只是问了下，没下死命令让爹带它进城。情况摆在那儿，村里家家都把狗撇在了贤人庄。大家都不带，大家都主动放弃了。这已经算是厚道了，小水村和二十里庄的狗，早就变成大粪被人排出去了。有啥办法呢，虽说只卖十几二十几块钱，可那也是钱啊！城里的生活贵，一把葱，一把蒜，一把韭菜，都贵得让人心疼。哪像过去房前屋后随便撒种子，种啥长啥。

　　道理是这道理，但贤人庄的人不卖狗，遇到偷狗贼就像打仗一样团结一心。城里的狗都不像狗，像熊、像羊、像鹿、像狼、像狮子，总之都不像狗。来的时间不长，赵庆福就闹明白了一件事，不像狗的狗才体面，瞧他们牵在手里，像是拉着一捆子人民币，那叫一个闲庭信步！村里的狗都纯得像狗，啥都不像，只像狗，能逮兔子，能捉小偷，能看家护院。可在贤人庄看着好看，放到城里自己看着就不上点儿。我们本来就是庄户人，人家看着你已经戴有色眼镜了，你再牵那样一条土狗，不用别人说，自己就觉得不体面。一个"土"字，城里人其实都喜欢，土猪肉、土狗肉、土鸡蛋，都是美味。但那是吃，人土就不行了，不招人待见。既然做了城里人，还得有个城里人的样子。再说，在城里生活也不比乡下，粮食蔬菜都金贵，也没有多余的东西喂狗啊！

父子俩在电话里讨论来讨论去，最后达成了共识。既然村里人都不带狗进城，那他们也别例外了。艾特马在村里还有伴儿呢。

他刚出现在大黑的视野里，大黑就咴咴地叫，鼻翼一扇一扇，有共鸣。那些草也看不出吃了多少，都让驴蹄子给踏翻了。赵庆福不心疼，地上的草，哪有那么金贵。谢主任也就是吓唬乡下人，因为乡下人没见识。赵庆福紧跑两步赶过去，先摸大黑的鼻梁，又拍了拍大黑的脊背，大黑把头扎到他的怀里，一拱一拱的。那意思说，你可来了，我以为你不要我了。赵庆福自是懂的，解开了缰绳，说："我知道你在这里受委屈了。那个胖女人训你了吧？咱回家，咱回家他们就管不着了。"大黑抵住了赵庆福的屁股，喷出的气暖烘烘。脚下的草坪简直成了烂泥塘，赵庆福愤愤地说："又不是庄稼，刨了又能怎样！"

大黑打了个响鼻配合，那意思好像是在说：怎样！

电梯有点儿小，赵庆福伸出两只胳膊丈量过，若是站成对角线，刚好能装下大黑。就是大黑得受委屈，尾巴塞进角落里，鼻梁骨要贴在夹角处，像戴上个箍子。好在只是一会儿的事。一会儿上去了，一会儿下来了，像腾云驾雾一样。世界上，也就孙悟空有这本事。赵庆福连说带比画，不管大黑听得懂听不懂。

电梯门开了，下来娘儿俩。小男孩儿有四五岁，开心地站着不走，说："嘿，这个大猪！"

妈妈说："这是驴，猪没有这么大个儿。"

小男孩儿说："嘿，这个大驴！"

妈妈说："宝宝真聪明，这回说对了。"

有人对驴感兴趣，赵庆福很高兴，便搭话说："那你们说说看，这是公驴还是母驴？"

妈妈弯下腰去看，驴的器具正好扬出来，好大一根。妈妈的脸"腾"地红了。剜了赵庆福一眼，嘴里嘟囔了句："啥人啊，这么大岁数！"拉着孩子匆忙走了。

赵庆福看着他们的背影得意地笑，说："你别跟牲口一般见识。"说完这话才咂摸过滋味，有点儿像骂自己。他更开心了，像捡了钱包一样。电梯合上了，一个封闭的世界。这个世界真好，只有他们俩。赵庆福抱住了驴脖子，用脸蹭它的鬃毛。电梯壁上映出了他的影儿，他对影儿说："你真贱。""你说谁？""就说你。""今晚你跟大黑睡？睡就睡，又不是没睡过驴棚。"真安静。世界如果总是这样安静就好了。

电梯在3楼停了下，一个小女孩儿噌的一声叫，像被电梯夹了手。赵庆福拍了拍大黑的脸，说："你吓着人了，没人见你坐过电梯。今天可是开洋荤了。这要还在贤人庄，见都没处去见。是埙城好还是贤人庄好？埙城好！"赵庆福自己竖了下大拇指。大黑张不开嘴，不能说话，大眼睛一眨巴一眨巴，特别解风情。

电梯已经停在了30楼，赵庆福把驴尾巴撩起来往外拽，说："艾特马不定咋恨我，有好事我先想着你，可我总不能把你丢在贤人庄、把它弄到城里来吧？"

赵庆福忽然有些气愤，说："你是啥贡献，它是啥贡献，它不能和你比。你在山上驮果筐，它在树行子里搞对象，年年让小花怀孕，孩子都生好几窝了！"

对面的门吱扭开了，胡大生往外搁垃圾。他奇怪地说："你这是在跟谁叨咕？"

赵庆福心虚地说："你听差了，我没叨咕。"

胡大生狐疑说："你明明叨咕了……你这是干啥？咋让驴上楼了？"

赵庆福不解释，把驴拽出来，拧开了自己家的房门。胡大生提着笤帚追了过来，说："你咋把驴拉家来了？楼房屁股大的地方，你往哪儿搁它？"

赵庆福说："这样大的地方，哪儿搁不下它？"

胡大生口里"啧啧"地说："赵庆福，你咋这各色呢。这么大个贤人庄，顶属你各色。"

赵庆福说："我咋各色了？"

胡大生说："你说你在村里，整天捡点儿子破烂，家里连插脚的地方也没有。好不容易住楼房了，你又把驴弄上来……"

赵庆福说："这儿没你的事，你甭管。"

胡大生说："好，好，我不管。黑夜你可别让它叫唤，瘆得慌。"

赵庆福说："你怕驴？才几天不使驴，你别这么快就忘本。"胡大生气得举起笤帚拍了下桌子腿，走了。赵庆福赶紧关上门。

客厅也没有多大。赵庆福的这套房子九十多平方米。把家里的大小柜子拉了来，客厅只能装下驴了。赵乐反对他往楼上搬旧家具，赵庆福骂了儿子半天，说他嘚瑟，忘本。刚吃几天公家饭，就看不上家里的旧物件了。大黑一进来，就像庞然大物一样把屋子装满了。玉新刚拖完地，去楼上串门了。回来一看地板，急得嚷："你咋让驴进来了？快出去，出去！"

赵庆福也扯起脖子起高音儿："上哪儿去？哪儿也没地方去！世界这么大，却没有大黑待的地方。"

玉新一甩袖子去了里屋。赵庆福拍着大黑的脖颈让它趴下，可驴蹄子打滑，大黑差一点儿驴失前蹄。大黑终于趴下了，蹄子往里收得紧。赵庆福看着心疼，搬着身子想让驴卧舒坦，驴蹄子又一打滑，咣当一声摔趴下了。这回动静有点儿大，地板呼扇呼扇像闹地震。不一会儿的工夫，房门又被敲响了。赵庆福打开门一看，还是那个谢主任，身板比一扇门都宽。

谢主任一侧身子，才跨进门来，转圈儿看那驴，又看赵庆福。点着他的脑门儿说："行啊，你。脑子没毛病吧？"

赵庆福说："是头好驴，没毛病。"

谢主任说："别说它，说你。"

赵庆福谦虚地说："我没啥好说的。"

谢主任瞪起眼睛看他，有半分钟，说："别兜圈子了，这驴你到底要养到什么时候？你有点儿全局观念行不行？你这里驴一摔跟头，整幢楼都跟着摇晃！"

赵庆福赶忙说："楼摇晃是质量问题，你应该去找开发商。"

谢主任说："放肆！这么好的楼哪有质量问题？你别红口白牙瞎咧咧！"

赵庆福说："你以为我愿意楼有问题？是你先说楼摇晃。"

谢主任倒憋了一口气，跟这样的人真是没话好讲。过了好半天，谢主任才把那口气顺下去，苦口婆心说："这样好的房子，一会儿尿一摊驴尿，一会儿拉一摊驴屎，你不心疼？"

赵庆福说："放心，它在贤人庄就不在棚里拉尿，这不是一头普通的驴。"

谢主任斜起眼睛说："金驴？"

赵庆福"哼"了声，说："比金驴值钱。"

谢主任终于忍不住了，断喝了一声："这是城市，不是山沟沟！你在楼里养驴影响其他人！这——不——行！"

赵庆福也提高了声音，说："你这话我就不爱听了。我养我的驴，碍着其他人啥事？我拴外面树上不行，放我家里也不行，你告诉我搁哪儿行？"

谢主任说："搁哪儿也不行，你必须处理掉！"

赵庆福上来了驴脾气，说："我就搁了，你爱咋的咋的！"

谢主任气得直转磨，说："你们这些，这些……人啊，放着好日子都不会过。这样好的楼房，让你们住成驴棚……给你们住真是糟蹋！"

赵庆福气哼哼地说："不是我想住，是你们非让我来住。我老家可比这儿好，十几只鸡，十几只羊，耗子都肥得像猪崽子。这地方，哼！"

谢主任冷笑了一声，说："怪不得这么不通气儿，感情是养耗子的出身。"

赵庆福恼了，瞪起眼睛说："你这是咋说话呢？谁是养耗子出身？耗子大小也是个性命，你能养啥？"

轻蔑地扫了一下谢主任，更加轻蔑地说："你大概只能养虱子。"

谢主任知道他在影射自己身上的肉，心说这山里人说话还挺鹞鹰。谢主任摆了摆手，拿出手机在手里掂，说："这驴一天也不能待在小区了，再待下去我这饭碗都保不住了。刚才几分钟的工夫，就有好几个电话打来投诉，说电梯里一股驴味儿。老哥，咱是城市人了，讲点儿公德吧。明天早晨你就处理掉。你没空就交给我处理，别因为你的驴让我丢饭碗，行不？我找个饭碗也不易。"

人怕见面树怕剥皮，人家再一个劲儿地说软和话，赵庆福就没奈何了。他点头说："好吧。"

谢主任的眼睛却有些痴，飞快地睃了那驴一眼。浑圆的屁股，两只招风耳朵，真是头好驴。她试探地问："这驴好卖吗？用不用帮忙？"赵庆福警惕地问她买驴干啥使，谢主任不耐烦，说："还能干啥使，该干啥使干啥使。"

想起她曾经说过驴肉馆，赵庆福急忙说："免谈。"

那支笔在谢主任的指间就像金箍棒，耍得上下翻飞。刚才的那一点儿和颜悦色瞬间就没了踪影。她把眉心皱起来，用手在鼻子前扇风，说："这屋里味儿真大，你们闻不出来？"

赵庆福说："闻不出来。"

谢主任说："抓紧时间处理。这是业主告到我这儿，我能给你兜着，这要是有人打 110 报警，警察就没有我这么好说话了。"

赵庆福拧着眉毛问："谁告的状？"

谢主任说："这个可不能告诉你。"

赵庆福继续问："是贤人庄的人？"

谢主任嘴里像含了热豆腐，开始打马虎眼。说："你问这干啥，抓紧时间把驴处理了才是正事，别再给人添硌硬。"

玉新从里屋走了出来，说："领导你就放心吧，他不卖我去卖。我不能让他把好好的房子弄成驴棚。"

谢主任赞许地看玉新，一下就找到了女人之间相通的感觉。"还是大姐明事理。"说完，她剜了赵庆福一眼，"你好好向女人学习。"

四

小花在山巅上一声叫，整个贤人庄的狗就都听到了。

大家从四处朝那棵花桑树下聚齐，把岑寂的村庄闹出了很大的动静。小花在一块大石头上长长地伸了个懒腰，先蹬右后腿，再蹬左后腿，又把脖子朝高处仰了仰。做了几回母亲，小花仍显得婀娜和优雅，水汪汪的眼睛里盛满了情愫。

小花的主人是第一个搬走的。说搬走不准确，他们几乎没有在贤人庄住过。他们是城里人，觉得这里民风淳朴、山清水秀，便花很少的钱买下了一座民宅。买下了却一直没有装修，后来就有了拆迁的信儿。他们欢天喜地签了协议，拿走了一大笔现金，把房子里的一切都抛弃了，包括小花。

过去小花被关在院子里，他们定期来送水和食物。有一天，他们突然发现小花的腰身粗了，乳头凸显。原来院墙被从外面掏了个洞，这院子被里勾外连了。他们气坏了，站在外面骂了半天狗，就像骂人一样。贤人庄的人都被骂笑了，说狗的事，管它干啥。他们果真不管了，把小花放了，关到了门外。从此也不再送水和食物。院墙外不远处有一棵野桑树，树下有个洞，小花就住在那里，下雨能打湿半个身子。

但小花还是守着这所宅院。不管房子在不在，有生人从那里过，它都会汪汪叫几声，以示警诫。

从某种意义上说，小花最早失去了家园和主人，然后看着别的伙伴失去了主人和家园。风浪见得多了，小花显得从容和淡定。它生的孩子都好看，被形形色色的人抱走了。起初小花也玩儿命地保护自己的孩子，可它能保护今天，保护不了明天。一个卖香油的走到这里，说："这小狗没人要？没人要我要一只。"他大大方方把小狗装进箱子里，又敲梆子去卖香油了。

那个里勾外连的洞，在房子没拆之前一直长在那里。当初为在墙上掏个洞，艾特马磨秃了两排牙齿。那可真是浪漫岁月啊，农历三月桃红柳绿，空气里都是温暖、暧昧的气息。艾特马有天从这里过，闻到了一股特别享受的气味，比花香都好闻，是从院子里散发出来的。隔着厚厚的院墙，艾特马一鼻子就闻到了。艾特马围着院墙转，扯着脖子往里传递信号。小花呻吟着回应，那声音有幽怨有委屈，那意思仿佛是在说："闷死我了！"艾特马几乎疯了。它找到了墙的薄弱环节，一点一点用牙齿抠开了砖缝，敲开了通往小花的路。小花眉目含情地看着它，娇羞得眼睛都红了。

这种红有毛发遮着，别人看不出来，但艾特马一眼就看出来了。从洞子里钻进来，身上披了很多土，汗水又让那些土混成了泥。可它们谁都不在乎，四只眼睛相遇，艾特马的胸脯剧烈地起伏，小花优雅地走过来，用鼻子顶住了它的鼻子。

薄雾从水面上飘了过来，丝丝缕缕像云絮缠绕。小花的声音撞过那些云絮发出哗啦啦的水音，像水波荡漾一样。

夜里下了场雾，山峦树木都湿漉漉。山路上跃动着一个一个身影，黄脊背、大郎、二郎、娘娘、华妃、张瑞先。华妃是一只小狗，才五个月大。张瑞先则是条老狗，快满十七岁了。它们站在一起，像极了祖孙三代。黄脊背最先跑过来，先闻小花的屁股，它对小花总有莫名的好感。小花让它闻，但也只限于闻。黄脊背闻够了会主动离开，即便是在春天也如此，贤人庄的狗都讲规则。

越来越多的狗在往这里奔，小花有些焦急地看，没有艾特马，还是没有艾特马。昨晚艾特马从城里回来，小花不放心，过去看了它一眼，却没有让艾特马看见自己。艾特马坐在布满砖头瓦块的院子里，垂着头，两只耳朵耷拉着，面对着一大堆瓦砾，眼神茫然无措。艾特马这个样子让小花寒心，印象里，艾特马永远是有所作为的。小花知道，艾特马去城里没带来好消息。

这一段时间，艾特马一直在跑坞城，身形越发消瘦。小花不忍对它说什么。它知道，迟早有一天它会让城市彻底伤透心，那样它就不会再往城市跑了。小花从城市来，城市什么样它有记忆。那些钢筋混凝土的庞然大物，除了整齐没有别的优点，不像草木含情，甚至不像山上的石头有活性。它们统统显得浅薄而僵硬，就像小花的那两位主人。

那两个人，是机关的公务员。他们从市场把小花买了来，就是为了占领那所宅院。他们说："我们不住，你住。你看住房子，不能让别人进来。"小花在这里待了五年，也没能与他们建立感情。他们每次来，把食物和水扔下就去逛山景。回来女人手里会掐一大把花。贤人庄的人批评说："花是用来结果的，你把它掐下了，让那些果坐在哪里呢？"可女人振振有词，一挥手说："漫山遍野这样多的花，哪会缺这样几枝，贤人庄的人真小气。"一句话，就封堵了贤人庄人的嘴。贤人庄的人就怕别人说自己什么，被女人说了声"小气"，贤人庄的人就觉得很丢村里人的面子。

小花总是怯生生地看着他们，亲近他们的愿望实施得很艰难。它总伺机往他们身上扑，就像小孩儿撒娇一样。小花果然扑到了一次，但被女人狠狠蹬了一脚。女人说小花踩脏了她的萝卜裤。"没有比你更讨厌的了！"女人尖叫的声音像是在拉汽笛，一下绝了小花的念想。

赵庆福来到埠城以后做的第一个梦，梦见了全村所有的狗。

小花率领浩浩荡荡的一支队伍往村北走。每天早晨大家都到花桑树下集合，然后才分头去找吃的。小花不识数，可它像将军一样巡视一眼，就知道谁来谁没来。没来的，大概遇到了偷狗贼，他们用弓弩、毒药、绳子、木棍，要了许多条狗的性命。小花不厌其烦地提醒大家，睡觉灵醒点儿，张开一只耳朵，若是遇见了贼，就拼命地喊救命。

这里是上山的必经之路，山环里有个空场，土是暄的，密密麻麻排满了爪子印。自从最后一户人家搬走，这村整体一下就矮了。大树伐了，房子推倒了，视野里变得光秃秃，似乎与对面的水域成了一个平面——当然这是错觉，怎么可能呢。越来越多的狗自觉到小花这里来，就因了小花的不张皇。小花淡定的脸，起到了稳定军心的作用。它是一只小白狗，有着杂交以后的诸多特征，大脑门儿里都是智慧。

小花忧心地说："艾特马会不会生病了？"黄脊背说："不会。人家跑了几次城里，骄傲着呢。"小花瞪了黄脊背一眼，不喜欢它的阴阳怪气。小花说："我去看看它。"黄脊背说："我也去。"大郎、二郎也说去，于是呼啦呼啦都跟在了小花的身后。

艾特马在房岔子上匍匐，眼睑都是湿的。看得出，艾特马一直都在哭。小花一看就火了，它汪汪了两声，艾特马置之不理。小花走了过去，突然尖声叫道："你也叫个爷们儿！

跟孩子骨肉分离也没见你这样！不就是人家不要你了吗？你去死吧，去死好了！"艾特马把脸埋下了，泪水汹涌，十分委屈的样子。小花的心软了，走过去，近到不能再近，用冰凉的鼻尖触它的鼻子，耸起上唇吻了下。小花说："贤人庄是人的，也是狗的。这些我都懂。我们留不住他们，有什么办法呢？"艾特马无动于衷。小花软声说："死心眼儿，你真是个死心眼儿。主人走了你就不能活了？你还有我呢——"艾特马突然抬起头，仰天发出了一声长嚎。那种凄厉让天空都跟着打战。

小花的眼里涌出了泪，扯开嗓子跟了上去，声音又细又尖。所有的狗都发出了啸叫，高的低的粗的细的各种声音混合在一起，声震寰宇。

马路上有车停下了，一男一女走出车子，侧起耳朵听："这是什么声音？"男的问。女的答："好像一群狗在哭。"男的说："村庄都没了，哪来的这么多狗。会不会是狼？"女的说："不是狼，是狗。"

它们争论贤人庄谁最有本事，有说书记的，有说村长的。黄脊背坚持说胡大生，理由是，胡大生是村里第一个经营鲜鱼馆的人。他家做的锦鲤糖醋鱼，吸引了附近大城市的吃货们，节假日浩浩荡荡来这里，能把这进山的路堵严。大郎、二郎都点头，它们是亲哥儿俩，住在餐馆附近，都得过餐馆的好处。可艾特马说："他家的鱼是怎么来的？湖边一条小船，船舱里有水，水里有鱼。顾客看着胡大生把鱼从水里提出来，都以为这是刚出水的金盆锦鲤。其实呢，一大早，早有鱼贩子从远处把鱼贩了来，分装到几条船内。金盆水库里不是没有鱼，是有鱼也供不上那样多的食客。胡大生只得作假，他把养殖的鱼放在水库的水里吐泥，养上十天半月，就能以次充好。至于味道，从山上多采些青花椒，连叶子也放进去，那些食客不仅吃不出来，还能吃出特色。他的事，贤人庄的人其实都知道，只是没人往外说罢了。"娘娘、华妃都点头，说："这些大家确实都知道，那些食客也奇怪，跑几百公里来吃条作假的鱼，还能吃得心满意足。"艾特马又说："要说有本事还得数我家主人。那年夏天，张瑞先的主人那个老张瑞先，摇着芭蕉扇来赵庆福家串门，一屁股坐在了院子里的葡萄架下，就听哎哟一声，原来他坐在了一只青头愣大毒蝎子身上。蜇得老张瑞先嗷嗷叫，腿脚抽搐，动弹不得。不一会儿，就嘴角淌白沫。赵庆福喊人打着手电捉蜘蛛。放在了老张瑞先的屁股上。离毒眼还有一寸远，蜘蛛嗖地爬过去，把嘴插进毒眼里吸毒液。一共毒翻了三只蜘蛛，才保住了老张瑞先的性命。这样的事，别人打死也想不起来做。"

张瑞先佝偻着腰身咳嗽了两声，它有哮喘。老张瑞先也有哮喘，一过立秋喉咙里就拉风箱。淘气的孩子说它跟主人得了同一种病，主人死了，就把名字给了它。

张瑞先点头称是。说："赵庆福的本事都是从书中得来

牛粪牛尿牛粪牛尿牛粪牛尿牛

9

88

99

32

牛粪牛尿牛粪牛尿牛粪牛尿牛粪牛尿牛粪牛尿牛

EXLIBRIS

年輪典存藏書局 02 ✕ 抬頭老婆低頭漢 馮驥才

的。我家主人在世的时候经常夸他，说他是个聪明人，只是文化少，若是文化高些，可以做翰林。"

黄脊背说："他的书都是从废品收购站背来的。人家卖书，他买书。嘻嘻。"

狗群一阵嘈杂，把黄脊背的声音淹没了。

小花坐在圈外看着艾特马。朝霞越过山巅洒下来，金黄一片，艾特马的忧郁越发深了。说完那些话，它似乎用尽了气力，怏怏地看着远处，两条前腿似乎难以支撑身体，它一下趴下了。小花哭叫："艾特马……"就像小孩儿哭叫一样。

五

天似亮非亮，赵庆福一激灵就醒了。他摸索着坐了起来，不知身在何处。玉新咕哝说："你做噩梦了，一宿又喊又叫，咋跟狗似的。"

赵庆福摸了摸后脖颈，凉飕飕的，都是冷汗。他说："我梦见了全村的狗，都说人话。那些狗都成精了。张瑞先家的狗像张瑞先，黄脊背像胡大生，艾特马总替我挣口袋，它居然知道我用蜘蛛给张瑞先排蝎子毒。"

玉新翻了个身，不耐烦地说："快别魔怔了，先把驴的事办好了，麻溜的。"

赵庆福下床穿鞋，玉新问他："起这么早去干啥？"赵庆福赌气似的说："还能干啥？卖驴。"

玉新打年轻的时候就被赵庆福惯坏了，地里的活计再忙，她从不下地。赵庆福也愿意看着她穿得干干净净、利利落落的。他说女人是装钱的匣子，男人才是搂钱的耙子。他不愿意看见女人的操劳样儿。玉新是一个受惯了娇宠的女人。此刻又进入了梦乡，含混地说："早卖早省心——你到外边买个早点吃吧。"

赵庆福请示说："照你说，卖多少钱合适？"

玉新说："现在驴肉贵，你好好合计合计。"

赵庆福说："大黑是劳动力，吃它的肉还早点儿！"

玉新说："快别放屁了，这样的话我早听腻了！"

赵庆福来到了客厅。大黑已经起来了，头朝窗外站着，垂着眼皮。沉默，冷静，像在屋里加了一面墙。赵庆福过去摸了摸它的鼻子，大黑马上伸出了舌头，舔赵庆福的手心。那舌头也不滑溜，像小钢锉一样。这是上火了。赵庆福掰开它的嘴，看舌苔，上面一层白，要长白口糊的样子。赵庆福端来一盆水，先饮它。住在这么一个上不着天下不着地的地方，不上火才怪。

赵庆福拍拍它的长脸，说："我也没法儿，我只能卖了你。给你找户好人家，你就跟人家去过日子吧。"大黑打了下响鼻，把脸扭到了一边。

玉新在屋里说："赵庆福，快别磨叽了。让我多睡会儿行不？"

赵庆福去了厨房，有昨天剩下的半碗粥。赵庆福兑了些开水，喝了。穿上一件褂子蹬上鞋，牵着大黑下楼。刚出楼梯口，大黑又是屎又是尿，好大一摊。看看附近没人，赵庆福拉着驴做贼似的跑远了。

路上有零星遛早的人，赵庆福绕着他们走。一直向西，走到草地的边缘地带，赶紧对大黑说："这里的草好，快吃点儿！"

可大黑还没吃几口，几个老头儿从天而降。他们布满老年斑的脸上都是愤怒，指着赵庆福的鼻子说："乡下人怎么这么不懂规矩，这样好的草地你怎么能放驴？你这是侵犯大家的利益知道吗？"

赵庆福哪里敢分辩，他怕这些老爷子给他耳刮子，看上去，他们都七老八十了，赵庆福可惹不起他们。他拉着驴在前边走，几个老头儿不依不饶地跟在后面，唾沫星子四溅。说："你别以为到别处放驴就没人管你，城市是大家的城市，每个人都应该关心和爱护。国家有好政策，让农民进城了，你们就应该多学习，提高思想认识，尽早做高素质的文明市民，别给城市抹黑。"那些聒噪声让赵庆福要起羊毛翻，这种病可不好治，得用荞麦面搓成面剂子，在后背来回滚，把心里的芒刺粘出来。此刻他就是要得羊毛翻的感觉，还在想家里有没有荞麦面。心火一阵一阵地往上蹿，浑身都要打摆子。他用缰绳抽两下驴屁股，撒丫子跑起来。

那些老头儿一起追，到底不是赵庆福的对手。他像艾特马，一启动至少四十迈，脚力都是在山里坡上坎下练出来的。那些老头儿在远处骂："王八羔子，跟你说话是瞧得起你，你跑啥？跑得了和尚跑不了庙，知道你就在这儿附近住，早晚逮住你！"

城西三元里有骡马市，赵庆福二十年前来卖过牛。那骡马市不大，在杨树行子里。牲口都拴树上，经纪人穿着长袖袄，手窝在里面，捉住卖家的手问价。这些话都不在嘴上说，防止漏风跑气。而是靠袖子里的手比画。几个指头一撮，是七。食指一勾，是九。大拇指一伸，是十。经纪人都是火眼金睛，一眼就看出你是山里来的，没见过世面。赵庆福说："八一八"。经纪人说："六一六"。那是一头病牛，瘦得只剩下一副骨架。可瘦死的骆驼比马大，牛跟骆驼的腰身差不多，赵庆福就知道自己卖亏了。哪怕来个"七一七"呢。再不该一口价就给人家。这件事，赵庆福后悔了很多年。赵庆福思谋当下，这样的事再不能发生了。

关键的一点，那人不能是屠夫。屠夫给多少钱也不卖，这是底线。

那些树还在，似乎是变小了。但看上去不小，跟赵庆福当年的感觉差不多。只是中间这二十年呢，去了哪里？细一瞧才发现，有些树是新栽的。赵庆福的心里有些慌，就像住高楼一样，上不着天下不着地。他就怕这种感觉，一想起来就胸闷气短。回身抱了抱驴脖子，让自己的心踏实下来。他跟一个打拳的老头儿打听骡马市。老头儿闭眼蹬腿，一招一式柔中有刚。两片嘴唇用着力，根本没打算回答赵庆福的问题。

赵庆福往树行子深处走，有人在调琴弦，吊假嗓。赵庆福问："请问骡马市是不是换地方了，过去就在这里啊！"

那人看也不看他，说："哪儿还有什么骡子马，你是外星来的啊。"

赵庆福说："那……市呢？"

那人说："东河井菜市，小毛庄狗市，你找哪个市？"

骡马市原来取消了。赵庆福想了一会儿才明白。这二十年，大牲畜越来越少，攒不起集市了。这下他有些慌，见人就问买驴吗。还真有人对大黑感兴趣，这么看，那么夸，但说了归一都不买。有人给他出主意，说让他自己去找屠宰场，这样还能卖个好价钱。赵庆福就像挨了马蜂蜇，拉着大黑赶紧走了。

有个老头儿从后面撵过来，原来是那个打拳的。说："一看你就是个善良人，不想让人杀了吃肉是吧？这附近没有农人耕田了，所以你卖驴的想法不符合实际了。今天正好是太和洼大集，不行你就到那里看看，洼里的农人也许还使驴。"

赵庆福恨不得给老头儿磕一个，这话说得多暖人啊。可三十里地的路程难杀人。老头儿又给他出主意，说："前边三角地有出租 130 的，你租个车把驴拉去，卖了驴再给他钱。"赵庆福千恩万谢，心想这真是一个好法子。结果，他白跑一趟。洼里的人说："我们这里种庄稼不假，现在插秧都用机器，哪儿有使驴的啊。"白搭几百块车钱，驴却没卖出去。赵庆福特别上火，他不能让大黑再上楼，回来的路上他就想好了，驴不卖了，还回贤人庄。艾特马都能待在村里，大黑为啥不能。

赵庆福和大黑出现在贤人庄的村头，一村子的狗都惊了，汪汪声响彻云天。连张瑞先都能把身子扭出花来。小花起初冲到了最前头，往赵庆福身上扑。一回头，发现艾特马坐在瓦砾上，眼睛望着别处。小花心一颤，悄悄退了出来。那些狗还在跟赵庆福亲热，赵庆福抽身不得。他也在看艾特马，那个熊样，假装不瞅他，眼角却朝这边斜，那些个狗心眼儿，比个司马昭还多。

那些狗撺掇够了，赵庆福走到了艾特马身边，摸了摸它脖子上的毛，继而俯下身去，想抱抱它的脑袋。艾特马身子往下一缩，从他的怀抱里退了出去。

手上沾了狗毛，赵庆福用指头搓了搓，讪讪地。拇指和食指一弹，狗毛朝空中飞去，在银亮的天空底下飘浮。再看艾特马，扭着屁股往一片瓦砾上走，背影充满了忧伤。

赵庆福鼻子一酸，眼泪差点儿掉下来。他想：艾特马这是恨上我了，这个狗娘养的。

大黑拴到了山坳里。那是一棵柿子树，黢黑，皮肤上满是细小的裂纹。在整个春天，它都像死了，久久都不发芽。桃树杏树开够了花，它才像突然睡醒似的，匆忙在老枝杈上鼓出芽苞。眼下几个柿子在枝头吊着，示威似的。它们都有先见之明，长得高远，让人无论想些什么办法，都无法摘到它们。山里的树，只有柿子树有高度，适合拴驴。桃、杏、李子、苹果都生养得低矮，人站到树下，头能钻出枝杈，像古人戴了枷一样。

大黑身边堆积了许多树叶和柴草。如果不是刻意走到这里，外边的行人和车辆都看不见。赵庆福搬来了一个缸岔子，里面放满了水。他一边干活儿一边发狠："就在这儿过了，就在这儿过了。"他用树枝给大黑搭了一个简易窝棚，上面蒙上了塑料布，可以挡些风雨。一村子的狗都看着他。它们站在山坡上，呈扇形，像被施了魔法一样，许久都不动一动。里面没有艾特马。赵庆福知道，艾特马隐藏在那棵核桃树后，也在看他。

那是棵大核桃树，也是爷爷辈了。树冠能遮半亩地，树下都不长别的灌木。艾特马很会隐藏，只把半张脸探出来，还是让赵庆福扫着了影儿。这个狗娘养的，还跟我斗上了。赵庆福忙了满头满脸的汗水，想抽支烟，才发现没有带火。看了看林木，有油松，有侧柏。没带火也是对的。他把烟捏碎了，朝那些狗走去。想起夜里做的梦，小花穿裙子，艾特马穿西装，都人模狗样。赵庆福说："我也给你们盖个房子吧，以后天气冷了，你们就不用睡在外面了。"那些狗似乎听懂了，一起嗷嗷叫。

房子盖在了赵庆福家的宅院里，就着过去的瓷砖地面，上面铺了一捆一捆的陈年谷草。除了低矮些，有一间房子那么大，足可以让全庄的狗都住进来。可艾特马不进来，所有的狗就都不进来。它在远处兜兜转转，似乎对什么都没有兴趣。它恹恹的样子有气无力。赵庆福吃惊地说："你是不是病了？"

赵庆福越来越频繁地来往于坝城与贤人庄之间。他的自行车俗称"铁驴"，铁骨架是自己焊接的，一点儿多余的零碎也没有，已经跟了他许多年了。他飞身刚要上车，被邻居胡大生喊住了。胡大生把车停在路边，问赵庆福去干啥。赵庆福说："艾特马病了，我去给它送点儿药。"把胡大生气笑了，问他送啥药。他也说不清。反正是玉新吃剩下的，对消化系统有好处。

胡大生数落他，说："你的样子哪像个城里人，给狗送药，亏你想得出，传出去都是笑话。"

赵庆福说："我原本也不是城里人。"

胡大生说："既然住到了城里，就是城里人。你就别犟了，跟我去过城里人的日子吧！"

赵庆福狐疑，说："啥是城里人的日子？"

胡大生神秘地说："知道我去干啥吗？我去挣钱。我昨天一天挣了三千多，比开饭馆来钱都快。"

赵庆福就知道他去赌博了，否则身后得跟着轧票子机器。赵庆福说："我不去，你也别去。贤人庄自古就不出嫖赌的人。"

胡大生说："还贤人庄、贤人庄，我们现在是住在加州小区，懂不？加州是哪里？美国！美国赌博都是公开合法的，你就别老土了！"

胡大生上车、关车门，车门关得砰砰响。扎好安全带，他又撤下玻璃窗，朝赵庆福招了招手。胡大生说："饭馆那几十间烂房子，拆迁赔了我一千多万，我撒着欢儿花也花不完啊！我每天就是想怎么花钱，一想到那么多钱躺在银行，我就烧得慌。你跟我去玩儿一票吧，长长见识。赢了算你的，输了算我的，咋样？"

赵庆福摇了摇头，说："在贤人庄，祖上有规矩，掷骰子要剁手。"

胡大生哈哈大笑说："现在已经没有贤人庄了，还规矩个屁啊！"

自行车扔在草丛里，赵庆福捡砖瓦石块搭了一个高灶，还准备了些油盐。给狗盖房子的时候，他去山环里抱陈年谷草，发现了一个问题。那些玉米棒子叽里咕噜，漫山遍野都是。不是没有秋收，是秋收过了。那些人家只是把大的好的玉米棒子收走了。或者，连大的好的玉米棒子也丢下不少。住上高楼，拿了大把的拆迁费，他们都不把粮食当回事了！赵庆福气得一边捡拾玉米棒子一边嘟囔："都是饿不到，这是多造孽啊！"他先是嘟囔，后来大声说出来。再大声，简直是嚷。这山谷寂静而又空旷，他的声音在空中盘旋，然后像鸟儿一样飞走了。翻过一个山梁，就是凉水寺村。那里没有拆迁，村里有小钢磨，可以把玉米粒磨成玉米糁和玉米面。赵庆福第一次去，老板问这问那。城里好不？住得惯不？解手真就在屋里？屋里臭不？满脸都是艳羡。赵庆福心里隐隐地疼，嘴上仍说城市的好。住30楼，乘电梯，忽而上，忽而下。出了门就是大马路，又平又宽。公园都是花草，修剪得比菜板都整齐。老板认真地问："听没听说我们这里什么时候拆迁？"赵庆福愣了一下，说："等着吧。"赵庆福从家里拿了两只蛇皮袋，几天就把口袋捡满了。赵庆福很高兴，老婆玉新也很高兴。这是新玉米面啊，以后再吃到新粮食不容易了！玉新以为这是赵庆福全部的胜利果实，其实远远不是。

更大的一部分，赵庆福留在了贤人庄，他要给全村的狗做狗食。高灶的烟囱一冒烟，那些狗就知道该吃饭了，成群结伙地往这里奔。尤其是黄脊背，总是第一个冲过来，吃得又快又多，嘴里发出呼噜呼噜的声音，它这是护食呢。赵庆福用棍子别住它，让它给别的狗留点儿，可这个吃瞎食的玩意儿，力气大得惊人，一根棍子根本别不住它。赵庆福气得嚷："你咋这随胡大生呢，一点儿撩人儿的地方也没有！"

　　艾特马总是很矜持，它留在狗群外边。东西丢在地上它才肯过去闻，若是放在手心里，艾特马便别着头，拒绝走过来。赵庆福骂："你个狗东西，还有完没完。"可心里却很不好受。他知道，这是艾特马记仇了。他觉得，村子弄没了，连狗都嫌恶他，他过去对艾特马说过，即便所有的人都搬走了，他们俩也坚守。他不走，狗也不走。后来，他背叛了自己的誓言。有啥办法呢，他没办法呀！艾特马的心情他当然知道，可他的心情狗却不能理解。他不知道怎样才能让它理解。他居然很难受。小花抢不过别的狗，赵庆福便给它吃小灶，边喂小花边留意艾特马。他在间接打溜须。狗是直肠子，不知能不能理解这种曲里拐弯。赵庆福气笑了，骂自己贱。喂完了狗，他才记起药还在自己口袋里。赵庆福特意拌了食端给艾特马，这回艾特马吃了，只是吃得很勉强。

六

也多亏小花的身量小，才能把半个身子委在树洞里。这株花桑树也有几十年了，赵庆福小的时候，它还只是个苗木。花开是一种淡淡的香气，不结果儿，它只开谎花，要不咋叫花桑呢。眼下树皮皴裂得不成样子，已经老迈了。这里是上山的必经之路，拐上左边的那道坡坎，就能看见大黑。赵庆福照料大黑回来，偶然想起应该给小花也修个房子，树洞的下边呈坡形，便于雨水流出。可小花把身子团进去也难。想起小花曾经大腹便便的样子，赵庆福甚至有些柔软。小花看护的那家院子里有砸烂的家具：柜子、椅子、床腿。给小花搭个窝真是不费吹灰之力。小花就在不远处看着，睁着两只毛毛眼，似乎是在说："你这样照顾我，这是要闹哪样？"哪样也不闹，赵庆福越忙乎越上瘾，搭了一层不行，又想搭二层。他忙得满头大汗，坐下歇息时，见一个女人拄根棍子从山路上下来了。赵庆福一惊，马上想到了大黑的安全问题，大黑隐身在山坳里，应该是一个巨大的秘密。

赵庆福一直看着女人走过来。女人身量高，皮肤白，腰间系着外衣，手里的棍子更像道具，在地上蜻蜓点水。看上去她岁数不大，最起码没有自己年龄大。也许城里的女人细皮嫩肉，不显年龄？

赵庆福主动打招呼："逛山呀？"女人说："逛山。"

赵庆福问："从哪边走过来的？"

赵庆福期待她说右边，右边通向凉水寺村，那样她就看不到大黑了。可女人停下脚步，用棍子指了指："左边，柿子树上拴一头大黑驴，不知是谁家的。"

赵庆福慌忙说："我家的，我晚上就拉走。"

女人却狐疑，她觉得，眼前这个男人有点儿可疑。女人说："这村的人都住高楼了，你不住？你把驴往哪儿拉？"

赵庆福干咳了一声，说："有人住的地方就有驴住的地方。"

这话听起来有些费劲，"你住床，驴难道也住床？"女人不愿意就这个问题掰扯，她并不关心这些。她蹲下身来，研究这个小房子。小花看她没有恶意，站起身走过来，匍匐在离她很近的地方，嗅了嗅她的脚面。女人丢下棍子，摸了摸小花的头，说："这小狗模样真俊，你是不是为它盖的房子？"

赵庆福说："它跟我家的艾特马相好。"

女人一下有了兴趣，说："艾特马难道是条公狗？谁给起了这么洋气的名字？"

赵庆福说起儿子赵乐，在省城的大机关当公务员，业余时间写诗。他说自己是个诗人，说艾特马每天带着女朋友在树行子里穿行，也是个诗人。

女人笑着说："你们都好有趣！"

接下来，女人把腰间的衣服解下来挂在了一棵小树上，把 T 恤的袖子往上撸了撸，说："大哥，我给你打下手，这房子是不是要往上盖？"四根柱脚支起来了，赵庆福解释说："雨天一层容易灌水，我给它搭个二层楼，它以后再生孩子也省得受罪了。"女人嘎嘎地乐，夸赵庆福有爱心。可提出意见说，既不用卯榫，又不用钉子，盖起的二楼容易坍塌，抗不住三级风。不如把一层垫起来，垫得比路基还高，再大的雨水也流不进来。人家说得有道理，赵庆福点头同意。他把整个建筑毁掉重新翻修，女人给他递这递那，他心里美滋滋的。他问女人姓啥，女人说："我姓俞，榆钱的榆少个木。"赵庆福张口就叫"俞姐"，他觉得，人家虽说比自己年龄小，但却显得有见识。女人问他姓啥，他说姓赵，女人开口叫他"赵表兄"，把赵庆福叫得一愣。女人笑着说："我姥姥家是小水村的，跟贤人庄房连山地搭边。"

俞姐的话说得怪好听，也是个有趣的人。

房子搭完了，俞姐说去村里看看。他们一边走一边谈论狗。赵庆福知道全庄狗的名字，边走边给俞姐做介绍。俞姐就在后面跟着他，臂弯里搭着自己的外衣，但两只手一会儿也不闲着，举着手机拍照片。俞姐说，她小的时候住姥姥家，经常到贤人庄来玩儿。小水村的人谈起贤人庄，都好羡慕。说贤人庄家家和睦，邻里相亲相爱，生产队的年月，也从没丢过一个麦穗。有一次，外面来了个贼，偷了村里一头猪。

走到村外，看到贤人庄的村碑，把猪拴在了碑上，没好意思带走。偷贤人庄的东西会遭报应，左右邻村的人都这样认为。俞姐还记得大庙改成的学校，柱子都是红油漆的。还有村头的老槐树，那上面挂着钟。钟声一敲，社员都来树下聚齐。那块石碑也好玩儿，"贤"和"庄"两个字都是繁体的，怎样学都不会写。他们曾经在那里玩儿老鹰捉小鸡，围着石碑跑来跑去。夏天的蝉多得出奇，站在树下，要放开喉咙喊，才能让对方听到声音。"沧海桑田，真是沧海桑田啊！"俞姐感叹。赵庆福默默地听，他说不出那样的话，但能感受到俞姐的气韵和自己相通。那种忧伤会传染，让心一波一波地悲凉。

俞姐停顿的空儿，赵庆福说："我本来造了个大房子，能住全庄的狗。可这些狗夜里都不来住，他们就守着自己的祖家宅。"

俞姐说："这是狗的品性，忠诚。它们守在家里，觉得有一天主人会回来。"

赵庆福叹了口气，说："谁还记得它们，早把它们忘了。"

俞姐说："你不是回来了吗？"

赵庆福说："我是没事干，闲的。"

俞姐说："你不是闲的，你是秉承了贤人庄的血脉。我打小儿就知道，贤人庄不是普通的村子！"

赵庆福热血沸腾。一激动，赵庆福说起了大黑的事。

他觉得，他终于找到了可以说话的人。小的时候有人给两千四，现在一张驴皮值四千。可却不能卖，是找不到真正使驴的人，所有想买大黑的人都是屠夫，可大黑是壮劳力！听说大黑曾在客厅过夜，俞姐感动得眼圈都红了。她拉着赵庆福去山坳里看大黑，夕阳正好越过山岚投射到那片山坡，大黑在悠闲地吃草，半个屁股染着夕阳，几只蚊蝇追着它，大黑的尾巴一甩一甩。俞姐倚在大黑的身上拍了很多张照片，还把自己的脸和驴脸并在一起，笑得特别灿烂。俞姐拍完，暮色把天空渲染了。俞姐问他要不要搭车回县城，她的车就停在马路边上。赵庆福说他有自行车，他骑车回去。两人走到路边上，一回头，村庄的废墟上站着一片狗，齐刷刷地看着他们俩。俞姐忙不迭地把手机对准了它们，嘴里说："太好了！太好了！这哪里是狗，这是一群精灵啊！"赵庆福眼睛一瞟，就发现里面没有艾特马。他的心慌了一下，等汽车开走，赶紧返回了自家宅院。他发现艾特马躺在新盖的那间房子里，似乎连站起来的力气都没有。

"你咋啦？"赵庆福问。

他想把它抽起来，费了半天劲，它的四条腿直挺挺地打出溜，就是不肯起身。赵庆福摸了摸它的额头，没摸出所以然。这可不像人的脑瓜门儿，一下就能摸到皮肉，搞清凉热。赵庆福在它身边蹲了下来，一筹莫展。艾特马觑着眼，似乎连闭合的力气都没有。

赵庆福来到了外面,给儿子赵乐打电话,说:"艾特马好像是病了,不想吃东西,现在连站起来好像都困难。"

赵乐有些奇怪,说:"不是说好了不要狗了吗,你怎么又回贤人庄了?"

赵庆福哽咽了一下,说:"魂在这儿啊!"

赵乐说:"把它弄回城里吧,让它给你和我妈做个伴。"

赵庆福说:"现在想弄也弄不了,自行车驮不了它。"

赵乐说:"等我休假回去,我把它拉回去。"

赵庆福说:"这狗东西,又小性儿又娇气……比你妈都不好对付。"

赵乐嘎嘎地乐,说:"我妈也忒大面儿……它生而为狗是没办法的事,你叫个车带它进城算了,给它瞧瞧兽医。"

赵庆福心里却不情愿,他越来越矛盾。他给自己找辙说:"还有小花呢,还有全村那么多狗,都眼巴巴地看着我呢。"

赵乐不说话了,他知道老爸在纠结。他也曾经动过心思,把艾特马带到大城市来,想是这样想,实施起来却非常有难度。牵着这样一条土狗上街,还不让整座城市的人笑掉牙?所以,他理解父亲。这个时代需要美容美貌,土狗是一个悲催的群体。"那就先这样吧。"他只能说,"由它去吧。"

赵庆福又给玉新打了个电话,说今天晚上想住在外头,凉水寺村磨玉米的小钢磨坏了,他要等等。玉新吃惊地说,天气凉了，外头也没被啊。赵庆福瓮声瓮气说："你别管，我冻不着。"

玉新说："你别给我感冒啊。"

天是湛青的颜色，星星密密麻麻驻扎在天上，声色不动。周围没了遮挡，赵庆福从没发现天空这么辽阔高远。小时候的天空就是这个样子，就是这样多的星星，都待在自己的位置上。后来不是这样了，他以为是自己长高了。七月初七看牛郎织女，三星朝南要过年。如今人老了，啥都变了，但那些星星还是俏眉俏眼，一点儿不显老。也不知天上有没有贤人庄，如果有，会不会被拆迁。赵庆福的想法跟赵乐说起过，赵乐总是笑话他，说他像诗人一样多愁善感。

分房时，赵庆福选择了小户型。他跟胡大生住对面，人家的房子比他家大很多。余下的拆迁款，给赵乐还了房贷。赵乐起初也不接受拆迁，村南村北到处走，留下了很多影像资料。后来拿到了拆迁款，赵乐也喜滋滋的。关键是，赵乐的媳妇也喜滋滋的。更关键的是，赵乐媳妇的婆婆也喜滋滋的。她打年轻的时候就讨厌地里的活计，媒人领着她来相亲，她摆弄着自己的小白手说："我可干不了庄稼活儿。"她是老丫头，爹妈都宠着。赵庆福接茬宠，不宠有啥办法呢？去地里薅苗，她连苗和草都分不清。有一句话这样说："干一个大子儿的活儿，要俩大子儿的工钱。"说的就是玉新这种人。当然后来分清了，可还是付不出辛苦。摘一天果子，她能在炕上趴三天，连饭都做不了。一到晚上就说："赵庆福，你给我捶捶腰、背、肩、腿肚子。"赵庆福说："你就说哪儿不用捶吧。"一捶就能捶俩小时。贤人庄的女人说起玉新就赞叹，人家那是好命，天生就不会干活儿。关键是，赵庆福干活儿一个能顶仨，老天爷就是这么会搭配。你能干，就多干呗，还有啥可说的。

住在村里的念头赵庆福从出来的时候就有，或者说自打搬到城里就有。可怎样住，是个问题。念头就像水里的鱼，经常在水面蹿一下，提醒你。今天，这个念头更强烈了，是因为艾特马病了。其实，他知道艾特马有心病，它觉得自己被抛弃了，拐不过这个弯儿。可全庄的狗都被抛弃了，也没见谁像它那样。还有，小水村和二十里庄的狗都被拉去屠宰了，它咋不和它们比呢。没办法，这狗就像玉新，身上都是毛病。还能咋说？也是宠的。

这一天，赵庆福的心里乱糟糟。在城里是空落落，回来是乱糟糟。他自言自语说："你是狗，丢下不会有人说啥，若你是人，哪怕一半是人，你也能跟着去住高楼，这里的道道，你咋就不清楚呢！"

即便没有艾特马生病，赵庆福也想在村里住一宿。听听秋虫叫，沾点儿露水花，听听地底下的声音，那是先人在说话呢。这样的日子屈指可数，不定哪天就没有机会了。

"挖个坑，埋点儿土，数个一二三四五……变变变。"就把一只手变没了。原来是插进了土窝里，在手背上夯实，上面都是小巴掌印。小心地把手抽出来，那里就剩下了一个土房子。这是赵乐小时候玩儿的游戏，跟真的一样，说："爸，你看我把手变没了。"其实他是背到了身后。赵庆福也假装看不见，大惊小怪地说："你的手去哪儿了？真的变没了啊！"赵乐哈哈大笑……

房子虽然没有了，房址还在，砖头瓦块还在。那些书……被一铲子端起来，翻到了一个坑里，又扒拉下去很多石头……赵庆福不心疼，是因为，心不会疼了！他存了那么多的书，其实不咋有空看。村里人就说他做样子。对，那人就是胡大生。有一次，赵庆福从别人手里买来一筐旧书，胡大生就是这样说的："你买了这样多的书，一本也没看吧？"

他咋不看？看的。有一本名叫《奇技淫巧》的书，他就从里面学了知识。老张瑞先让蝎子蛰时，他找来三只蜘蛛吸毒液。结果，三只蜘蛛都给毒翻了。他喜欢所有有字的书，就是天生的劳碌命。赵庆福迅速把那些平整的砖瓦搬进了临建房里，在艾特马旁边，给自己铺了个炕。再把秫秸铺上去，还挺平整。玉新又把电话打了过来，说把玉米面磨细点儿，她喜欢吃细玉米面，可以把粥熬得像牛奶。赵庆福应了。一拍玉米秸，哗啦啦地响。玉新敏感地问："啥声音？"

艾特马朝这边看了下，眨了下眼，一副无动于衷的样儿。

屋顶上窟窿眼儿里是清湛的天空，露出了几颗晶亮的星星，周身感受到了一股寒气。赵庆福往玉米秸秆里委了委身子，自言自语说："这下你满意了？"

七

赵庆福没打算睡着，他心情有些激动，就像住新婚洞房一样。他和玉新订婚一年才结婚，这一年，赵庆福连手都没捞着摸，要不咋说玉新有毛病呢。结婚好几年了，也不跟他并肩走，嫌寒碜。他们俩整个前半生都客客气气的。

大地好像有心脏，和着他的心一起怦怦地跳。他把四肢打开，身下是各种交响。可不知怎么一下就睡了过去，又做了个梦。梦见艾特马追野兔，野兔跑"之"字，一次一次闪开艾特马。赵庆福又攥拳头又蹬腿，全身都在使劲，仿佛追野兔的是自己。一道黑影像风一样掠过，把赵庆福呼扇醒了。他一下坐了起来，身下的玉米叶子哗啦哗啦乱响，像发大水一样。他愣怔了好一刻，才想起身在哪里。借着微弱的星光，打量这个临建棚，艾特马不见了。外面突然出现了大面积激烈的狗吠声，仿佛世界末日到来了。赵庆福一激灵，从屋里蹿了出来。远处是山峦厚重的阴影，近处的黑色凝成了一坨，像雾状地飘移，撞得眼球都是疼的。天似乎高远了许多，星

星显得又瘦又小。赵庆福深一脚浅一脚往狗吠的方向走，膝
盖被树墩撞痛了，脚趾被石头硌了下，两条腿都有些不听使
唤。没奈何，他停下了脚步。耳朵支棱起，听四下的动静。
贤人庄从没这样喧闹过。狗吠声似乎是在下移，声音细小了
许多，却偶尔有悲惨的哀嚎，把天空撕开了一条缝。黎明来
了。曙色在幕后弹跳，忽然就蹦了个高，挣出了一片蛋青。
赵庆福想起了大黑，心忽地揪了起来。他一瘸一拐朝那个方
向疾走。天地陡然安静了，赵庆福不由愣住了，心中生出一
股不祥来。

　　小花的房子里没有小花。赵庆福从那里过，着重往里面
看了一眼，小花似乎还没在新房里面卧过，填进去的茅草上
连一点儿压痕也没有。窄窄的山路都被露水打湿了，石子光
滑，赵庆福走得心急，几次都差点儿滑倒。柿子树下有一摊
驴粪，却没有大黑。那条缰绳还在，却只剩下了半条，像蛇
卧在草丛里，被齐刷刷斩断了。赵庆福解下那半截缰绳仔细
看，知道这是碰上正牌贼人了，是带了快刀的。查看周围的
痕迹，草茎有被拓宽的地方，是一直朝南朝右的方向，那里
有汇向凉水寺村的路，可以出山。

　　赵庆福缓缓蹲了下来，屁股碰到了一块带尖的石头，他
蹭了下，找到了可以接受屁股的平面，坐了上去。眼窝是凉
的，有泪似淌非淌。他用手背摩挲了一下，似乎是疏通了泪
腺，泪水喷薄而出。

艾特马顺着山路跑了过来。它更瘦了，夹起的肚子像一张薄饼，脊背也像刀削的一样。可它精气、精壮，病容都无影无踪了。它的身后陆续跟着几条狗，溃不成军。艾特马几乎栽倒在了赵庆福面前十几步远的地方，那里有大黑的一团粪便。它大口喘着粗气，身体剧烈起伏，汗水把毛发都濡湿了。一只耳朵耷拉着，赵庆福凑近一看，耳尖被削掉了一块，暗红色的血顺着耳又流到脸上来了，与汗水混合到了一起。赵庆福吃惊地问："谁把你伤成这样？大黑被谁偷走了？"艾特马塌着眼皮，一副悲伤羞愧的模样。它把下巴放到了一条腿上，侧起脸。赵庆福就明白了。贼人偷大黑，艾特马追贼人。贼人有防备，艾特马被贼人伤了。他站起身，顺着山路噔噔往前走了几步，又折回了身。他去骑那辆铁驴，又找一把镰刀别在了裤腰带上。赵庆福顺着马路绕向凉水寺村，他是想去截住贼人。不管是谁，只要是贼人让我逮住，我就剐了他！

赵庆福无功而返。

这一个夜晚还有许多改变。天光大亮后，野桑树下聚起了零星的一支队伍。赵庆福跟在艾特马的身后也来了，他搭一眼就发现少了许多狗，小花、黄脊背、张瑞先、大郎、二郎，都没在队伍里。小花的房子孤零零地矗立，艾特马走过去闻了闻，就转向了那个树洞。树洞里面有茅草，艾特马忽然疯了似的撕扯那些茅草，用爪子往外刨，前爪刨完了用后爪。赵庆福明白，它这是在找小花，它不相信小花就这么不见了。

它觉得，是这些茅草把它掩埋了。赵庆福不愿意看这一幕，别过脸去，缓步往村里走，他捡到了一截绳索，一支羽箭，甚至还有两个白面馒头。他拿起来闻了闻，一股呛鼻子的药味儿。他找个低洼处，把两只馒头埋了。先是用土埋严实，用脚踩平整，然后搬起一块石头压了上去。

村南村北转了个遍，赵庆福看明白了，贼人不是一个两个，也许有十个八个，是为狗来的。贼不走空，把狗掳走了不少，没想到遇到了大黑。这是中大彩了，这些……他想骂句"狗娘养的"，想了想，他觉得不能侮辱狗。

疼痛的感觉渐渐减轻了。他在心底叹了口气，想他和大黑的缘分总算尽了。牵走大黑的是强盗，但未必不是农人，就当它是去了好人家吧。"我没本事给你找个好人家啊！"他痛喊了一声。

腕子粗的葡萄藤绊了他的脚，他看了下四面，断定这是张瑞先的老房子。土坯墙，土坯炕，半个影壁上画着梅兰竹菊，如今已经塌掉了多半块。这都是老张瑞先的杰作。他没事就戴着小圆眼镜坐在门口，手里端着本线装书。院落里的那片小菜园，都是古老的种子。白菜都是小包头，帮儿又绿又薄，是一代一代自己繁育的。老张瑞先经常说，这种子打前清的时候传下来的。而前清的时候，他家有人在宫里的御膳房传菜，专门伺候皇上。这些话，有人信有人不信。摔碎的小灰瓦上长满了苔藓。上马石、拴马桩，都是历史遗迹，他爹以及他爹的爹都是文化人，知州刘念拔打埚城坐轿过来与他家的祖上把酒谈诗，这些州志上都有记载。包括那块村碑，也是那时候留下来的。老张瑞先活着的时候，不让儿孙动他院子一个指头。大家都在空地上盖房，好多得些补助款。老张瑞先经常扯着风箱嗓子喊："谁敢动一根指头我就跟他拼了！"他九十六岁了，留一撮山羊胡子，嘴里就剩两颗又大又老的牙齿，像大象牙一样，都豁到嘴唇外来了。谁能跟他一般见识呢。家家都进拆迁队，做工作，那些公家人却绕着这座老房子。大家都知道，甭去做工作，做不通。村子开始清点那天，他忽然死了。许多人奔走相告，拆迁办的、镇政府的、村干部，都长出一口气。儿孙也长出了一口气，他们都知道，他活不过清点以后的那些日子。赵庆福曾想过，和老张瑞先一起当"钉子户"，没想到老先生识时务，先过了奈何桥。拆房那天，赵庆福就站在不远处，抱着膀子看。他比那些儿孙心里都不好受。绳索围住房身，牵引车轻轻一拉，房子噗的一声就趴架了，就像马蜂蜇了的烂柿子，内里早烘了。

赵庆福小的时候经常来这里听老先生讲古，那个时候，他就觉得张瑞先已经是老人了。

没有老先生在前边当挡箭牌，赵庆福受不了拆迁队的轮番轰炸。五轮过后，他就缴械投降了。

从那院子里出来，赵庆福发现艾特马就在外面坐着，眼巴巴地看着他。削掉的那半只耳朵很打眼，都有点儿像毁容了。他蹲下身去，招了招手，艾特马踌躇了一下，别着头，摇着尾巴，万分不好意思地走了过来，把下巴放到了他的脚面上。

眼下流行各种群，埙城也不例外，俞姐一共加入了六个群，好友两千多。炒股一个群，瑜伽一个群，文友一个群。俞姐喜欢填词赋诗，从机关退休以后，就成了专业"坐家"。从贤人庄回来的晚上，她就把手机里的照片捣鼓到电脑里，图文并茂，写出了一篇好文章。文章的题目是《表兄的家园》：

> 这个名叫"贤人庄"的村落，人都搬走了，剩下了一村的狗，一头叫"大黑"的驴，以及一个叫赵庆福的表兄。表兄漫山遍野捡玉米棒子，背到凉水寺村磨成面，给全村的狗做饭。他还搭了一间大房子，梦想让全村的狗入住。可那些狗忠于职守，都住在自己的家门口，等候主人归来。那些狗都有名字：艾特马、黄脊背、小花、张瑞先、大郎、二郎、娘娘、华妃。有大狗有小狗也有老狗。其中艾特马与小花是一对夫妻，它们生过三窝孩子，长得好看，都被人抱走了。因为主人没有带它进城，艾特马一直在跟主人怄气。我遇到表兄的时候，他正在

给小花盖二层楼，他是在间接讨好艾特马……泪奔，我
从没见过如此有情义的汉子……表兄说："房子盖高些，
下雨天不会灌进水，这样它以后再生产，就不会受罪
了"——谁知道还有没有以后呢？我是说这片叫"贤人
庄"的家园，早晚都会像小水村和二十里庄一样，被挖
坑深埋……表兄说"大黑"是劳动力，所以不忍卖给屠
夫。他曾经牵着大黑去遥远的下洼子，找能接受它的农
人，可表兄失望了。现在，没有任何农事需要一头驴……
他家住九十多平方米的房子，大黑跟他睡过客厅。眼下，
大黑被他藏在了山坳里，过着隐居的生活。一头隐居的
驴，该有多古典的情怀……

俞姐没想到，她的这篇文章在网上被疯传。

赵乐给赵庆福打电话。
"爸，我有个表姑我咋不知道？"
"啥表姑？"
"发帖子的表姑。"
"我也不知道。"
"你几天没回家了？"
"我忘了。"
"再这样下去你就成野人了。"

"我开出了一块地，种秋麦，争取明年能吃新白面。"

"爸。"

"嗯？"

"收手吧。"

"啥意思？"

"政府已经把地收了，不会容许你再种粮食。"

"政府没管。"

"那是还没到时候。"

"管了再说。"

"你干点儿啥不好，哪怕去商场做保安呢。"

"我喜欢种地。"

"那个表姑是不是也喜欢？"

"你说啥？"

"我妈说你不要她了，拿着钱跟人家私奔了。嘻嘻。"

"我没有钱。"

"卖驴的钱呢？"

赵庆福一下沉默了。他默默挂了电话，他不想说驴丢了。倒塌的废墟里有两领苇席，过去是苫木头的。他把苇席抽出来，拍打拍打土，遮到了棚子上头。

一个，两个，三个，四个，忽然有许多人来到了贤人庄。他们举着长枪短炮到处拍照，还有一个女的尖声辣气喊表兄。那是一个"小面人儿"，脸像敷了一层霜，雪白得吓人。赵庆福正在埋锅造饭，"小面人儿"把他拉起来，说："我要跟表兄合个影。"立时就有一个镜头晃过来，咔嚓摁动了快门。赵庆福说："我不是你表兄。""小面人儿"说："你是俞姐的表兄就是我的表兄，你是我们大家的表兄！"照相的是个小胖墩儿，笑眯眯地解释说："我们都是俞姐的微友，俞姐的朋友也是我们的朋友。"一面绿色的旗子飘了起来，上面写着一行字："动物保护协会"。"小面人儿"说："表兄不知道我们是怎么找到这里的吧？你现在是网络红人了，等着吧，会有更多的人来到贤人庄帮助你。"赵庆福吃惊地问："帮我什么？盖房？打井？种地？""小面人儿"不好意思地说："这些帮不了。"赵庆福抱起一摞砖去砌坝台，他得让土地能存些雨水。"小面人儿"追着问："大黑呢？艾特马呢？小花呢？快让我们见见吧。"赵庆福闷了半天，才想起俞姐是谁和有关表兄的典故。他说："我不是俞姐的表兄。""小胖墩儿"推了推鼻梁上的眼镜，说："你就别客气了。现在，你是全体网民的表兄，推都推不掉的。"

俞姐是坐越野车来的。后备厢里，两只木桶装满了剩菜剩饭，是从饭店收集来的。还有若干纸箱盛了矿泉水和各类罐头，"小面人儿"抱了一抱过来，说表兄就别做饭了，跟我们一起吃这个吧。赵庆福有些不知所措，他问："你们来干啥？""小面人儿"说："来帮你啊。喂驴，喂狗。你没看见我们的旗子？我们是来和你并肩战斗的。你的事迹感染了很多网友……"人群一拨一拨往上拥，他们都戴着相同的帽子，穿得花花绿绿。俞姐指挥他们卸物资，搭帐篷。还有人支起了烧烤架，各类海鲜的味道蹿了出来。"小面人儿"进到了临建棚子里，一惊一乍地说："你就住在这么简陋的地方啊，八面透风。为了保护动物，你付出的代价太大了！"俞姐跟人把两只木桶抬了过来，俞姐说："回头我们送表兄一顶帐篷，带轱辘的。"

她钻到里面看了看，说："表兄，狗呢？"

八

大黑失踪了。贤人庄那么多的狗不知所终。俞姐眼窝浅，一颗一颗掉眼泪。她让赵庆福报警，一头驴七八千块呢。赵庆福摇了摇头，说："不找了。找到了我也养不了它。"俞姐却不管赵庆福说什么，又一条微信发出去，配照片。大黑的，自己和大黑的合影，两张脸并排。俞姐气愤地质问："贤人庄的驴你也敢偷，还有良心吗？贤人庄的狗你也敢吃，吃了会坏肠子的你'造'吗？"俞姐号召全城搜索和抵制，有相关消息迅速报警。更多的图片上传的速度比风还快：残砖上的一幅浮雕；瓦砾间的一朵野花；荒草丛中的不知被谁丢下的一个编织物，上面是一个"福"字；古树巨大的伤口；

砸扁的小书架藏在屋梁下，都是小学和中学课本；表兄的临建房；忧郁的艾特马……更多的是各个角度拍的废墟，触目惊心的废墟，不知掩藏着多少血泪故事。俞姐两只手啪啪打字，每一条微信瞬间就有几百个人转发。该吃饭了，饭桌能折叠，专门为野外宿营准备的。啤酒、白酒、红酒都倒满了，各取所需。罐头打开了盖，烤肉串的香味儿在空中蔓延。烤蒜、烤土豆片、烤圆白菜，瞬间就摆满了桌子，把十几条狗吸引了过来。木桶里的食物它们吃完了，各个吃得肚儿圆。可烧烤的香味儿还是难以抵挡，它们朝天吸着鼻子，散在空中的那股香气都聚拢到了它们的鼻孔里。

　　三杯酒下肚，赵庆福话就多了。他从没像今天这么高兴过，那么多有身份的人围着他，喊他"赵表兄"，敬他酒。他是最后的坚守者，像有功之臣一样。俞姐把微信上的照片拿给他看，他正撅着屁股给小花搭房子。俞姐说："瞧这点赞的，都几百了。"赵庆福问："啥叫点赞？"俞姐说："就是支持你、夸奖你的人。"喝完酒，赵庆福领他们去参观山上的一眼泉，那泉水一年四季不干涸。鸟窝搭在石壁上，那里生长着一株紫荆，打赵庆福小时候，紫荆和鸟窝就都在，他打柴打累了，就坐在这边看鸟儿衔柴草回家。一块房子大的巨石，躺在蜿蜒山路很远的地方，游人根本找不到。大家一起惊呼："这么大，多像一艘船啊！"赵庆福解释说，他年年到这里来祭山神。天有天神，水有水神，山有山神。旧历三月二十七是山神庙日，是大节日，家家杀鸡宰羊，让山神保佑果木繁茂，山民出入平安，不滚石磕，不被蛇咬。后来，祭山神的只有村里的老人。再后来，就只有他和老张瑞先了。他们不带供品，只带一壶酒。老张瑞先用小楷写篇《山神颂》，站在巨石上，对着远山深谷大声朗读。三杯敬酒洒向空中，规规矩矩磕三个头。老张瑞先死了，到这里磕头的就只剩下他一个人了。他背着草筐，带陈年的四样果蔬——梨子、栗子、柿饼、核桃。先祭拜磕头，他不会写《山神颂》，但会把村里的事情念叨给山神听。保佑老人长寿，年轻人学好；做生意的顺风顺水，误入歧途的改邪归正。"小面人儿"插嘴问："贤人庄的人，也有误入歧途的吗？"赵庆福说："开鱼馆的胡大生，就经常把别处贩来的鱼当作金盆锦鲤，卖大价钱。"大家一起惊呼："我们都在那里吃过，原来是假的！"山风送来远方瓜果成熟的香味儿，应该来自凉水寺村那边。村上自从开始清点，果树就没人施肥打理了，不剪枝，果树就长疯条。花开得稀，果就坐得少，一两年就成柴树了。若在过去，这样的景象是会让人心慌的。人们呼啦啦搬走，就眼不见为净了。

胖墩儿问："你以后还会再来祭山神吗？"

赵庆福说："不会来了，没人可保佑了。山神不保佑住楼房的人。"

这话题就没趣了。大家都不接下言，场面就显得冷清。

俞姐一挥手，大家反身下山了。都在向俞姐表露，今天不但过得有意义，还有收获。来到马路边，各上各的车。俞姐上了那辆越野，朝赵庆福挥手说："赵表兄也早点儿回家吧，山里风凉，要多保重。"赵庆福满心不舍，问："你们还啥时再来？"俞姐说："有空就来看你。"

贤人庄，贤人庄！

打开网页，满屏都是有关贤人庄的消息。还有人晒出了贤人庄旧日的容颜，村头写有古字的石碑、古槐，翘起的飞檐斗拱，是那座关帝庙，三四十年前就毁了。不知什么人把资料保存下来了。古朴干净的街巷，每家门口都种花草，矢车菊、白玉簪，不是名花名草，却把村子衬得雅致。老张瑞先家的庭院、影壁、上马石和拴马桩都是热捧对象，眼下贴满了各大新闻网站，与俞姐的文字图片形成了强烈的视觉反差。转发形成了铺天盖地之势，不单吸引了眼球，还让很多人深思。有人统计了一下资料，有关贤人庄的词条每天以十万递增，"赵庆福"甚至成了品牌。有人在埍城抢注了第一家"赵庆福狗肉馆"，倒好像，赵庆福不是保护狗的，而是专门做狗肉生意的。

一大早，俞姐还在床上翻微信，家里的座机突然响了。座机响除了诈骗的就是通知欠费停机的，所以俞姐走向座机时百无聊赖，边走边打哈欠。她拿起听筒，先让自己在沙发上坐舒服，才把听筒拿到离耳朵十公分的地方，喂了声。里面的声音很热情："是俞清秋大姐吗？我是咱局的小万，万国良啊。"虽然已经退休了，俞姐仍对万国良的名字如雷贯耳，她赶忙把听筒贴在耳朵上。"是万书记啊，这么早打电话，您有什么吩咐？"万国良三十几岁，但俞姐仍用敬语，同时心里咯噔了一下，她觉出了这个电话不寻常。万书记新年以后才走马上任，俞姐还没见过他。万国良说："这样早打扰俞姐是因为情况紧急，我现在不是代表我自己找您，希望俞姐认真理性地对待这件事。"俞姐赶忙问："啥事？万书记快说吧，只要我能做到的，一定不给组织找麻烦。"万国良说："俞姐是有三十年党龄的老党员，相信能以大局为重，我是对上面拍胸脯打包票的。"俞姐越发急了，说："到底是什么事，万书记快说啊。"万国良这才说："您写的有关贤人庄的文字，产生了极大的负面影响。我们的小城镇建设起步快，效率高，是全国的试点。这场舆情还在发酵，有可能造成不可估量的损失，书记县长非常着急，连夜开会研究解决办法。所以当务之急，就是请俞姐删除有关贤人庄的所有文字，为这件事情降温。不仅要自己删除，而且要说服别人删除，可以吗？"俞姐的后脊梁都冒汗了。她心里有抵触，但嘴里说她就是喜欢文字，写着玩儿，没想给组织找麻烦。万书记开始打哈哈，说："我们知道俞姐是好意，可现在，网上都是别有用心的人，表面上是为了贤人庄，矛头却对准咱们局甚至更高层。"俞姐冷汗淋漓，握话筒的手不由自主地抖。她赶忙说："万书记放心吧，我马上删除，一秒钟也不耽搁。"万国良说："我这里还有个名单，小猪哼哼、老鼠杰瑞、福美人、小赵飞侠……这些人俞姐都认识吧？"俞姐说："'小赵飞侠'不认识，他发的图片有贤人庄过去的场景，似乎是一个熟悉那座村庄的人。"万国良说："那就不管他了……俞姐就先照我说的做——不会有情绪吧？"

一觉睡到大天亮，赵庆福醒来先洗了个热水澡。玉新平时不爱与他呛呛，昨晚却战斗了大半宿。大黑丢了的事，赵乐先在网上看到了，第一时间告诉了玉新，玉新哭得眼睛像烂桃一样。大黑不是一头驴，是万把块钱的钞票。玉新想起来就心疼得受不了，一度怀疑赵庆福把钱私吞去做坏事了。从贤人庄回来，赵庆福满肚子的兴高采烈，他一下子认识了那么多的人，交了那么多的朋友，那些朋友又都赞成和支持他，他都想好好跟玉新说说，没想到碰上了玉新的连环炮。女人失去理性就语无伦次，老实的玉新也不例外，没有哪条能够分辩和解释。玉新哭一阵儿说一会儿，说一会儿哭一阵儿。很多罪行是以前的，或者邻居的，她也能给赵庆福安在脑袋上。说一千道一万，她不是心疼驴，是心疼赵庆福把驴弄丢了。这是大宗财产啊！没回家之前，赵庆福也没觉得大黑丢了是多伤筋动骨的事，面对玉新的眼泪，他发热的脑袋一下凉快了。想到了手里基本没有积蓄，以后窘困的日子，有个天灾病业，都是要命的事。想到这些，他有些顾不得颜面了。煮了碗面端给玉新，嘘着声音说："快趁热吃了。"玉新却犯了死猪心，说啥也不吃。她这回是真生气了。他给赵乐打电话，想让赵乐劝劝他妈，赵乐的电话却关机了。

一宿觉睡得皱皱巴巴，洗个澡好受多了。

从洗手间出来，赵庆福自言自语说："还是当城里人好，这澡洗的，真舒服。"他是说给玉新听的。过去他从没说过城市的好话，惹玉新不耐烦。房门推开一道缝，一顶蓝布帽子从里面飞了出来。玉新说："快滚回你的贤人庄，别在这磨嘴皮子！"赵庆福接到怀里，顺便戴在了头上，说："这话可是你说的，我走了啊……我去种秋麦，争取来年能吃新麦面。"玉新说："走了你就别回来。"赵庆福贫嘴说："不回来怕你想我……"外面忽然吵吵嚷嚷，赵庆福打开了房门，楼道里却没人。打开了窗户通风，这才发现马路上一片小黑点儿，分明是聚集的人群。赵乐把电话打了进来，说："爸快去楼下看看，好像有人要跳楼。加州小区 6 号楼，就是咱家那栋楼嘛。"赵庆福问他是咋知道的，赵乐说："微信朋友圈都传疯了，警察和救护车都出动了。"赵庆福把脑袋伸到窗外，睁大眼睛使劲看，可惜啥都看不真切，这楼实在是太高了。赵乐又说："爸，你记住几句话。若有人问起，你就说你叫'小赵飞侠'，微信上的那些照片都是你发的。"

赵庆福说："我不叫这名字，我不会发照片。"赵乐说："明天回家我就教你发微信，一学就会。"赵庆福说："你明天回来？"赵乐说："贤人庄的事闹大了，这又有人跳楼，我担心有人找我麻烦。"赵庆福吃惊地说："跳楼的事跟你有牵连？"赵乐说："这件事跟我没牵连……"赵乐欲言又止，他没告诉老爸自己是网红，有一大批粉丝。贤人庄的事持续发酵都是他们在有步骤地层层推进。他不耐烦地说："有些事跟你说不清楚，你照我说的去做就是了。"赵庆福有些紧张："我叫啥虾？"赵乐说："小赵飞侠。"赵庆福说："我说话人家会信？"赵乐说："你是贤人庄的文化人，最不愿意搬迁的就是你！"

　　玉新披着衣服出来，问发生了啥事了。赵庆福朝窗外指了指："赵乐说有人要跳楼，家跟前的事我不知道他倒知道。"玉新一惊一乍说："不会是胡大生吧？"赵庆福问："他咋了？"玉新说："他跟人家赌钱，听说连输带骗被人弄走了几百万。"赵庆福连忙趿拉着鞋子往外走，摁了电梯，电梯却半天没有动静。估计正处在繁忙阶段。有几级楼梯通往楼顶的小天窗，赵庆福刚要往上爬，胡大生从上面钻了下来。几天没见，胡大生像个大烟鬼，焦黄精瘦。胡大生说："我刚才想明白了一件事。"赵庆福问："啥事想明白了。"胡大生说："钱是王八蛋，输了再去赚。"赵庆福说："对。"胡大生一把抓住赵庆福的脖领子摇了摇，说："我不是输了，我是遭人暗算了……我胡大生精明了一辈子，却吃了这么大的哑巴亏……"话没说完，一屁股坐在了地上。电梯门开了，两个警察冲过来，一下就把胡大生摁住。赵庆福张开两只手要护住胡大生，被警察一掌推开了。赵庆福哀求说："放开他吧，他想开了。"警察说："他把人家的脖子砍断了，你说放开就放开？"警察没让赵庆福一起坐电梯，他们护着电梯门不让他上。"胡大生把谁的脖子砍断了？"赵庆福使劲问了句，声音钻进了电梯缝里，却没人回答他。赵庆福止不住浑身发抖。地下湿了一块，冲鼻子的一股尿臊味儿。他意识到是胡大生尿了裤子，而且里面有尿蛋白，否则不会如此腥臊。尿液淋漓得就像水波浪，一直淌进了电梯里。赵庆福愣了好一刻，顺着木梯爬上了楼顶，一块砖头上叠放着胡大生的外套，蓝底上有小红暗格，胡大生的衣服都是名牌，看着就是好料子。他把外套提起来看了看，两只口袋鼓囊囊，里面都是撕碎了的纸条，撕得那么碎，真是花了不少工夫。赵庆福留神看，那纸条都是白的，没有字迹。赵庆福用手兜着，唯恐纸条让风刮跑，塞又塞不进去时，使劲往里摁了摁。他小心地走到了楼边上，底下乌泱乌泱的人群，被警车冲出了一条线。警车一鸣笛，楼似乎都在晃。他摘下帽子朝楼下的人群晃了晃。估计没人看见他，骑车的、开车的、走路的，潮水一样，眨眼就散没了。他想：这要跳下去可真省事。输了钱，又有命案，胡大生也没舍得往下跳，好歹他也是当过

老板的人。突然一个趔趄，赵庆福感到头有些晕，他一步一
挪地离开了那里。

政府常务会由瞿县长主持，同一个位子，他已经坐三轮
了，主题仍然是贤人庄。"二期工程"没有"一期工程"进
展顺利，不能到最后了还出大纰漏，否则"三期工程"会更
困难。因为涉及贤人庄，不得不谨慎对待。这样早开会也是
从来没有过的，因为情况紧急，出现了胡大生跳楼的事。瞿
县长一直与前方热线联系，指示说："想尽一切办法阻止胡
大生跳楼。他不跳楼就是刑事问题，他若跳了楼，很多事情
就复杂了，因为眼下贤人庄的事情太敏感。"

血案是早晨四点发生的，受害人刚从外面回来，在楼梯
口，被胡大生劈手砍了一刀。一刀就砍断了脖子上的主动脉，
血蹿了出去，把对面的墙壁都喷红了。"据说犯罪嫌疑人擅
长杀鱼，大概他把人也当成鱼了。"介绍案情的人用的是调
笑的口吻，他是想让氛围轻松些。瞿县长不时焦急地看表，
看手机。手机终于响了，前方传来捷报，两名英勇的公安人
员突击上了楼顶，从背后扭住了犯罪嫌疑人，把他拖到了楼
下，化解了一场可能发生的公共安全危机。"人抓住了就好，
我们可以继续开会了。"

会议的主题是，迅速掩埋"二期工程"的拆迁废墟，不
给媒体或相关人员大做文章的机会。从中间的贤人庄动手，

要干净、利落，不留一丝痕迹。听说那里不单有了建筑，还复垦、复耕，有人居然种了冬小麦。"这个情况各部门知道吗？"瞿县长威严地看了下在座的人，说，"我们动员拆迁费了九牛二虎之力，一不留神老百姓又搬回去了，那还了得！"县长话音未落，工程总指挥报告说："县长放心吧，我们的工程车连夜进了现场，已经连夜开始工作。"他把微信视频给县长看，现场的挖掘机正联合作战，形成了合围之势。县长连连说："好，好好好。"大坑挖得像鱼塘，新鲜的泥土堆积如山。几十辆推土机正往里填埋，场面像打仗一样。

有些黑影在镜头里攒动，瞿县长一怔："怎么还有活的？"

听说是狗，瞿县长的神情一下放松了。

九

因为安抚胡大生家的人，赵庆福几天都没有下楼。胡大生家一直没动烟火，渴了饿了他家的人就过来找吃的喝的。玉新每天忙得任劳任怨，再也没有工夫提大黑的事。把家里的剩饭收集一些，赵庆福又去贤人庄了。

二十几里的山路走走停停，铁驴的链条总掉，再不就绞了裤脚。他一次一次下车打理，心里烦躁得不行。他想：这几天俞姐他们不知有没有来，艾特马它们有没有饿肚子。动物保护协会的人就是好，如果不是偶遇俞姐，赵庆福做梦也没想到埙城也有这样的组织。他还想：如果这次艾特马追着他，他要把它带到城里来。他带不走全村的狗，但有能力带走艾特马。狗如果睡在草地上，估计就不会有人管。因为它不吃草，也不会把草地蹬翻。这个想法让他隐隐有些兴奋，也有些不安。这个季节山上能寻些干果，冬天怎么办呢？下大雪了，山上连一粒粮食都找不到，总不能让它饿死。至于小花，黄脊背、大郎、二郎，我管不了那么多，就像我管不了胡大生一样。赵庆福叹了口气，嘴里发散着一股腥气，自己都能闻得到。

他和胡大生同年，两人上学的时候就要好，胡大生比他点子多，但学习成绩不如赵庆福。两人都参加了第一次高考，都是落榜生。胡大生经常奚落他："你成绩好，你成绩好咋也考不上大学？"胡大生一直做生意，在湖里打鱼卖鱼，后来开了饭店，是村里的能人，还当上了人大代表。就是当人大代表那年，俩人有了嫌隙。赵庆福说他不够格，胡大生说赵庆福妒忌。说："世上有花痴，花痴还能蹅摸女人。你是个书痴，能蹅摸个啥？还不是出大力流大汗。"这次搬迁胡大生占了老大的便宜，他在原先饭店的基础上，又接出来一层楼。没想到最后落了这样一个结果，成了杀人犯。

路长得没有尽头。赵庆福看左边湖水边的参照物，明明是熟悉的，可一看到右边，又觉得陌生了。一大片光秃秃的黄土，碾压得平整广阔，像一眼望不到边的打麦场。这是哪里，他有些拿不准。他又往前走，直走到有房舍的地方。他问路边的人："贤人庄在哪儿？"人家说："你早走过了。"他继续往回走，还是没有找到贤人庄。

他就这样在路上走过来走过去，走了几天几夜自己都不知道。有一天，博物馆的小齐从这里过，正好看见了他。小齐吃惊地发现这不是他认识的那个老赵大哥了，像在山里住了几年的野人。问他在干啥，他迟缓地说："在找贤人庄。"

小齐说："你脚下这块地方就是贤人庄。"小齐拉着他走上了一处高坡，看远处的山豁口，说那里是岔道，右边通凉水寺村，左边通往山谷。赵庆福辨别了半天，一屁股坐在了地上。

小齐也坐下了。他用手划拉了一下土，那土像松软的蛋糕一样，拍一拍，能印上五指印。小齐说："这里就是立村碑的地方，可惜村碑也丢了。"原来，博物馆的人有慧眼，发现那碑的底座居然是老玉，那样完整的一块老玉，谁看见都会动心。所有收集来的碑都堆放在院墙外的空场，到底怎样安置，还要等上面的决定。有一天早晨，小齐发现那块碑丢了。馆长吓了一跳，嘱咐他千万别说出去。可小齐想：告诉老赵一声总是可以的。他是贤人庄的人，应该知道真实情况。

赵庆福突然灵醒了。这几天，他就像猪油蒙了心一样。他想起了艾特马，以及全村那么多的狗。赵庆福问："它们去哪儿了？"

小齐没有回答。他站起身，拉着赵庆福朝湖边走去。秋风打着响亮的呼哨，那金盆湖水微波荡漾。

一个人的风花雪月

一

齐志在日暮时分回到了罕村。

罕村没有什么特别，只是村比别的村大些，树比别的村多些。罕村坐落在一条大河的臂弯里，所以树林像带子一样围着罕村。坐过飞机的齐天啸说，他在天上能看得真真的，水、树、村庄，都看得真真的。有人问："在飞机上能看见龙村吗？龙村与罕村一样大吗？"齐天啸不屑地说："龙村算得了什么，一棵树也没有。"一条大堤从南到北几十里长，就罕村这块地方发旺树，真奇怪。

眼下齐志就是顺着一条弯弯的堤坝走来的。肩上背着大包，怀里抱着小包，手里还提着一只塑料袋。其实两个包都没有太大的分量，可齐志情不自禁地就做出了不堪重负的样子，仿佛全村老少爷们儿的眼睛都在盯着他看，齐志的样子就是做给他们看的。堤上静悄悄的，弯里是村庄，弯外是河水。河水是暗绿色的，能看见里面有水草在招摇。水草里窝着许多鱼虾，每年夏天都会有人往水里撒一种白色的药粉，让河水翻出一片白，那都是鱼的白肚皮。虽然电视里说药死的鱼不能吃，对人的身体有伤害，可这有什么要紧呢，罕村人人都吃过药死的鱼，而且已经吃了许多年，谁也没有因为吃鱼吃出毛病。所以每年药死鱼的季节罕村男女老少齐上阵，拿了筛子、笊篱和蚊帐拴成的网去捞鱼，自己吃不了还送给亲友。那段时间是罕村的节日，就像打一场人民战争，罕村空前热闹、空前繁忙。

村庄被雾霭笼罩了，性急的人家的烟囱里已经冒出了炊烟。齐志狠狠地吸了吸鼻子，想把炊烟的味道吸进肺里，感觉中那炊烟是像饭菜一样香的。可被吸进鼻腔的是一只蠓虫儿。蠓虫儿贴在鼻腔内壁，齐志仰天打了好几个喷嚏，才把它"喷"出来。齐志揉揉鼻子，眼睛酸出了眼泪。这时有一个人猛地从树丛里跳了出来，发出了一声："哒！"

齐志笑着说："是杨玉新呀。"

杨玉新说："你回来了？"

齐志把大包从左肩移到右肩，说："回来了。"

杨玉新说："买的什么好东西，这么大的包。"

齐志红着脸等候杨玉新自己看，等着杨玉新看罢说些什么，可杨玉新什么也没说。"就是一条双人被。"齐志自己解释说，"城里人都盖这个。"

杨玉新说："又没少挣钱？"

齐志笑而不语。他想：他不回答其实就是最好的回答。

杨玉新说："我妈让我到河边来找鸭子，有空再聊。"

杨玉新说罢就往下走，让齐志心生惆怅。他觉得他和杨玉新之间的话还没说完呢。

"有空到我家玩儿！"齐志冲杨玉新喊。

杨玉新没有应声，只是冲他招了招手。杨玉新已经下到了堤下，堤下有一块棉花地。杨玉新穿过那块棉花地就能到河边了。这时杨玉新回头说："快回家看看吧。"

齐志又红了脸。他想：杨玉新是在说雪燕呢。一个男人离家日子久了，最想谁？当然是媳妇。甭说雪燕还是罕村最漂亮的媳妇。齐志本来大步走着，忽然就把步子收了收。他想：下了堤就能看见自家的绿漆铁门了，忙啥。

空气里有了甜暖、暧昧的气息，让齐志的心一拱一拱的。齐志不时与遇到的人打招呼，肩上的大包不时换着位置。可惜天已经黑了，大包和大包身上的字都不太惹人眼目了。齐志在自家门前与遇到的最后一个人匆匆说了句话，就转身进了自家院子。

齐志在院子里就开始喊妈，其实心里喊的是雪燕。不知为什么齐志总有些害羞，像那些还没结婚的小伙子。其实齐志结婚已经四年了，儿子小建都三岁了。可齐志实在是一个爱害羞的男人，没结婚的小伙子都比他大方。

妈和爸迎了出来，还有邻家的二嫂。儿子小建在炕上急得哇啦哇啦叫。齐志的大包小包都是二嫂接过去的。二嫂说："齐志多孝顺，每次回来都不空手。"妈说："还没吃饭吧？想啥吃？"爸说："你就做去呗，儿子爱吃啥你还不知道？"小建跑过来抱住了齐志的头，齐志问："想爸没有？"小建看见塑料袋里装着糖果和糕点，就敷衍地应了一声，撇下了齐志。齐志在屋里转了一圈儿，又转了一圈儿，到底还是没忍住。齐志问："雪燕呢？"

妈头也没抬，说了句："回娘家了。"

二嫂嘴快手也快，齐志吃饭的工夫，就把包装袋一一打开了。二嫂笑得嘎嘎的，比量着双人被说："婶子，你看你家齐志买的啥？羞不羞，咱庄上可没有两口子钻一个被筒子的呢。"齐志说："城里人都盖这个。"二嫂说："咱这里哪能和城里比。"齐志鼓了鼓勇气，说："有啥不能比的，还不都是一样睡觉生孩子。"

二嫂亲昵地打了齐志一下，说："婶子您听听，这还像您那个老实疙瘩说的话吗？都是城市把他教坏了。"又说："齐志，这回挣了多少钱？"

齐志说："挣多少钱二嫂也花不着。"

二嫂说："有你二哥呢，兄弟你甭惦记我。"

　　二嫂像占了多大便宜似的又笑了起来，齐志也笑了。因为二嫂口没遮拦，所以齐志什么话都敢和二嫂说。倘若换了别人，齐志心里有话也不敢把它说出来。不过齐志还是觉出了自己的过分，他意识到了他和二嫂调笑时爸退了出去，妈的脸色也不好看，她甚至从始至终都没笑一笑。齐志隐隐有了不安，他知道妈不喜欢二嫂这个人。二嫂什么时候从这个门槛走出去，妈就唠叨她的千般不是。偏偏二嫂不太计较别人的脸色，从不因为妈少给个笑脸就少来几回。

　　可齐志就是想和二嫂说些什么。齐志心里鼓荡着一种热情，调笑能缓解他心中的某种压力。那种压力非常微妙，带着一种伤感或忧郁的味道。这使齐志的心情不是很明朗，他嘴上说着、笑着，目光却飘忽着去抚摩双人被。双人被柔软地摊在炕上，粉色的莲花开满了整个池塘。小建不时从被子里钻进钻出，让齐志有了心疼的感觉。齐志放下饭碗就去收拾被子，发现被子上有了好大一块油渍。齐志吼了一声："小建！"小建满脸无辜地从被子里爬了出来。齐志说："新买的被子就让你弄脏了，你知不知道？"小建摇着头说："不知道。"齐志把那片油渍指给儿子看，小建也伸出小手去抚摩，那只小手也是油脂麻花。

　　齐志把被子团了团就抱进了自己的屋里，自己的屋里冷冷清清。

　　当然是因为少了雪燕。

但也多了什么。

是雪燕的一张艺术照片。

照片镶进一只带木纹的镜框里，挂在了非常显眼的位置。照片上的雪燕像个脂粉佳人，神情妖媚得勾人魂魄。胸上束了一件白纱裙，整个肩膀都光裸着。人不显得漂亮，但性感。齐志红了脸，他为雪燕有点儿不好意思。

二

他早就知道雪燕想照这种艺术照片，齐志也同意她照。有一次去镇上赶集，雪燕站在照相馆的橱窗外挪不动脚。齐志说："喜欢照你就进去呗。"雪燕说："都好几天没洗澡了。"齐志说："照相与洗澡有啥关系，又照不出泥儿来。"可雪燕说照片要摆在屋里，什么时候看都会觉得自己不干净。"以后再说吧。"雪燕恋恋不舍地说。齐志没想到雪燕会把照片挂出来，依齐志的心思，照片应该放到相册里，什么时候想看了，俩人躺在被窝儿里一起看。齐志更没想到的是雪燕会在自己不在的时候一个人去拍照，雪燕还穿了大号的胸罩，胸脯丰满得有些走形。

齐志有些愧疚地想：自己在家的时间实在是太少了。雪燕要等着他一起去拍艺术照，说不定要等到驴年马月的。

妈不知什么时候进来了，倚着门框站着。妈说："你二嫂走了。"

齐志问："走几天了？"

齐志意识到自己接错了话，尴尬地看着妈。

妈却没有在意。妈说："她还有脸串门子呢，不知道自己多寒碜。"

齐志把被子放到了床上，一屁股坐了上去。齐志说："我多会儿去接雪燕？"

妈把头扭到了一边。

齐志说："雪燕回家咋没带孩子？"

妈恶声恶气地说："龙村有个姓马的，平时赌了大钱赌小钱，不知咋和你二嫂勾搭上了。见天把车子扔到咱家的房后头，然后从院墙翻过去。那天被你大爷看着了影儿，把俩人堵住了。"

齐志皱了皱眉头，问："二哥呢？"

妈说："回来了一趟，又走了。"

邻居二哥也在城里打工，不久前还去看过齐志，二哥没跟齐志透露这件事，但看得出二哥有心事。齐志躺倒在被子上，手背贴着被面，一朵一朵莲花水滑水滑的。他为二哥感到难过。

妈说："被子买就买了，让你二嫂瞅干啥。明天她就能嚷得全村人都知道。"

齐志说："我又不是偷的抢的。"

妈说："不是偷的抢的也好说不好听，你还不知道黄秀英那张嘴。"

齐志说："谁爱说啥说啥，甭在乎。"

妈不说话了，在屋里转了一圈儿。把沙发巾抚平，把几只拖鞋和皮鞋放到鞋架上，又用一块抹布擦柜子上的土。妈又说："哪有这样做媳妇的，天不顾地不顾，就顾自己的一张脸。屋里的土都能埋人了也不知道搁把手儿，驴粪球子外面光。"

齐志不爱听这话，用被子堵住了耳朵。妈忙完了也说完了，正要往外走，齐志一骨碌爬了起来，说："我这就去接雪燕。"

妈脱口说："不行。"

齐志吃惊地问："咋了？"

妈喘了口气，说："你走后雪燕就一直吵着要上班，说在家里闷。她想上班我不管，可她不该去饭店和人家喝闲酒！还醉得人事不知，被两个男人架了回来。回家来还不省人事，拿了水杯当酒盅，一杯一杯地跟人碰。你爸一火扇了她两巴掌，就扇出了毛病。人家一炮蹶子回了娘家，说再也不回来了！"

齐志一听就急了，说："这么大的事你们咋不早通知我？难怪她的电话总也打不通。雪燕再不好等我回来管，哪有公公打儿媳妇的道理！"

爸本来在堂屋里听声儿，此刻一个箭步蹿了进来。粗脖子红脸地嚷："我咋就不能管？她败坏的是我齐家的名声，我不管谁管？等你个小子管，你管得了她吗？谁不知道你见了媳妇就尿，是你管她还是她管你?！"

齐志的一腔血嗡地上了脑袋，眼睛都快让血糊住了。齐志抖着嘴唇说："爸呀，爸呀，你咋能这样说话呀。儿子再不好是你的儿子，媳妇再不好是你的媳妇。我知道你一直看雪燕不顺眼，可她好歹是你孙子的妈，你咋就不能护着她！"

爸说："我再护着她能把她护出个人来吗？你可罕村打听打听，人家都说个啥，羞得我这老脸都没处搁。我一辈子没让人戳过脊梁骨，可让她把我齐家的名声给毁了！"

爸的眼里差点儿窝出眼泪，他恨恨地一跺脚，偏偏地走了。

妈说："齐志你这么说话就是不知好歹。我问你，我们咋就不护着她了？她结婚四年都干过啥？是做过地里的还是做过家里的？是管过大人还是管过孩子？你也不瞧瞧她那个德行，照相连衣服都不穿，你不知道有多少人笑话！"

齐志再也不言声了，他知道他遇到大麻烦了。雪燕结婚几年一直与爸妈不睦，但从没公开争吵过。他们彼此谁都不关心谁，形同两姓旁人，齐志的烦恼是自找的。当年爸妈死活看不上雪燕，是齐志一意孤行把雪燕娶了过来。齐志的想法与爸妈的南辕北辙,那种代沟深不可测。爸妈不懂得爱情,尤其不懂得齐志的爱情。齐志为爸妈的这份"不懂"伤透了脑筋。他心里有好多话想说,可是说不出来。齐志双手捂住了脸,躺倒在床上,又拨了下雪燕的电话,还是无人接听。齐志的眼泪潮水似的往外涌。他打小儿就是个爱哭的孩子,想自己捧着一颗火炭似的心回家,没想到面对的却是这样一个局面。

妈扯了一把被子,被子压到了齐志的身底下,没有扯动。妈也带着哭音儿说:"我和你爸一年忙到头儿,嘴里省着、手里攒着,为了谁?还不是为了你。当初你娶雪燕我们就不同意,才多大个孩子,就懂得勾三搭四的。是你寻死觅活地闹,才把个妖精娶回来。你在罕村挨户问问,谁家的媳妇像她那么滋润,见天涂胭脂抹粉的。吃要吃好的,穿要穿好的。馋点儿懒点儿就罢了,我们就当供个活菩萨。可她也不能太出格呀,居然和男人一起喝闲酒,还醉得人事不知。都是你惯的!还买双人被,你以为这是在龙村吗?这是罕村呀,你们丢的是齐家的脸呀!"

妈说完这话也走了出去,把一屋子咝咝带响儿的空气留给了齐志。齐志压着声音吼了两声,气得手脚冰凉,却不知该生谁的气。一抬头,看见雪燕的一双眼睛笑眯眯地看着自己,那神情柔媚而又俏皮。齐志忽然觉得有潮水在从头上退下去,一颗心忽然就变得安静了。

他把被子照原样叠了起来，重新放进包装袋。把那块带油渍的地方用纸巾擦了擦，越擦越不干净。他只得往里掖了掖，从表面暂时看不出来。齐志心里很难受，那片油渍就像一块补丁，硌硌生生地让他的眼睛不舒服。齐志想起自己在城里百货大楼挑选被子时反复比量，唯恐哪个颜色雪燕不喜欢。

雪燕不止一次地嫌家里的被子小，她团在齐志怀里时，要露一块后背。尤其是秋末冬初这段时间，屋里还没有生火，齐志要把雪燕盖严实了才小心地偎过去。那时候他就说："什么时候咱做个大被。"雪燕说："你妈要给咱做才怪呢。"齐志也知道妈不会给他们做，在农村，祖祖辈辈夫妻都是两床被子，若是盖一床，是要遭人耻笑的。很多事情就是这样怪，人们就喜欢约定俗成。一年前他还不好意思买，怕回到村里有人说闲话。有一次，他在城里做工时去了几户人家，见人家的床上都是双人被，白天不用叠，就那样蒙在床上，又好看又省事。齐志一下子就有了主见。

雪燕看见不定得多高兴！

齐志对双人被是一种贴心贴肝的感觉，就像对媳妇雪燕一样。几年前雪燕初中还没毕业，偶然与齐志撞了一回车，就让齐志丢魂了。齐志每天都到龙村村口等雪燕，用目光抚摩她的脸。雪燕恰恰是一个早熟的女孩子，上小学时就曾经给男生递纸条。齐志的"抚摩"很快奏了效，有一天，雪燕故意等天黑透了才回来，见齐志仍在那里傻傻地等。雪燕把自行车扔到远处，悄悄过去搂住了齐志的腰。

雪燕是一个放得开的人，而且没有小心眼儿，与齐志好上以后就开始度日如年，好歹拿到了毕业证，就慌忙出嫁了。

妈开始见到雪燕喜欢得不得了，雪燕长得像电影明星，而且从来也不提彩礼的事。可一听说她是龙村冯老六的闺女，爸妈的脸就阴了天。龙村和罕村挨得近，他们都认识冯老六。都知道冯老六不是过日子人。齐志想娶雪燕上吊抹脖子地闹，爸妈不同意也上吊抹脖子地闹，最终还是没闹过齐志，雪燕嫁了过来。

爸妈提出他们不能养活两个白吃饭的，齐志说："我可以出去打工。"为了表明决心，齐志结婚五天就走了，三个月以后才回来。他把挣来的钱分成两半儿，一半儿当着雪燕的面给了妈，一半儿当着妈的面给了雪燕。

妈和雪燕都哭。雪燕哭是因为委屈，她想齐志想得都掉头发了。妈哭是因为心疼，齐志在家里也没干过重活儿，不舍得让他干。齐志出去的三个月可遭了罪，手上都是血口子。

妈对爸这样说："我们只当家里供着菩萨吧。"

他们也是真没有办法。

齐志把被子放进柜子里，从屋里走了出来。爸正在后院磨镰刀，预备锁玉米秸秆用。其实好多户人家都不要玉米秸秆了。他们让收割机把粮食收好，就不管秸秆了。爸还是传统的操作方法，把秸秆捆成捆儿，让驴车拉回家来。秸秆还是青的，爸把一部分用粉碎机粉碎，埋进土里做青储饲料，另一部分戳到墙上晾干，留着烧火。

齐志家的活计总是比别人家的多，几十年不重样。

齐志与爸主动搭了话，问准备收哪块地，收成咋样。齐志回家就是来帮爸收秋的。齐志待的那家公司有一大部分都是农民工，一到农忙就要放几天假。齐志本来可以不回来，没有他，爸妈照样能把庄稼收回家。可买双人被的事几乎成了他的一块心病，真正让他寝食难安。更让他想念的是他和雪燕一起盖双人被的感觉，说出来丢人，可那念想却很强烈。他想第一时间去龙村接媳妇，可一看妈的态度，他又踌躇了。

爸的头发已经花白了，皮肤黑得仿佛要透进肉里。齐志问了几句话，爸都没有反应，齐志心里惴惴，从堂屋取了一只小板凳塞进了爸的屁股底下。爸这才说："明天去接雪燕吧。"

齐志这才长出了一口气。

三

龙村与罕村隔一条路，罕村称路东，龙村称路西。

可罕村和龙村不一样。往远处讲，罕村地主多，龙村赤贫多。所以土地改革那年龙村人分了罕村的地。那些年龙村的闺女宁可扔进河里喂鱼也不愿意嫁到罕村，那样会被人瞧不起，但来龙村做媳妇的罕村闺女却大有人在。后来这种局面发生了颠倒，颠倒自哪年起，没人能说得清。龙村人总能得风气之先，不管好的方面还是坏的方面。比如，龙村比罕村先出"万元户"；龙村代销店里的酒比罕村卖得快；卖猪肉的不愿意去罕村，说卖不动。龙村人嘴上嘲笑罕村人，说罕村人"抠"，一分钱掰两半儿花。可口气里已经没有了当年的优越感和自豪感，越来越多的龙村闺女愿意嫁到罕村，罕村却要挑挑拣拣。罕村有能人办了几个工厂，那种领工资的生活令龙村的姑娘垂涎三尺。

因为有集体企业，罕村修了路，通了自来水。罕村作坊式的手工制造比龙村多。比如，磨豆腐、漏粉丝、打糕点、做衣服，甚至还有挣死人钱的，扎纸人纸马、纸箱纸柜、纸家用电器，等等。三邻五村的钱被罕村人挣了大半，但罕村人基本没什么变化，代销店里的酒仍没龙村卖得快，卖猪肉的仍不愿到罕村来。

冯老六是龙村人缘最好的人，因为能吃能喝能说。龙村人大都能吃能喝能说，但都比不得冯老六。冯老六一顿喝过二斤半白酒，这是纪录。就像吉尼斯或奥运会一样，纪录是需要打破的。你打不破就永远在别人后边出不了头。其实冯老六喝到一斤半的时候已经找不着嘴了，但后边的那一斤毕竟还是倒进了嘴里，所以那个纪录是作数的。冯老六就是龙村的喝酒领袖，冯老六的家事就是那些酒友的事。

冯老六也愿意别人把他的家事当回事，冯老六喜欢热闹。

雪燕挨打的事成了龙村的一件新闻。雪燕是晚上挨的打，挨完打以后酒就醒了，然后就跌跌撞撞地跑回了龙村。雪燕那么晚回来吓了冯老六一跳，雪燕趴在炕上哭，哭着哭着就睡着了。闻着雪燕的一身酒气，他们断定雪燕是在外受了欺负。冯老六说："我老闺女可别是遇见了坏人。"付玉芳说："这丫头也忒野，结了婚咋还不收性子。"冯老六说："会喝酒也是本事，我闺女哪个不能喝四两半斤？"转天早晨雪燕的脸肿得像发面饼，连被窝儿也不出，冯老六才着急。一问究竟，原来是被公公打了。冯老六一蹦三尺高，这还了得！

他喊付玉芳："快穿衣服，我们去找那老东西。"他们每人一辆单车往外走，龙村还静着。来到了罕村，罕村已经净水泼街打扫庭院完毕了。

两个人冲进院子，付玉芳张口就骂："老不要脸的，敢打我闺女，我看你们是没有王法了。我们这么好的闺女给了齐家，你们还不知足，动手就打，张嘴就骂，你们凭什么？"

齐志爸用斧子修理一只镐柄，头也不抬地说："可不好着呢。天上难寻地上难找。"

冯老六说："老亲家你还别嘀咕，我说我闺女好可没埋没你们家。要不是你家齐志死乞白赖地追，我们雪燕能到罕村来？别说我们还好好上着学，将来考个大学也没准儿。我们做娘娘也得是个正官，你不承认这个这可不行。"

齐志妈提了猪食桶正好走进院子。说："我们没有伺候娘娘的命，我们就会土坷垃里刨食，喂了大猪喂小猪。大猪小猪才有良心呢，你喂它它就朝你哼哼，比人强！"

街坊邻居早有人围了过来，七嘴八舌都说雪燕的不是。这个说："雪燕梳头要到大堤上梳，一梳就梳一个钟头，早饭熟了婆婆要满世界喊，天底下没有这样的儿媳妇。"那个说："公公婆婆在院子外干活儿，雪燕就在院子里给脚抹指甲油，一个农村媳妇，臭美个啥。"还有比这更难听的话，从人群里冒出来。冯老六想看清楚是谁说的，可嗡嗡嗡的每张嘴都在动。冯老六气得大声嚷："罕村真是没有王法了！你们打人还有理了?! 我闺女不过是喝点儿酒，值当用大巴掌抽我们?! 我闺女是谁？是龙村的一朵花，我们一朵鲜花插在了你们罕村的牛屎粪上，我们倒八辈子霉了！"

人群哄的一声笑了，付玉芳的胖脸都气成了紫茄子。她招呼冯老六往外走，边走边把罕村人骂了个遍。谁都听见了付玉芳骂人，可谁都装作听不见，几个小年轻的嘴里故意发出怪音，怪音追着冯老六的车轱辘。

四

　　龙村人很快就知道了雪燕挨打的事，还有冯老六两口子被齐志父母卷回来的事。他们走马灯似的到冯老六家里打探消息，也帮着出主意。村里就是这样，大家都习惯把别人的事当成自己的事。雪燕真的是龙村的一朵花，只是还没来得及开，就被罕村人掐走了。当时让好几个龙村小伙子睡不好觉，恨自己没先下手为强。他们都知道冯老六是一个好说话的人，只要心气儿对，把闺女给谁都无所谓。冯老六的前四个闺女都是这么嫁出去的。那四个闺女也是四朵花，就像做梦一样，冯老六随便就把她们嫁了。龙村的小伙子之所以没先下手，是因为他们觉得雪燕还小。他们傻了吧唧地等着雪燕中学毕业呢，没想到雪燕毕业的同时，就成了别人的新娘。

　　雪燕与四个姐姐比，漂亮不说，还心眼儿少。当然雪燕不是缺心眼儿，而是单纯，跟谁都嘻嘻哈哈，非常容易上当受骗。他们就是觉得雪燕被罕村那个小子骗了。那小子长得像个娘儿们，说话就红脸，在外读了个中专，也没啥正经职业，他有啥资格娶雪燕？雪燕从小就知道自己漂亮，所以很拿漂亮当回事。她问爸自己为啥长这么漂亮，冯老六说他喝酒喝的。那年冯老六新分的地，打的粮食没处盛，都换了酒喝。雪燕问："漂亮能不能当饭吃？"冯老六一本正经说：

"咋不能？过去漂亮女人都能进皇宫，女人的哥哥是国舅，女人的爹是国丈。女人自己连头都不梳，有丫鬟伺候。"有好几年雪燕还以为自己也能进皇宫呢，大一点儿才知道，那都是书里说的，不作数。

雪燕的气也是孩子气，哭一哭就过去了。她想等齐志回来就一切都好了。她和齐志是真的好，贴心贴肉的好。他们在一起睡觉的时候都没分开过，她总枕着齐志的一只胳膊。齐志的胳膊麻了也不动一动，怕把她扰醒了。他们在一起的时间不多，齐志要给她去挣钱，她好买胭脂口红高跟鞋。雪燕的高跟鞋是罕村最高的，穿在脚上别提多神气了。

可事情却不在雪燕的掌握之中，她没想到村里会有那么多人为她抱不平。来的人都说："因为喝酒挨了巴掌，真是千古奇事。龙村喝酒的人多了，可没听说谁因此挨打。说来说去就是罕村人洋蹦，不把龙村人放在眼里。"这番话雪燕听了舒坦，把一点点愧疚也给舒坦没了。第三天，雪燕的四个姐姐和姐夫也来了。他们家就是这样，什么事都讲究一窝蜂。有一次，冯老六因为地边跟人吵嘴，闺女姑爷站了一地头，把那户人吓得要死。雪燕本来也是个没主意的人，既然姐姐们来了，雪燕情愿听她们的。

姐姐们说："雪燕不能就这样回去，这样回去日后他们会更欺负你。他们来接你才能回去，少的来不行，得老的来。来一次不行，得来三次。"雪燕的大姐说："雪燕的公公得拿着堂锣来，边敲边说打儿媳妇不对。"大姐的话把雪燕逗笑了，雪燕说："我公公是个倔葫芦头，他死都不会照你说的做。"大姐说："就是要掰掰他的倔，他打人的时候咋不倔呢？"

饿饿了一上午，中午炖了一锅吊子，大家吃了个盆干碗净。杀猪的李树山拿来了整整一头猪的上下水，让冯老六欢喜得嘴都合不上。冯老六说："树山是个热心人，为了雪燕受气的事，连肉都不卖了。"雪燕的四姐却直翻白眼，当年她和李树山有点儿事，她知道李树山是为啥来的。

热火朝天吃了一顿饭，走人的走人，睡觉的睡觉。雪燕的四姐临走直磨蹭，眼神总往李树山身上瞟，李树山却不理他。当年雪燕的四姐看不上他，嫌他穷。可花插给他点儿好处，让他东摸一把西摸一把，然后赚他一刀肉，或两个猪蹄儿。等自己找到了合适的主儿，招呼也不打就走了。雪燕的四姐也不内疚，再见面时还用眼勾他。去年这招儿还管用呢，俩人钻了一回柴火垛，把一头老母猪吓得不轻。今年李树山却变了一个人，瞅也不瞅雪燕的四姐，却还送来了一头猪的上下水。本来雪燕的四姐觉得今天人多眼杂，不想和他有事了。可李树山不接雪燕四姐的眼风，倒让雪燕四姐着起急来。

冯老六睡了，付玉芳也睡了。付玉芳也喝了些酒，虽然没有冯老六喝得多，可今天闺女姑爷坐一桌，付玉芳也高兴，不由就多贪了几杯。她的鼾声比冯老六的响，还带着哨音，让雪燕不止一次地发笑。雪燕问李树山那副上下水值多少钱，李树山说："不值几个钱，既然六叔喜欢吃，就送他吃呗。"这话很对雪燕的胃口，不由就把李树山当作了知己。许多不该问的话都问出了口，比如二嫂与老马的事，罕村闹得沸沸扬扬，不知龙村有没有听说过。李树山说："那也叫个事？要是这种事情都叫个事，龙村早就乱套了。"雪燕好奇地问："这种事为啥不算事？"李树山说："这么跟你说吧，咱村挨着门口数，没有哪家没有闲事的。"雪燕不相信，说："如果真是这样我怎么不知道。"李树山说："你当然不知道，没人跟你说。六叔有这事你知道吗？"雪燕啐了李树山一口，说："你别瞎掰了，我爸可不是这样的人。"李树山说："这事哪是瞎说的，六叔年轻的时候跟刘义家的好，谁都知道。"

雪燕想了想，影影绰绰记得妈跟刘义家的打架的事。俩人狭路相逢，妈上去就打人家的脸，连个招呼都不打。后来雪燕和刘义家的孩子同了学，人家从来也不理她。看来这里是有点儿问题。雪燕让李树山仔细说说这件事，李树山诡秘地往前凑了凑，说："刘义是个废物点心，在生产队的时候就挨欺负。刘义的媳妇模样长得好，队里别的妇女就忌妒她。那时六叔在队里当队长，经常给她单派活儿。有一天，他们俩被人锁在仓库里，一锁就是一宿。你们家也找人，刘义他们家也找人。转天早上打开仓库门，他们俩吃了半麻袋树干。"

雪燕说:"一听就是瞎编派。"

李树山哈哈地笑说:"说瞎编才有趣,不说不笑不热闹。"

雪燕说:"我爸是好人。"

李树山认真地说:"六叔那是真正的潇洒,一辈子活得值,只是现在老了。"

雪燕咯咯地笑了,说:"李树山你可真有趣,你一直都是这么会说话?这么会说话你咋找不着老婆?你丈母娘还没给你生吧?"

李树山说:"那是我不想要,我想要,那天水窟窿眼子都堵不上,你不知道有多少人想跟我。"

雪燕说:"就冲你这身儿油脂麻花?"

李树山说:"那咋的?混一辈子好吃喝。谁当我的老丈人谁烧高香。"

雪燕知道这不是真话,是李树山逗着玩儿。可她仍然问:"你想找啥样的?"

李树山说:"你四姐那样的。"

雪燕说:"你咋不早说,你早说我给你做媒。"

李树山嬉皮笑脸说:"你这样的也行。"

雪燕推了他一把。

李树山往左一歪,又往右一歪,恰好歪到了雪燕的身上。雪燕又用劲推了他一把,把李树山推了个仰八叉。

李树山爬起来说："雪燕我给你出个脑筋急转弯。你说黑母鸡厉害还是白母鸡厉害？"

雪燕故意胡说："白母鸡厉害。白母鸡个儿大。"

李树山说："我告诉你吧，是黑母鸡厉害，因为黑母鸡能够下白蛋，而白母鸡不能够下黑蛋。"

把雪燕笑得天翻地覆。李树山趁机在雪燕的胸上抓了一把，不等雪燕怒目圆睁，李树山早逃之夭夭了。

五

齐志起得早，先于父亲来到了地里。齐志使的是父亲昨天磨好的镰刀，锋利无比。齐志找准了地边儿，就一门心思干起活儿来。齐志觉得自己已经是个成熟的男人了，不能总像过家家似的。所以早晨起来爸以为他会去龙村接雪燕呢，可齐志却拿起了镰刀，试了试刀锋。爸问："不去接你媳妇？"齐志装作不以为然地说："干完活儿再说吧。"齐志注意到了爸妈交换了一个眼神，齐志让他们感到意外了。其实齐志有他自己的小算盘。他想：这个时候把雪燕接来也没用，于谁都没有好处。不如等到晚上，一天的活儿都忙完了，心静。雪燕进门叫一声爸妈，就什么事都过去了。然后就是打开双人被，他和雪燕两个钻进被子里，那种感觉，想一想都妙不可言。他相信事情就是这样一个结果，明摆着的。雪燕虽然受了些委屈，但齐志会加倍地抚慰她。雪燕脾气不犟，她听齐志的。齐志有这把握。锁玉米秸秆是件轻松的活计，不用猫腰。他只需左手扶稳秸秆，右手用镰刀擦着地面稍稍一用力，秸秆就被锁下来了。锁下来的秸秆横着放到地垄里，头挨头，脚挨脚，齐齐整整。待够了一捆儿，就另放一处。太阳升起来时，兵将一样齐压压的一地庄稼都被齐志放倒了。齐志的衣袖和裤脚都被露水打湿了，有些凉。可齐志的头上却冒了汗，太阳一照，汗珠就变成了水晶珠子，一串一串在脸上淌。齐志没怎么干过庄稼活儿，结婚前，一门心思想考学，没考上。结婚后，一门心思想挣钱。刚开始去那家物业公司，齐志整天钻下水道，城市的下水道也奇怪，不是这里堵就是那里堵。可齐志即便钻下水道，后一秒也是干净清爽的，他随身带的包里装着干净衣裳，不像别人，干邋遢活儿就做邋遢人。现在，齐志已经成了小班长，带着一拨人，总是把抢修任务完成得又快又好。老师傅拿齐志举例子教育别人："瞧人家齐志白白净净的像个书生，可却一点儿不矫情。脏活儿累活儿抢着干，真像一个共产党员哪。"当然齐志没有入党，可齐志当了先进。齐志一个农民工当了先进，总经理亲手给他戴了大红花，夸他有理想有作为。

　　齐志心里说，他上光荣榜也是为了钱，那样可以得奖金。齐志心底的一些想法跟谁也没说过，他想让雪燕一生都过得好，他不想让雪燕太操劳。妈的样子总是刺激着他，五十出头的人，却像活了两辈子，跟城里的女人一比，都不像女人。

那么漂亮的雪燕是齐志心中的骄傲和财富，他像护着一件珍宝一样护着她。齐志有时自己也纳闷儿，同样是亲人，在自己感觉中是不一样的。看着妈操劳仿佛就是天经地义，而雪燕如果也操劳，想一想都会让齐志受不了。

太阳升高了，地里也热闹了。左邻右舍的地里都来了人。左邻的地里种的是谷子，谷子也成熟了，谷穗沉甸甸地压弯了腰。来收谷子的是父女俩，只简单地和齐志打了招呼，就干起活儿来。右邻种的是高粱，还有些青，来收高粱的妇女腋下夹着镰刀转来转去，却不舍得动手。齐志与妇女不熟，但知道她是前街齐三儿的女人，有些缺电。齐三腿有残疾，下不得地，所以活儿都是女人一个人干。齐志擦着地边儿捆玉米秸秆时女人就站在齐志的身后。女人说："叔不认识我吧，我叫桂香。"齐志回头朝她笑了笑。说："你地里高粱还没熟呢。"桂香说："要不我就不舍得动手了，看着叔干活儿怪眼馋的。"齐志说："还有看人家干活儿眼馋的？"桂香说："我们庄稼人就是庄稼命，一天不干活儿就没着没落的。"桂香的话说得齐志很受用，他愿意别人不把他当庄稼人。桂香问："叔还没去接婶儿？"齐志顺口答道："干完了活儿就去。"说完齐志就有些纳闷儿，齐三儿家和自己家隔得远呢，怎么雪燕回家的事她也知道？齐志心里这样想，却并没有问桂香。不料桂香打开了话匣子，没完没了地说起来："叔你大概不知道，咱罕村这阵儿出了三件大事。第一件大事就是齐天啸嫖娼。你准知道齐天啸坐飞机，不知道齐天啸嫖娼吧？齐天啸在县城嫖娼被公安局逮着了。公安局要罚他五千块钱，齐天啸说：'我多给五千，哥儿几个辛苦，买几条烟抽。'公安局一听就恼了，说：'你不是趁钱吗？罚两万。'齐天啸想打退耙，哭天抹泪地又磕头又作揖，公安局也没听他的，到底罚了他两万。第二件事就是黄秀英偷人。龙村有个姓马的，整天不务正业，赌了大钱赌小钱。不知咋和黄秀英勾搭上了，每次偷人都把车子扔到你家房后头，然后再从后院墙翻过去。有一次被黄秀英的公公瞄着了影儿，带着几个人也从院墙翻了进去……"

齐志呸地唾了口唾沫，他听不得这类闲话。邻居二哥在城里打工，二嫂不安分守己，这些话从妈的话语中露出过，但齐志不愿意相信。手里的活计加快了速度，他想远离齐三儿的女人。手下的动静也大了许多，玉米叶子的哗啦声充斥着他的耳膜。

桂香愉快地笑了，说："叔干庄稼活儿还挺在行啊！"

齐志没有理她。

桂香又说："这第三件事就与叔有关了。"

齐志愣了一下，但手中没停下活计。

桂香笑得咯咯的，说："雪燕……我婶子的事，叔知道了吧？"

齐志这下直起了腰，回头看了眼桂香。傻女人头上的围巾在脑后翘起个小三角，鸡尾巴似的。齐志告诉自己别听这女人的闲话，心里这样想，嘴上却没挡住好奇："雪燕啥事？"

桂香看着天冥想了会儿，装作有心机的样子，说："不是我跟叔说我婶的坏话，我这都是为了叔好。换了别人我是不会说的，我知道话说出去伤人。"

齐志不耐烦了："你说吧！"

桂香说："这可是叔让我说的，叔不让我说我根本不会说。我岁数比你大，可你辈大，辈大的人就是老家儿。我跟老家儿说话就不怕说走了嘴。罕村人都说：'雪燕平时就不是个正经女人，脸蛋搽得像猴屁股，嘴唇红得像吃死小孩子的，连脚指甲都抹油。'罕村人还说：'这女人迟早得出事，别看她家爷们总护着她，早晚有护不过来的时候。'可不那天就出了事，她跟一群男人在镇上喝多了酒，醉得人事不知。人家把她扔到了车上……能有好事？进门就让二爷扇了两巴掌，还扇出了毛病，人家一炕蹶子回娘家了。转天她爹冯老六来给闺女找脸，二爷二奶连门都没让进，都给卷了出去。二奶说：'闺女现眼爹也现眼，罕村就我们家倒霉，娶了一个狐狸精……'"

齐志摆了摆手，忽然觉得身上一点儿力气也没有。他回身朝地头走，把桂香晾在那儿了。

"哎，哎！"桂香嚷。

齐志头也没回。

爸赶了毛驴车来拉庄稼，全村现在就剩这一头老驴了。他们家总像活在旧时代，车上坐着妈，妈怀里搂着小建。毛驴车一直来到了地里，妈和小建才从车上下来。小建说："爸，捡到香瓜没有？"庄稼地里经常有意外飞落的瓜子。经过夏天的雨水滋润，瓜子就生出了瓜蔓。到了秋天，就有小香瓜意外地成熟了。庄稼人都叫它小屎瓜，可物以稀为贵，屎瓜也是好的。前两天爸来地里收玉米，就曾捡到过，让小建解了馋。今天还是这块地，小建还以为有香瓜等着他呢。

齐志不耐烦地说："哪儿有什么瓜。"

小建手里抱着一个小饭兜。小建说："奶奶给你烙了葱花饼，香着呢。"

齐志更加不耐烦："不吃。"

爸和妈对视了一眼。爸说："我说了今天让你去接雪燕，可没说让你来干活儿。没有你，我们也能把庄稼收回家。你不用干点儿活儿就不耐烦。"

妈说："接回来也得说道说道。错的是她，不是我。没有哪家媳妇像她那么滋润的，既不管老，又不管小。大秋忙月的也不回自个儿的家，不知道自己是干啥吃的。"

齐志明知故问："雪燕爸妈来过咱家？"

妈说："打架来的。不说给他闺女道个歉，还说不占理的。说他闺女给咱家委屈了，说他闺女当娘娘也得是个正宫。说要不是你死乞白赖，他闺女还得上大学呢。呸，她也得是那块儿料。"

齐志说："赶火头上话哪有个好听的，雪燕爸是个明事理的人。"

妈嚷："他明事理我就不明事理了？我不明事理能让你去接她？他明事理他就该把人送回来，不知道现在是大秋忙月？"

爸妈边说手里也不闲着。把车顺好，把驴牵到草多的地方，就动手捆玉米秸秆。他们比齐志捆得快，也捆得瓷实，一会儿就捆下去了半截地。小建一个人去逮蚂蚱，逮着一个就拿过来给齐志看。齐志在地头上坐着，有一口气在心口窝着，出不来。脸也由绿转黄，又由黄转绿。齐志把一团青草塞进嘴里，像牲口似的嚼，让小建莫名其妙。

小建说："你咋吃草呀？"

齐志攥着儿子的小手问："想你妈吗？"

小建响亮地说："不想！"

齐志把草狠狠吐了出来，怒目瞪着小建。小建捂着小屁股，逃也似的跑了。

齐志对雪燕第一次有了另外的想法。自己心肝宝贝似的人，谁都不喜欢，连儿子都不喜欢。小建满月就跟奶奶睡，从来不找妈妈。他没吃过雪燕的奶，雪燕不让吃，怕把乳房吃变了形。齐志也同意雪燕这么做，可话说回来，如果雪燕让小建吃奶，齐志也没意见。齐志不太把乳房变不变形的问题当一回事，让他当一回事的是雪燕的想法。那年雪燕才满十八岁，齐志比疼儿子更疼她。雪燕生孩子时呼天抢地地号，把齐志的魂都吓跑了。当时齐志唯一的想法是：孩子生下来就掐死他。

六

齐志连着在家里干了三天活儿，把地里所有的庄稼都帮着爸妈收了上来。齐志自己都觉得纳闷儿，过去他是顶烦庄稼活儿的。齐志累得腰酸腿痛，真想在床上躺一天。可看着爸妈也累得够呛，齐志就把想法收了起来。妈的腿不好，有关节炎。蹲要扶着蹲，起要扶着起。端饭碗的工夫才捶几下膝盖，否则，连那么点儿时间都没有。家里养了头老母猪，下了十二头小猪。小猪都和母猪一个模样，皱巴巴的小短脸，看上去笑眉笑眼。养这一头母猪就差不多够了一年的开销。小猪如果行情好，养上两个月就卖掉。如果行情不好，就养成膘猪卖肉。春天一窝，冬天一窝，比存银行都准。爸妈把日子算计得一点儿浪费也没有。家里还养了三只羊，一只母羊，两只小羊。到了年关，杀一只，卖一只，留一只明年下崽儿。既有肉吃又有钱花，还有后代香火。转年春天找个公羊交配，又是一年的好日月。还养了十几只鸡，隔三岔五地爸和小建能打打牙祭，也就是炒上三五个鸡蛋，剩余的绝大多数爸要驮到城里去卖。因为是散养的柴鸡，鸡蛋要比那些专业户养的贵二到三倍。日子是好日子，可齐志不喜欢。齐志总觉得过这种日子透不过气来。所以齐志选择了打工，挣的钱不多。可齐志喜欢在城里做事，有那么高的楼，那么灿烂的霓虹灯，那么宽阔的马路，还有那么多漂亮的男人和女人。虽说这些与齐志关系都不大，可齐志还是喜欢他们。

齐志的工程队专门负责城市的下水道，经常是一身油污。可并不影响齐志喜欢自己的工作，齐志是与城市有关联的人。

齐志一共有七天假，他计划第四天去接雪燕。他觉得这样挺好，既给爸妈一个交代，又给自己一个交代。虽然每到晚上心里都想得不行，齐志都努力克制着。他甚至想用这种方法惩治雪燕。因为齐志回村的事雪燕会很快知道，她想齐志不会亚于齐志想她。齐志想这些的时候心里是甜蜜的，带一点儿苦涩的甜蜜。他心里很安静，不像在城里买双人被时，恨不得一步迈回家来，恨不得马上把双人被盖在身上，把雪燕搂在怀里。他很得意自己已然是一个成熟的男人。不能把儿女之情太当回事。他对自己说。当然，他也需要雪燕把事情说清楚，雪燕不会骗他，齐志有这个自信。齐三儿女人的话伤了齐志。齐志气恨竟有人这样糟蹋雪燕，气恨雪燕竟会这样让人糟蹋。这种糟蹋真正伤了齐志，让一颗火炭般的心，骤然就冷了。

吃了晚饭，杨玉新来家串门。杨玉新与齐志同过学，在村里算谈得来的。杨玉新给了齐志一根烟，齐志勉强接了过来。因为雪燕不喜欢烟味儿，齐志一直也没正经学会吸。杨玉新说："雪燕还没回来？"

齐志说："还没得空儿去接呢。"齐志重点强调自己得去接，他不能再让别人轻视雪燕。

杨玉新说："我以为你那天晚上回来就得去接雪燕。看来我是小看你了。"

齐志皱起了眉头："你别拿我凑趣。"

杨玉新说："还凑趣呢，雪燕看见我直掉眼泪。说：'齐志咋那么狠心，从城里回来也不见个面。'杀人不过头点地，你这样淡着人家又是为了啥？"

没想到杨玉新这样说，齐志的目光有些犹疑。

"自己过自己的日子，别听村里人瞎说。"杨玉新揣摩他的心思。

齐志问："你啥时候见的雪燕？"

杨玉新说："昨天。我去龙村的亲戚家，看见雪燕去买肉。我告诉雪燕你回来了，还买了双人被，雪燕高兴得像小孩子一样。"

齐志不好意思地笑了。

齐志问杨玉新啥时候办喜事，有没有合适的人。杨玉新笑着说："早着呢。"杨玉新是一个奇怪的人，早就该说媳妇了，可就是不说，把他妈气得哭天抹泪。杨玉新是一个修理匠，凡是带响儿的东西都能修，一年也挣不少钱。想嫁给他的姑娘不在少数，可杨玉新一个也不要。罕村像他这样的人可不多。

齐志问杨玉新想找一个什么样的人。

杨玉新说："遇到一个你和雪燕那样感情好的，我就结婚。"

齐志说："我们好不好，你哪里知道？"

杨玉新说："没吃过猪肉还没看过猪跑？没见过感情好的还没见过感情差的？罕村的男人哪个像你似的肯买双人被？外边都有风言风语了——可不是我说出去的。"

齐志问："他们都说些啥？"

杨玉新说："你敢光天化日之下把被背回来，就肯定不怕别人说。我结婚那天也盖双人被，让那些人把舌头嚼烂。"

"一条被子，"齐志说，"城里人都那样盖，就罕村人大惊小怪。"

杨玉新说："你娶雪燕娶对了，乡下的女孩子像她那样开化的少，尽是些榆木疙瘩脑袋。"

齐志说："父辈一辈子都是那样过，其实啥样的日子都是一辈子，也没啥新鲜的。"这话似宽慰，也似自我放弃。齐志自己觉不出啥，杨玉新却听出了弦外之音。

"我还没自由够呢，等自由够了再说吧。"他说。

七

齐志回来的那天晚上李树山就得了信儿。龙村和罕村就是这样，这边放个屁，那边都闻得着味儿。李树山是听张嘎子说的。张嘎子也在城里打工，是和齐志坐一辆车回来的。张嘎子吃了晚饭就来到了李树山的家，李树山家热闹，到处血糊糊的。这儿堆着一堆猪毛，那儿放着几张猪皮，院子里散发着一股难闻的气味。李树山杀猪也不好好杀，到处踅摸死猪或不下崽的老母猪，以次充好。这些龙村人都知道，但龙村人都不以为然。人家挣的是钱，你光让他杀好膘猪，那能挣多少钱。一头死猪能挣两三头膘猪的钱，龙村人会算这笔账。龙村人也沾李树山的光，比如今天买个死猪是肺病死的，或死于白菜帮子中毒，龙村人和李树山一样认为这种病不要紧，你三斤我五斤的就把肉分了。花的是死猪肉的价钱，若是卖到外村去，能顶好膘猪。

李树山这两天没心情干活儿，只有他自己知道这是为什么。冯雪燕回家的事龙村人都在说，但别人都是凑热闹，只有李树山动了小心思。开始，李树山动心思也没动到雪燕头上，他想的是雪燕的四姐雪萍。那些年，李树山一门心思想和雪萍好，却让雪萍耍了。后来李树山的日子过出了眉目，雪萍每次回家来都借故来找李树山。这让李树山产生了错觉，他以为雪萍是有啥想法。盼星星盼月亮地盼着雪萍来了，雪萍却从不提离婚的事，她千方百计让李树山起兴，然后要了李树山，然后赚了李树山的一刀猪肉或几只猪蹄儿走。李树山甚至认定雪萍拿走的那些东西并没有给冯老六，而是留着给她的王八丈夫。

李树山的悲哀是一只猪的悲哀。他好几次做梦都梦见自己是一头猪，等着让雪萍宰。可他斗不过雪萍，俩人的眼神一对，雪萍就占了上风，什么时候都是这样。雪萍是个人精，她看透了李树山是个纸人儿，可以让她牵着线走。而李树山却觉得自己是只耗子，活着让那只女猫玩儿，死了也让那只女猫玩儿。

李树山决心不当雪萍的耗子了。他斗不过她，不玩儿总可以了吧？李树山消消停停过了半年安静日子，已经托媒人四处说亲了，雪燕忽然回来了。

他们在李树山的肉摊前见了第一面。雪燕是来买肉的，不顺顺当当买，说这儿也不好，那儿也不好。雪燕的声音又高又脆，可李树山听出她并不内行。雪燕轻飘飘的举止忽然激活了李树山的想象。过去李树山从没注意过她，觉得她不过是个小俊丫头片子。现在仔细一估量，才觉出她与自己其实没多大距离。

这是次要的。主要的是李树山忽然觉出自己可以做一只猫，把雪燕当作耗子。雪燕在罕村的状况他是知道的，知道那里有个男人把她当心肝宝贝。所以李树山没指望他和雪燕能玩儿出结果，只要能"玩儿"，也就出了一口恶气。

雪燕本来想买两斤肉，李树山举刀一砍，三斤还多。李树山约也没约，就把肉装进了塑料袋，递到了雪燕的手里。雪燕自然明白这肉多了，也不客气，提着肉春风摆柳地走了。

所以雪燕的事李树山很上心，三天两头儿往冯老六家里跑。雪燕的四个姐姐来，李树山提前也知道。他送过去一头猪的上下水，既讨好了雪燕和冯老六，又给雪萍上了眼药。

那天李树山和雪萍的丈夫坐在一个饭桌上。雪萍的丈夫一口一个叫他哥，让李树山灌得北都找不着。雪萍不时给李树山丢眼色，李树山都置之不理。酒喝到高潮时雪萍曾偷偷捏了李树山一把，李树山无动于衷。

张嘎子对李树山说："罕村那个'傻帽儿'回来了。我们坐了一辆车，下车还跟我说再见，狗长犄角——净整洋事。

回家看见媳妇丢了，该哭了。"龙村的小伙子都管齐志叫"傻帽儿"，他追雪燕那会儿整天在龙村的村头站着，像根电线杆子，模样别提多傻了。李树山明明知道张嘎子说的是齐志，还是跟了句："你说的是谁？"张嘎子说："罕村的齐志，假模假式，说话城里味儿。还追着售票员要票，多大事似的，罕村人就这德行。"李树山的心有点儿乱，他想齐志有可能晚上来接雪燕。就雪燕那个风骚劲儿，爷们一接哪有不回的道理。张嘎子继续说："那'傻帽儿'还买了双人被，在车上一个劲儿地显摆，说鸭绒的，七八百块呢。"李树山马上想到了有两个光着身子的人在被里滚，李树山很难受，仿佛其中那个是自己的女人。李树山说："嘎子能不能帮哥一个忙？"张嘎子说："哥说。"李树山说："你把雪燕叫到我这里来，我给你一百块钱。"张嘎子警惕地说："你要干啥？"李树山割了一块儿肉扔给他："没事。"

张嘎子走后，李树山迅速洗了澡，换了干净衣服，还从柜子里拿出了一沓百元纸币掖到了被垛底下。李树山照了照镜子，胡子拉碴，是有些老相，可算算岁数，他也就比齐志大五岁。这让李树山有了信心，他仔细刮了脸，用毛巾蘸水顺了顺鸟窝样的头发。毛巾也是一股猪毛味儿，他团了团塞到了床底下，又从柜子里扯出一条新毛巾，在脑袋上捂了捂。

李树山有些发狠地想：谁让你们白吃我的猪大肠。

张嘎子来了，却没领来雪燕。张嘎子一脸苦相说："雪燕死活不出来，我没辙。"李树山像挨了当头一棒有些蒙，根本没看出来张嘎子其实在说谎。张嘎子是去了雪燕家，抽了支烟，说他和齐志坐同一辆车从城里回来的。给冯家的感觉张嘎子就是来报信的。雪燕亲亲热热地叫他嘎子哥，还给他的烟点了火。张嘎子心想：李树山是没安好心，这要真出点儿什么事，我是惹得起冯老六还是惹得起李树山？冯老六善使大棒子，李树山会动刀子。到时候我长仨脑袋也不够他们削的。思来想去张嘎子还是决定不挣这一百块钱了，虽然心里还真有点儿舍不得。张嘎子可怜巴巴地对李树山说："事没办成，哥不赏我了吧。"

张嘎子扔下一百块钱，一溜烟儿跑了。

李树山在冯家门外蹲到很晚。齐志并没有来接雪燕。李树山像个私家侦探一样费琢磨，不明白雪燕怎么没让罕村那个"傻帽儿"接走。秋天的夜晚很凉，李树山哆哆嗦嗦的像一只看家狗。他蹲在这里的意义只是想知道雪燕会不会离开龙村，直到此刻李树山才发现自己生命中最重要的只有一件事，那就是知道雪燕还在龙村。

就像功夫不负有心人，李树山胡思乱想的时候听到了一阵脚步声。李树山心花怒放，出来的是雪燕，在街上站了老半天。不用问也知道，雪燕是在等齐志，明明知道齐志不会这么晚来，可还是存了幻想。后来雪燕又朝前边走了一段，李树山在背后默默跟着她。他轻咳了一声，雪燕吓了一跳。

"谁？"

李树山凑近了让雪燕瞅。他的脸上涂了护肤霜，自己都能闻到一股子香气。雪燕说："是树山哥呀，你这么晚出来干啥？"

李树山说："我刚才从这里过，掏烟的时候掉了一百块钱。"

雪燕嘴里说着："是吗？"便和李树山一起找。李树山迅速把钱扔到了地下。雪燕眼神好，一眼就发现了。不是一百，是两百。

雪燕说："你丢了一百，我捡了两百，怎么算？"

李树山说："还能怎么算，送给你了。"

雪燕说："我不能白要你的钱。快给你。"说着，就往他的手里塞。

李树山并不躲，嘴里说："怎么算白要，是你找到的，就算劳务费吧。"

雪燕咪咪笑了起来，把钱往李树山的手里塞，李树山试探地捏了雪燕的手，随后一把抱住了她。

雪燕急了，说："快放开我，我喊人了。"

李树山说："喊人我也不放，我想你。"

李树山又说："谁让你那么好呢！"

雪燕使劲挣了挣，没有挣动。李树山的两只胳膊比铁箍都紧，俩人贴得天衣无缝。雪燕忽然笑了笑，刹那间，雪燕突然有了想报复谁的冲动。几天所有的期待都落了空，此刻她有被填满的欲望。她的挣扎是下意识，也是有意识，就像一场行为表演。黑夜像一团墨，泼洒在雪燕身上，瞬间就把雪燕染黑了。

八

齐志忽然成了可有可无的人。

虽然四个姐姐和父母都极力撺掇她要等公公来接才回去，可在雪燕的心里，那种意识并不特别明显。雪燕不会忌讳谁，任何事情都像风一样来无影去无踪。所以当张嘎子告诉她齐志已经回来了，雪燕就悄悄开始了梳洗打扮。她断定齐志一会儿就来接她，他们已经三个月没见面了，那样一种焦灼和渴盼已经成了牵挂和勾连，把她的思想和意识都缠绕得单纯。她知道她因此可能得罪姐姐们，雪燕不怕。雪燕和大姐的儿子差不多一样大，雪燕使使性子、发发脾气谁都没奈何。至于父亲冯老六和母亲付玉芳，雪燕更不在话下。他们都经不得哄，雪燕一哄他们就啥脾气也没有。可是事情总在人的意料之外，齐志没来。有好几次雪燕都想自己回去算了，当然也是想想而已，那么没面子的事雪燕还是做不出。

于是雪燕遭遇了李树山，说不清是偶然还是必然，李树山让雪燕所有的等待有了归宿。雪燕没有负罪感，那样一种单纯快乐和愉悦让雪燕始料不及。李树山说脏话，做事凶猛，这都让雪燕觉得新鲜和有趣。那种新鲜和有趣值得反复玩味和咀嚼。秋收帮了雪燕的忙，爸妈都下地去了。雪燕虚情假意地也想去，冯老六说："别把我老闺女累着。"冯老六和付玉芳打扮得像一对渔翁渔婆赶着车走了。这座村庄一下就空了。雪燕借着去代销店买酒的机会光顾了李树山的肉摊。但没有走近。雪燕在不远不近的地方站着，和一个老太太找话说。待确定李树山看见了自己，雪燕就风摆荷花的样子走了。雪燕相信自己就是一朵荷花，有那么娇媚粉嫩的一张脸，身子像莲藕一样又润又白。雪燕渴望在阳光底下打开自己，让一个男人好好看看，这会让他大吃一惊。因为他不会见过比雪燕更漂亮的女人，雪燕有这个自信。

雪燕等了整整一个上午，李树山没来。雪燕等得整个人都虚掉了。她想：李树山也许没有看见自己，也许看见了没领悟她的意思，也许领悟了却不敢来。雪燕懂得了荒废是什么概念，她觉出了时光好长好长，她觉得自己的身子都长杂草了，她需要镰刀割一割。后来终于有人来了，雪燕都觉得自己要死了。来的人是张嘎子，来借手推车。张嘎子问："齐志没来接你？"雪燕看着张嘎子，都转不过弯来怎么回答。张嘎子说："我知道六叔六婶不会放你走，别便宜那小子。"雪燕虚弱地笑了。张嘎子推着车子往外走，忽又回过头来

说："小心李树山，当心他打你的坏主意。"雪燕一下子有
了精神，娇声说："你怎么不打我的坏主意？"张嘎子愣了
一下，嘟哝说："我可不敢，怕六叔拿板砖拍我。"

雪燕给父母准备了一顿丰盛的午饭。雪燕是聪明人，只
要想做，没有什么事情做不好。雪燕为父母准备了饭菜自己
却没胃口。她早早回了屋里躺着，惹得爸妈来回问："病
了？"雪燕说："浑身没劲。"冯老六说："那个王八揍的？"
冯老六就会骂人。雪燕气恼地说："您骂他干啥。"冯老六
说："这种王八犊子，天生就没良心。听说人早回来了，也
不来接你。"雪燕带着怨气说："脚长在我腿上，用他接？"
冯老六知道雪燕的想法，只是嘴上犟。他说："不接你就别
回去。闺女是我养的，我情愿养她一辈子。"冯老六喝了酒
就去睡午觉，午觉醒了又下地干活儿去了。家里只剩下了雪
燕一个人，雪燕就是这个时候感觉到，齐志原来是一个可有
可无的人。仿佛两个人相隔十万八千里地，想起他时陌生而
又模糊。

李树山当然知道雪燕的心思。看她一扭一扭的步态，李
树山就把雪燕的心思摸透了。李树山上午没来出于三个考虑。
他的肉要赶在上午卖出去，这是一。其二，他谨记自己的身
份是只猫，不能让耗子招呼一声就过去了，应该让耗子尝一
尝等猫的滋味。因为过去他曾等得苦不堪言。其三，他想把
雪燕引到自己的家里，而不是像上次那样，在街上就把事办

了。他家的被垛底下堆着许多百元纸币，他想造成这样一个假象，他们家到处都是钱。他知道冯家的人都爱钱。李树山的思想感情有了突飞猛进的发展，他已经在为最终的一步棋做打算了。尽管他一边卖肉一边心猿意马，几次算错了账，但他还是熬到了午后，把最后一刀肉卖了出去。

午后，他们在一条街的两头彼此看见了对方。李树山招了招手，雪燕有几分羞赧地走了过来。心咚咚地跳，步子迈得扭扭捏捏。午后的街上一个人也没有，只有满街筒子的阳光，又白又亮。李树山关了房门，就把雪燕整个抱了起来，大步走回了屋里。李树山边走边说脏话，让雪燕的羞赧加重了颜色。他们狂热迷乱地胶合在一起，一场游戏进行了很长时间。

李树山没忘记掀翻了被垛，把那些纸币亮了出来。雪燕说："你们家的钱咋随便乱扔？"李树山淡淡地说："随手挣的，就随手丢。"雪燕有几分鄙夷地说："你个杀猪的能挣多少钱。"李树山用更淡的口吻说："你还别就瞧不起。"这话有些深奥，雪燕不言声了。李树山说："喜欢多少就拿多少，买件好衣服。"雪燕说："我要是都喜欢呢？"李树山心中一紧，但还是爽快地说："那就都拿去。"雪燕默默地下了炕，把目光坚定地转到了别处。雪燕说："我走了。"

九

　　齐志去代销店买了两瓶好酒，是"金渔阳"。"金渔阳"不同于普通的"渔阳"，脖子上系一个红线绳，上面挂一个小礼包，里面一、二、五元人民币不等。如果运气好，还能碰上一美元。庄稼人很少买"金渔阳"，比普通的"渔阳"贵一倍呢，所以买"金渔阳"的人都不是普通人。齐志提着"金渔阳"去龙村时，龙村很多人都盯着他手中的塑料袋，保不齐还有人骂冯老六："老东西，他倒找了个好女婿。"当然这只是齐志的想法。齐志不时和人打着招呼，认识不认识的都招招手。齐志知道龙村的很多人都认识他，知道冯老六的这个老女婿把个媳妇当金蛋养，谁家女儿有这样的福气呢？不知为什么，齐志喜欢龙村。那种喜欢埋在心中一个非常隐秘的角落里，平时连自己都不知道。与罕村相比，龙村显得脏乱，显得没有秩序，房子显得矮，门楼显得矬，但人显得亲切。这一点，在齐志第一次当上门女婿的时候就凸显出来。齐志先与雪燕私订终身，而后连媒人也没托，就自己找上门来了。那天冯老六喝多了酒，两只眼像两只小灯笼。齐志说，他是罕村人，叫齐志。家里就他哥儿一个，有一个姐姐，早出嫁了。他中专毕业，只比雪燕大四岁。两人你情我愿，他想把雪燕娶过去做老婆。他保证对雪燕好，一生一世都不会欺负她。齐志说这番话时上下牙齿直打架，后背上爬满了白毛汗。齐志是预备让冯老六骂一个狗血喷头的，雪燕还小，才十七岁，还是中学生呢。换了任何一个做家长的都不会像冯老六那样。他眯起眼睛看齐志，看了半天。问："我闺女看上你了吗？"齐志说："看上了。"冯老六说："只要我闺女看得上你，我乐意。"冯老六说过这话就睡过去了，鼾声像打雷一样。齐志不敢相信这是真的，以为这是酒话。可冯老六一觉醒来就叫他"五姑爷"，让齐志欣喜若狂。雪燕上边有四个姐姐，冯老六一锤定音，齐志就是"五姑爷"了。

冯老六不是过日子人，爸妈就是这样说的。龙村不会过日子的人有很多，冯老六是这些人里之最。龙村代销店的酒卖得快，都到哪里去了？都叫冯老六这样的人喝了。冯老六就是这样，大醉三六九，小醉天天有。承包了几亩地，做时下死力气做，做完就是吃吃喝喝。所以冯老六吃得好，穿得差，没积蓄，但一年四季都是油嘴头。雪天没有下酒菜，冯老六会到雪野上去追兔子。兔子比他跑得快，他进家就捉最肥的老母鸡，喊："付玉芳，煺鸡毛去！"

付玉芳凡事都听冯老六的，只要冯老六一发号令，她就一迭声地好好好。

不知为什么，齐志就是喜欢冯家。冯家到处乱七八糟，柴在院子里堆着，狗在柴堆上卧着，狗粪拉得院子里到处都是，大盆里泡着脏衣服，衣服上漂着柴火末子，堂屋里盆朝天碗朝地，能看得人心乱如麻。可有什么办法呢，齐志就是喜欢龙村，喜欢冯家的人，连带着冯家的脏乱也不嫌弃。他从小就被各种规矩捆绑着，那种松弛感能让身心愉悦。他喜欢听冯老六瞪着一双醉猫似的眼睛侃大山。齐志不善言辞，但在这里也能讲段子，从城里听来的各种荤素笑话一串一串地在嘴边排队，在别的地方齐志可没有这种才能，这一点简直不可思议。

齐志提着"金渔阳"来上门的事，早有孩子飞奔着告诉了冯老六。那孩子有十多岁大，是个男孩儿。进了院门就喊："你家老姑爷来了。"冯老六说："去去去，你也配做我家老姑爷？"把孩子说迷瞪了，挠着脑袋说："是你家老姑爷，罕村的齐志。"冯老六说："我还以为你在说你自己个儿呢。"冯老六心里喜滋滋的，他知道又有好酒喝了。齐志买的酒总比他上面的四个姑爷买的酒好，冯老六打心眼儿里喜欢齐志。冯老六自言自语说："要说我不想难为齐志这孩子，可是他父母做事太欺人，这回要不说出个子午卯酉，老闺女你没法在他家做人，雪燕你说是不？"雪燕响声应："就照我四个姐姐说的办，老爸你就给我做主吧！"

付玉芳说："你不做主我做主，我就不信他们罕村人没了王法！"

说这话时雪燕就在墙根下和妈一起用木棍磕打芝麻秸。雪燕穿一件大红的夹克衫，蓝牛仔裤，高跟皮鞋，长发被一只玻璃发卡别着，一直飘到腰际。雪燕在娘家很少干活儿，爹妈都不舍得让她干。但这种小活儿雪燕干起来也像玩儿。一只簸箕放到脚下，随着木棍和芝麻秸的簌簌抖动，小芝麻粒儿就活蹦乱跳地跑到簸箕里。芝麻的香气直钻鼻孔。院子里洒满了秋日金色的太阳，雪燕不时吸吸鼻子，她已经听到了齐志的脚步声，她的心也擂鼓似的响。

雪燕在齐志进门的前一秒钟回了屋里。她关了屋门，爬上炕，贴着墙壁往外张望。她能看见院子里的人，可院子里的人却看不见她。

齐志喊了一声："爸。"

又喊了一声："妈。"

齐志把酒递到了冯老六的手里。冯老六心是热的，可脸是冷的。他很少有机会喝"金渔阳"，要不是有雪燕的事摆在那里，他恨不得现在就抿两口。

雪燕的事伤透了他的心。雪燕长这么大，他从没碰过一个手指头，可无缘无故地就被公公打了。公公的那双大手多糙啊！冯老六想起这事就气得直打哆嗦。

齐志问："雪燕呢？"

付玉芳拉长声音说："不在家。"

付玉芳忙着手里的活儿，看也没看齐志一眼。齐志只得过去给冯老六打下手。冯老六把剥好的玉米码到柱子上，玉米都金黄金黄，留着小辫子，两个系在一起。十字交叉着往上码，越码越高。

齐志问："庄稼都收上来了？"

付玉芳冷言冷语说："不收上来还等着你？我们可没有那么好的福气。"

听着话茬不对，齐志闷头干起了活儿。他把玉米从远处运了来，抱到怀里，冯老六不用猫腰就拿到了玉米。玉米死沉死沉，不一会儿，齐志就出了满头的汗。

冯老六率先坐下休息，也给了齐志一个板凳。

冯老六说："你爹妈知道你过来？"

齐志连连说："知道，知道。是他们让我来接雪燕。我爸还说，那天是他糊涂了，打了雪燕，不管雪燕做了什么事，他打人都不对。"

冯老六说："他真是这样说的？"

齐志说："是这样说的。"

冯老六说："他们一贯瞧不起我。"

齐志知道这话重了，也知道这话说得没错。爸妈都不喜欢冯老六，尤其不喜欢冯老六喝酒。他们结婚那天冯老六就喝得酩酊大醉，躺在他们新房不起来。冯老六还爱串门，每次串门必吃饭。每次吃饭必喝酒。每次喝酒必醉，爸妈不胜其烦。开始爸妈还陪陪客人，后来连话都懒得说了。每次冯老六上门都让爸妈的眉心结成大疙瘩。

冯老六说："知道你爸为啥打雪燕不？"

齐志说："雪燕喝多了酒。"

冯老六说："我闺女不过是和朋友喝了些酒，伤的哪门子风，败的什么俗？能进饭店那是本事，说明我闺女有能力。本来你岳母我们两个想上门说道说道，门儿都不让进，水都不让喝一口，还骂我闺女是狐狸精！我说你们是齐志的爹妈，我不说不好听的。换了别人试试，我冯老六根本就不用嘴说话！"

齐志赶忙说："对不起。"

冯老六说："你说对不起没有用，雪燕你接不走。这不是我个人的意见，是我五个闺女联合做出的决定。要想让雪燕回去，只一样，让他们老公母俩来接。我们好吃好喝好招待。"

齐志想了想，说："您有点儿难为人。"

付玉芳尖叫："你咋不说他们难为雪燕？从小我都舍不得捅她一个手指头，他凭啥用巴掌扇？还别说我们雪燕长得如花似玉，你可龙村打听打听，哪个做媳妇的还受公婆的气？还就是你对雪燕不差，要不我们还能当个大闺女嫁！"

屋里的雪燕听不下去了，忽然喊了一声："妈！"

齐志愣了一刻，天不顾地不顾地闯进了屋里。雪燕靠着墙壁坐着，看见齐志进来，捂着脸呜呜地哭了。齐志的眼泪也像雨水一样流了下来。后来两个人就搂到了一起。雪燕说："我知道你不想我，现在才来接我。"齐志趴在雪燕的耳边说："我是不想让你干活儿，现在家里多忙。"
雪燕问："买双人被了？"齐志说："买了，就等着你回
家盖呢。"雪燕说："齐志，我真的没干别的事，我就是
喝了点儿酒，喝醉了，你爸就用巴掌扇我。我对天发誓，
我没做过对不起你的事。"雪燕边说边偷眼看齐志，她突
然感到了心虚。

齐志叹了一口气，说："你喝成那样，万一被人欺负了
都不知道。"

雪燕撒娇说："谁欺负我？谁敢欺负我？"

齐志说："跟我回家吧，回去跟爸妈道个歉。"

雪燕一把推开了齐志，吃惊地说："谁给谁道歉？我不
过喝了点儿酒，又没妨碍谁，我凭什么给他们道歉？我爸天
天喝酒，天天喝得大醉小醉，你让他给谁道歉？"

齐志说："你不是你爸，你是罕村的媳妇。哪家媳妇像
你醉成这样？"

雪燕说："媳妇就不是人？我下次还喝酒，我不信我喝
酒能喝出罪来，国家哪项规定说媳妇不准喝酒？"

齐志的脸气得通红，低低地喝了声："雪燕！"

雪燕哭着嚷："我就知道你不是诚心来接我的，是来替
你爸妈出气的！挨打的是我，不是他们！如果是我打了他们，
我现在就过去给他们磕头！不用你说！"

齐志浑身发起抖来，憋了半天，才说："你还想让公婆

给你磕头？你做了丢人的事还想让公婆给你磕头？"

雪燕说："我没丢人！"

齐志说："你知道村里人都说你什么？寒碜得我都说不出口！"

雪燕嚷了句："我没丢人！"又嚷："丢没丢人我自己知道！丢我也丢自己的人，与你们全没关系！我爹妈都不嫌我丢人，你算老几！"

齐志的手举了起来，啪的一下，打的却是自己。齐志头也不回地往外走，后边雪燕撒泼似的号。齐志的眼睛都让泪水糊住了，心一抽一抽地疼。他嘴里叨咕着："怎么这样，怎么这样?！"

他想：此刻就是冯老六拦住他好话说尽，都不能让他回头。可冯老六依然在那里码玉米，付玉芳依然在窗根底下敲打芝麻秸，他们谁也没有说话。

齐志跑出了冯家的院子，后面只传来了几声狗叫。

十

下了一场小雨。雨从后半夜开始下，清早起来，天地都湿漉漉的。天还没有亮透，就有人欢喜地喝了一声："好雨！"那时雨还没有停，雨点儿碎碎细细的全无声响。从睡

梦中惊醒的人半信半疑，披着衣服跑到院子里，长长地打了
一个喷嚏。齐志还躺在被窝里，就被雨水滋润得湿心湿肝。
他想：今年入夏以来就一直少雨，大田庄稼对付着那点儿雨
水熟了。如果想种麦，必得大水漫灌，费电费水不说，还费时。
大水漫灌得地里三天下不去脚，下去就和泥。齐志像个正经
庄稼人一样为一场雨兴奋，这还是第一次。当然齐志的兴奋
有些故意，有一些疼痛被兴奋包裹着，兴奋就显得有些虚假。
他起床刷牙时见妈已经把饭做好了，在饭桌上摆着。堂屋地
里堆着麦种和化肥，还有搅拌麦种用的农药。爸妈都在里外
忙碌，地上踩满了湿脚印子。麦种一共是两袋子，足有两百
斤。齐志问："咋用那么多麦种？"妈说："龙村年年种咱
们的。"齐志心尖一颤，那种疼痛立刻跃然脸上。他从龙村
回来什么也没说，妈什么也没问。他不想说，妈不想问。他
有点儿恨雪燕，自己的事不但搞得父母知道，还让四个姐姐
都知道。这么多人一掺和，本来半斤八两的事，就有了一吨
的分量。

　　妈凡事都想在别人前边，甭管自己的还是别人的。这事
要是换了雪燕妈，打死也想不起给别人留麦种。

　　龙村隔三岔五来罕村换麦种，很多家都如此。罕村的麦
种好，是集体从县科研所买来的，矮秆、穗大、颗粒重、不
倒伏，二代、三代也能当种子用。龙村的一斤麦子换罕村的
八两种子，年年如此。当然那些实在亲戚除外，他们耀武扬

威地空着手来，驮着麦种走，连一声谢谢都不用说。冯老六年年都是这个日子来驮麦种，早一天也不来。妈也有怨言，刀子嘴，豆腐心。

齐志边吃饭边看着麦种发愁。他想：老岳丈肯定不会来了，知道姑爷在家，他也许在等着送。吃完了饭，齐志也打算好了。想起雪燕哭的那个样子，他也是心疼得不行。雪燕就是委屈，从小到大没人敢碰一碰。被公公打的那巴掌，会疼一辈子。齐志想起昨天的事心中有些懊悔，他莽撞了。雪燕的话刺伤了他。可雪燕是在自己受了委屈的情况下才说的那些话呀！爸已经在外套车了，齐志说："我把雪燕家的麦种送过去，从那边直接去地里。"爸说："问问你丈人杆子啥时候种麦子，你过去帮帮忙。"齐志应了一声。妈说："哪辈子欠了他们的，一家子三八赶集，四六不懂。"齐志说："您懂得多有啥好？费心。"

齐志的车子浇湿了，他用衣服袖子擦了擦。妈说："去龙村你得换件衣服，别穿干活儿的衣服去。"妈的规矩就是多。其实龙村和罕村离得近，谁不认识谁。可妈既然发了话，齐志就顺从地回了屋里。就听外边杨玉新的声音喊齐志，齐志伸着袖子走了出来。杨玉新说："有点儿事，到我家走一趟。"齐志边走边问什么事。估摸后边听不见了，杨玉新说："你丈人到我家换麦种了。我说：'齐志家给您留着呢。'他声也不吭。"齐志说："你晚来一步我就送过去了。"

两人来到了杨玉新家，冯老六正在炕上坐着，滔滔不绝地说着雪天追兔子的事。看见了齐志，冯老六陡然站了起来，对玉新妈说："老嫂子给我准备好了吗？我那是一百斤麦子，你就给我八十斤种，少一斤也不行。"齐志说："我们给您准备好了，正要送过去呢。"冯老六没有表情地说："就不麻烦你们家了。"说完就往外走，找杨玉新家的粮仓。玉新妈为难地看着齐志，齐志到院子里去推冯老六的车，没想到冯老六怒不可遏，大喝一声："放下！"顺手就打了齐志一个嘴巴。

冯老六说："没有你们齐家，我们就种不上麦子了？别做梦了！"

杨玉新脸都气白了，说："冯大叔你不讲道理！我好心把齐志找了来，晚一步麦种就给您送去了，您还打他！"

冯老六说："你问问他们家讲不讲道理！我闺女在外边喝点儿小酒就挨打，我打他一下还多？"

杨玉新说："是喝点儿小酒吗？是醉得不省人事！"

冯老六说："那又怎样？"

杨玉新踌躇一下，说："车上都是男人！"

冯老六气宇轩昂："那又怎样？"

玉新妈上来推玉新，把玉新推了一个趔趄。玉新妈数叨："说你这孩子咋这不懂事，这里有你什么事！人家齐志都不言声，用得着你在这说三道四？"

冯老六热泪盈眶，说："老嫂子，你给评评理，他们打我闺女是不是欺负人。我闺女不过就是喝点儿酒，他们就拿巴掌抽我们……"

玉新妈说："你们的事我不懂，快别跟我说了。这儿有一袋麦种，是我们自己准备用的。你先驮走，不够再来。"

玉新妈搭不动，还是齐志帮了一把，把麦种放到了自行车上。玉新妈说："齐志可是个好孩子，雪燕嫁了他可不亏。他冯大叔，事情您自己掂量着办，可别把两个孩子的事当自己的事。"

冯老六说："我闺女我知道。"

说完就扭扭歪歪地上了车。

玉新妈说："这是咋话说的。齐志甭往心里去，这老头儿，轴，护犊子。"

齐志咬着嘴唇，声也没吭。

玉新妈说："不是大妈说你，你太宠媳妇了。"

杨玉新往外送齐志，俩人谁也没话。走了一程，杨玉新突然说："你说罕村人和龙村人是不是不一样？"

齐志苦笑着说："我哪有心情研究那些。"

杨玉新说："前两天雪燕还好好的，这老头儿怎么说翻脸就翻脸？"

齐志没说别的，他拦住玉新说："别送了，再送就送家里去了。"玉新仍是送，他觉得对不起齐志。

齐志再次说："回去吧。"

杨玉新说："眼下你也是光棍儿了。"

十一

老天真是有眼，那雨下得恰到好处，不多不少。没收完秋的人家都有些着急，收完秋的人家都扬扬得意，仿佛自己有先见之明。地头上停了好几辆小型播种机，人们连价都不还，排着队等候播种机播种。排队的人都是年轻人，上了年纪的自己则带了耠犁锄耙自耕自种。麦收时也是那样，在毒日头底下割麦的都是老年人。年轻人都在大树底下乘凉，边吹牛边等收割机。齐志看见播种机也动了心，在地头上寻了机会说："爸，听说播种机播种匀称，比人工省种子。"爸说："不收钱我也不使它。"爸说播种机不能深翻土地，来年土地容易板结。齐志知道这不是理由，爸不使播种机肯定就因为两个字：省钱。

毛驴是头老驴，老得都通人性了。爸使唤它就像使唤个老伙伴一样，慢声细语。在地头卸了车，爸就把驴套在了耠子上。爸说："你又该卖卖力气了，明年吃不吃得上白面，全靠你了。"爸双手握稳耠把，先在地边直直地挑了一条线，松软的土地立刻敞开了肚皮。湿润，油汪汪的，看着让人心里踏实。妈撒种，齐志撒肥。齐志想让妈撒肥，自己撒种，妈不干。妈说："你撒肥我都不放心，撒得匀吗？"齐志先顺着垄沟撒了一把，化肥像雪花一样飘然落下。妈还是挑了齐志的毛病，说手劲儿不能太死，落地一堆一堆的。可也不能太松，来一阵风就把肥吹跑了。妈走在爸的后头，齐志走在妈的后头，踩着两个人的脚印，还是觉得累得慌，深一脚浅一脚的。再看妈，因为腿不得劲，走得更吃力。齐志想：这种麦的活儿最少也要三个人干，往年只爸和妈两个人，不知是怎么干的。必是爸把地耢到头，回来再撒种。撒完了再接茬儿耢，无形中就多了一半的活儿。雪燕是从来也不下地的，自己不愿意来，爸妈也不指望她来，齐志更不舍得让她来。为了阻止雪燕下地，齐志甚至鼓动爸妈不要地。让爸骂了一顿。爸说："庄稼人不种地，你喝西北风活着?！"

　　齐志的脸有发烧的感觉，这还是第一次。过去他总觉得护着媳妇是天经地义的事，从没想到过这会加重爸妈的负担。潜意识里齐志觉得爸妈就是劳作的命。你干他也干，你不干他也干。雪燕也有一份地，也要吃饭。年纪轻轻的雪燕实在没有理由让年迈的爸妈为自己劳作。思来想去责任还是在自己。在齐志的感觉中，雪燕一直是十七岁的那个中学生，娇嫩得就像奶油做的娃娃。

　　雪燕也是女人了，是年轻的、健康的女人。劳作的女人很少有漂亮的。难道雪燕就非漂亮不可？自己那么喜欢漂亮正常吗？

踩在潮乎乎的土地上，齐志有点儿喜欢庄稼人的那种感觉。土地是干净的，没有油污。土地的香气你需要用心品味，才能闻得出来。爸种了一辈子地还没有种够，齐志有点儿明白为什么了。

妈哎哟一声摔倒了。

齐志跑过去看时，发现妈的一只脚扭伤了。

齐志把妈扶到了地头，妈嘴里说着没事没事，可嘴唇疼得直打哆嗦，连话都说不整齐。有人在地上铺了一块塑料布，齐志扶妈坐了上去，妈的脚腕已经红肿了。

齐志手忙脚乱地不知怎么捏鼓好。

妈嫌他手重，说："秀波你来试试，男人家的手像钳子。"

齐志这才发现铺塑料布的人是秀波，在罕村也算知名人士。秀波把妈的鞋袜都脱了下来，把脚放到自己的膝盖上，又揉又捏，真是一双灵巧的手。

齐志为妈的脚感到不好意思，找话说："你学过推拿？"

秀波说："哪有这么巧的事，我这是为舒筋活血。看样子不像碍着骨头的。"

秀波还是让妈的疼痛减轻了。爸走了过来，看了妈的脚一眼，什么也没说，又去耠地了。齐志说："妈歇着，我撒种，撒完种再撒肥。"妈急忙说："你哪撒得了种，让你爸干！"秀波说："大妈信得过我不？"妈笑得像朵花似的，说："谁不知道秀波的本事，你撒种能让麦子多收几成。"

妈说的是个典故，那个典故齐志也知道。刚分地时，秀波的爸去世了，秀波只是个十多岁的小姑娘。那年家家种麦都不敢自己撒种，很多人家都没人撒过，得请队里的庄稼把式。庄稼把式其实就是齐志的爷爷，在队里撒了一辈子种。垄沟翻好，施上肥，排队等齐志爷爷撒种的样子也是风景。后来爷爷老糊涂了，经常问："该谁家撒种了？"其实他就撒了那一季。秀波是个多有能耐的小丫头，她竟然敢自己撒种！当时可是罕村的一个大新闻，许多人像瞧戏一样专门跑去看秀波撒种。只见小丫头不慌不忙，麦种一把一把地往垄沟里扬。有人告诉她密了，密了，撒稀点儿，明年春天小麦要分蘖呢。秀波回头看看，小胳膊一甩一甩的还是那么用劲。结果那年出了个大意外。秋寒来得早，麦种没来得及在土里分蘖。本来一粒麦种能生三至四个芽苞，可到来年春天一看，惨了，好的麦种能生出一棵苗，差一点儿的连一棵也生不出。平展展的一大块地就那么稀稀拉拉，让人恨不得把自己也种进土里。再看秀波家的一亩三分地，油绿油绿，密密实实，看着让人别提多敞亮了。过路的外村人都说，瞧罕村种的地，还一村过日子人呢，不如一个黄毛小丫头。

现在讲起这件事都成笑话了，当年可没有那么轻松。秀波家的一亩地能产八百斤麦子，别人家的少产了三分之一。最难受的人是齐志的爷爷，种麦的时候一天三顿被人请，神气得山羊胡子翘起老高。麦子长成那样，一下子就抬不起头来了，终日窝着腰走路。

秀波曾经是罕村的名人，只是后来的命运不济，嫁了一个小学教师，结婚三年没怀孕，到医院一查，才知道是患有先天性不育症。小学教师到家就给她收拾东西，说你连个母鸡都不如，我们留你也没用。秀波就这样离了婚，等于在外边转了一圈儿，又回了罕村。

把罕村人气得义愤填膺，说那小学老师不是东西。这么能干的姑娘他说休就给休了回来，太不把罕村人放在眼里。有人提议修理修理那小子，把他也修理成不育症。事情嚷得挺热闹，却没有谁实际去动手。秀波没有远门近枝，他爸是独子，她是独女。

秀波跟母亲相依为命。齐志问她："还找不找人？"秀波说："嫁怕了。"

休息时，齐志认真地跟她探讨关于男人女人的问题。齐志说："男人就该养着女人。"秀波说："啥也不干的女人会变成废物，没有谁喜欢废物女人。"齐志知道秀波不会影射雪燕，秀波是厚道人。齐志拉着秀波坐到了稍远的地方，问她怎么看待自己和雪燕。秀波笑着说："我可说不好。"

齐志说："你快帮帮我，我都愁死了。"

齐志把自己去龙村和冯老六来罕村的事一点儿不漏地说了，说着说着眼圈就红了。如果不是地里有这么多人，齐志说不定会哭出来。秀波说："雪燕真的不该让你这么作难。她还不知道大爷的脾气？一辈子没给谁当面服过软。"

齐志说："所以我回来没提这件事，提了我爸妈也不会去接她。我想不出来这件事怎么收场。"

秀波说："会有办法的，大家都说你是个有本事的人。当年能把雪燕娶过来，还在城里落了脚，把雪燕养成了城市人。罕村的年轻人有谁像你这么有本事？"

齐志说："别骂我了，我算有什么本事。"

秀波问："你啥时候走？"

齐志说："还有两天假。"

秀波说："听说你都买双人被了。"

齐志的脸红了，问秀波听谁说的。秀波说："罕村没有谁不知道。"

齐志又问秀波他该怎么办，秀波说她也没有好主意。"你应该好好跟雪燕谈谈。"秀波说，"别去她家，也别来你家，在外边找个地方。你们小夫妻这么好，有啥过不去的。说不定一见面就能把事情说开了。别用手机，打电话更容易误会。"

这话启发了齐志，他隐隐有了些想法。他问秀波能不能再帮她一个忙，去趟龙村。秀波连忙摆手说："我可不行。一、我和雪燕不熟，二、我嘴笨。你们本家二嫂和雪燕好，三说两说说不定就把雪燕说转了，你何不让她去？"

想起二嫂的事，齐志有点儿烦。过去只当她嘴敞，什么都敢说，却原来还什么都敢做。"再说吧。"齐志说。

爸起身吆喝干活儿。秀波说："该走你尽管走，你家里的活儿，能帮的我会帮一把。"秀波说这话时眼睛望着别处，可齐志看出了她放出去的眼神有些荒凉。

"还是再找个人吧。"齐志小声说。

秀波回过头看了齐志一眼，沧桑地说："不是不想找，是找不到。"

齐志喉头一哽，险些落下泪来。他目不转睛看着秀波，居然觉出那种沧桑很美丽。

齐志过去从没有这种感觉。

十二

齐志从地里回来直接去了二嫂家。说真的，他有些急。这种急迫有些暴烈，不像第一天回罕村时那样，急迫是温婉的急迫，能够把持。他看秀波的眼神都有些恍惚，秀波撒种走在前面，他总以为前面撒种的人是雪燕。他想：雪燕嫁过来四年了，什么都没有长进，如果雪燕能时常跟土地打交道，说不定早就换了一个人，土地能使人的性格变得敦厚、皮实，不会遇到点儿什么事就大呼小叫。如果走在前面的人真是雪燕，齐志愿意就这么一辈子跟着她走下去，雪燕撒种，齐志撒肥。干庄稼活儿没什么不好，祖祖辈辈都是这样干过来的，他齐志和雪燕有什么了不起，非要过另外一种生活呢？齐志想这些问题的时候心里并不轻松，是一种苦涩的无奈。他想：秀波要是雪燕多好，自己那颗心马上能够安稳，可秀波不是雪燕。秀波怎么就不是雪燕呢？

妈跪着一条膝盖在地头上捡黄豆。爸妈种地不舍得糟蹋一寸土地，边边角角都点种了黄豆。爸妈不会等秋熟大了才来收，可还是有黄豆荚早早炸裂在地里，妈现在捡的就是它们。妈小心地拨拉着周围的土，那副认真劲儿让齐志觉得寻找金豆子也不过如此。若是过去，齐志会走过去笑话妈，可现在齐志却没了那种心情。

齐志想：真的应该让雪燕到地里来，应该让雪燕知道什么叫过日子。秀波怎么就不是雪燕呢？

种完了一块地又种了一块地，那块地也是秀波撒的种。妈的脚慢慢能活动了，可还是一瘸一拐地走。爸干完了所有的活儿才顾得上跟秀波说话，爸跟秀波说的是墒情和明年的收成，说夜里的那场雨为各家各户省了多少钱，说今年的麦种"0451"与去年的"0519"的区别，反正都是与土地和庄稼有关的话题。不是没话找话，真的是有话好说。齐志呆呆地看着秀波时又把她看成了雪燕。齐志想：雪燕如果真的就像秀波这样，自己会觉得她不好吗？

那样一种急迫就是在这个时候突如其来。他想和雪燕说说话，好好说一说。他说这话时会躺在雪燕的腿上，说的不是情话，可会用情话的语气。他们总是这样讲话，已经成了习惯。然后才是做事，做那种事。思维到这里突然短了路，齐志像蛤蟆一样张开了嘴，周身像火炭一样燃烧起来。齐志像一个老人一样缓缓躺在土地上，太阳已经把土地表面的水分吸了去，可土地还是凉的。齐志像寒热症病人那样努力往土地上贴，他能感觉到他贴下去的土地已经成了凹槽。

齐志从地里回来直接去了二嫂家，当然他没有和爸妈讲实话。妈问他去干啥，齐志说："有点儿事。"齐志说"有点儿事"时连头也没回。到了岔路口，齐志就闷头往前走。二嫂和他家是邻居，可二嫂家的门却朝另一个方向开。齐志撞到了一把锁，这把锁让齐志红了脸。齐志看了看左右无人，伸着头听了听动静。齐志知道这样做很荒唐，完全是下意识的。当然什么动静也没有。齐志有些惆怅地往自己家走，边走边想龙村那个老马，会与二嫂搞在一起，真的吗？

齐志在家里躺了会儿，又过二嫂这边看了看。二嫂也下地收秋去了，直到天黑才回来。二嫂进屋拉亮了灯，把齐志让进了屋，自己在外边洗洗涮涮。再出现时，换了鞋和上衣，还梳了头。齐志偷着抿嘴笑，心说：自己又不是二哥。二嫂第一句话就说："知道我和老马的事吧？"把齐志吓了一大跳，齐志心说：哪有上来就这样说话的？二嫂说："都是那个老东西不办人事，闹得罕村人人都知道。齐志你说，这要是在城里，算个事吗？"

把齐志问蒙了。

二嫂又说："我知道这在城里不算个事。"

齐志说："你怎么知道？"

二嫂说："别以为我没去过城里就什么都不知道。"

齐志涨红了脸，说出的话也有些结巴："不，不是你想的那样。不是。"

二嫂说："城里是不是家家都盖双人被？"

齐志头也不抬："是。"

二嫂说："这不结了，我说城里人都不避讳做那种事。"

二嫂哈哈笑了起来，让齐志直起冷痱子。

"逗你玩儿呢。"二嫂说。

齐志说："二哥呢？"

二嫂说："管他，有本事他一辈子别回来。床上不行，床下也不行，吃个醋倒行。"

齐志有些紧张地说："我不在家，你和雪燕在一起的时间多。你们在一起谈啥？谈这些？"

二嫂又笑了。走过来揪齐志的耳朵，揪得很亲密。"你可别瞎想雪燕，雪燕没做过对不起你的事。不过这几天可难为你了，想雪燕了吧？"

二嫂贴着齐志坐了下来，把下巴放到了齐志的肩上，吹气似的熏得齐志的耳朵直痒。齐志红着脸看了一眼二嫂，说："二嫂，你想干什么？"

二嫂拨拉着齐志的耳朵，轻声说："你说我想干什么？"

齐志猛然站了起来，说："我是来求二嫂的，二嫂不想帮忙就算了。"

二嫂也撂了脸子："你从进来就屁也不放一个，我哪知道你是为啥来的？"

齐志陡然涨红了脸。说："二嫂，你……"

二嫂说："我什么我？你不就是想让我给雪燕传话吗？明说呀。雪燕保准给我面子。说吧，让我传什么话？"

齐志说："你让她出来一趟，我有话对她说，告诉她我在河边的老龙潭那里等她。"

二嫂色色的样子问齐志："等她干啥？"

齐志说："二嫂别逗我了，我急得都火上房了。"

二嫂干脆地说："知道你急，没看见我把衣服都换上了。傻小子，你一进来我就知道你是为啥来的，你以为二嫂我傻呀？"

齐志晕头转向地从二嫂家走了出来，没有走远。躲到暗影里看着二嫂推着车子往外走。有过路的人问二嫂干啥去，二嫂响亮地说："去龙村，给齐志家的雪燕捎个话儿。"

二嫂骑车走了。齐志摸了摸自己的脸，滚烫。他想：二嫂真是可恨，怎么那样。可齐志的心里又翻涌着一小点儿温暖，有一点儿不寻常。

　　齐志想起了二哥，轻轻在自己的脸上拍了一下。

十三

　　老龙潭那个地方离龙村近，有一大段石砬。夏天罕村的人都愿意到那里去摸鱼，能摸到尺半长的鲇鱼和黑鱼。河边有一块大石头不一般，曾当过齐志和雪燕的婚床。齐志想起那个时候就万分感谢雪燕。雪燕刚满十八岁，就把自己的身体给了他。雪燕躺倒在大石头上时幽幽地说："齐志，我是你的人了。"齐志激动得满脸都是泪水，涂了雪燕一胸脯。头上是满天的星斗，脚下是清亮的河水，天地之间两个年轻的生命水乳交融。那晚齐志说了许多傻话，把"我爱你"说了几千遍。雪燕那么娇小，那么美丽，让齐志流连忘返。他们就在那块石头上紧紧依偎着，像亚当和夏娃。他们的衣服挂在了一棵榆树上，像旗子一样在风中猎猎地飘。雪燕问："你有本事给我幸福吗？"齐志说："有。"齐志又说，"我要用我的生命护卫着你，为你遮挡一切风雨。这个世界上最爱你的人一定是你的父母，可我要比他们爱你一万倍！"雪燕像这个年龄的所有女孩儿那样爱问傻话。雪燕问："如果我和你妈一起掉进河里，你先救谁？"齐志毫不犹豫地说：

"救你。救你就等于救我自己。我只有先自救，才能救别人。你懂我说的话吗？"雪燕当然懂，雪燕是一个喜欢承诺的女孩子，她为齐志的承诺欢欣鼓舞。

这是四年前的春天发生的事。春天的夜晚多迷人啊！雪燕横陈在那块大石头上，长发披在石头下面，齐志采了许多野花撒在雪燕的身上，雪燕光洁的肌肤比星光更璀璨。草里有虫叫，水里有蛙鸣，远处有万家灯火。可这一切都距齐志那么遥远，他心中只有这一个叫雪燕的女孩儿，只有一个女孩儿叫雪燕。他的千般温柔万般疼爱都因为这个女孩儿油然而生。他像背台词一样说："我愿意一生都做你的奴仆，只要你爱我；我愿意一生为你而活着，只要你幸福。"雪燕幸福得都要昏厥了，她没想到恋爱居然这般有滋味，那种快乐比天大比地大，比河深比海深。除了做眼前这个人的新娘，雪燕没有任何别的想法。

可幸福也有幸福的局限。齐志的爸妈不喜欢雪燕，从结婚开始就不喜欢。四年过去了，雪燕依然是这个家庭里可有可无的人。爸妈每天忙得团团转，可他们从来想不起招呼雪燕。

雪燕为齐家生了孩子，这是雪燕在这个家庭生存的理由。可雪燕并没有因为生了孩子而改变她自己的属性和地位。小建一直跟着奶奶睡。雪燕还是十八岁的雪燕，一点儿变化也没有。

所以齐志要和雪燕谈一谈。在那块曾经当过婚床的大石头上，好好说一说心里话。他有许多话想对雪燕说，关于雪燕的，关于自己的，关于他们两个人的，关于土地与庄稼的，关于父母的，关于儿子的，甚至关于双人被的。齐志在秋天的星光底下默默计算着二嫂的行走时间，说话时间。齐志相信雪燕会很快和二嫂走出家门，他父母想拦也拦不住。齐志为自己打着腹稿，他相信雪燕会听他的话，听得懂他的话。他甚至计划他和雪燕今晚要双双先回龙村再回罕村。他们分别得实在是太久了，他们再没有理由分别了。

齐志坐在大石头上等雪燕的时候天上有流星划了过去，一丝凉意让他裹紧了自己。齐志就是在这个时候听到了堤上有动静。他没有动。想象中雪燕应该从后面悄悄地来，就像歌里唱的那样"让我悄悄蒙上你的眼睛"。可雪燕没有下堤来，她在堤上高高地站着。雪燕说："你爸你妈什么时候来接我？"齐志也从石头上站了起来，说："下来说话好吗？"雪燕说："你上来。"齐志走上了河堤，一把抱住了雪燕。雪燕用力一挣，推开了齐志。雪燕又说："你先告诉我你爸妈什么时候来接我？"齐志没有回答，走过去握住了雪燕的手，齐志就再也不想松开了。

他和雪燕下了河堤，拥在了那块大石头上，开始吻她。雪燕的身体在齐志的热吻中从僵硬变得柔软，然后像蛇一样盘住了齐志。齐志拼命坚持着自己，他想让这种序曲的时间长些，无数天的思念和渴盼让齐志的一颗心变得水淋淋的。他很怕这种美妙转瞬即逝。可雪燕却不懂得齐志，她先解了自己的衣服，又解齐志的。雪燕欢呼着发出了一声大叫，让齐志百感交集。他把整个身体都深深地陷进了雪燕的身体里，只觉得雪燕就是那一河水，而自己就是水中的一条鱼。水和鱼是怎样一种需要啊，没有鱼的水是死水，没有水的鱼是死鱼。他和雪燕就是这样一种关系，一种亘古不变的，地老天荒的，属于自然法则的那样一种关系。

平静下来齐志觉得自己更像那条翠绿色的长堤，傍着日夜流淌的河水。水流他不流，水走他不走，不管日月星辰如何变幻，它始终在一个方位坚持着自己。他仔细给雪燕穿好衣服，想换一种方式爱抚她，雪燕却迅速跳开了。

雪燕说："你爸妈到底什么时候来接我？"

齐志默默看着雪燕。齐志说："他们也是你的爸妈。"

雪燕说："别说得那么好听。我爸妈对我什么样你不知道？老实说吧，你们是不是以为我那天被人强奸了？"

齐志艰难地咽了口唾沫，说："这件事我们不提了好吗？"

雪燕说："漫说我那天没怎么样，就是被人强奸了也不关他们的事。身体是我自己的，我想做什么就做什么，他们凭什么打我。"

齐志说："雪燕，过去的事就让它过去吧。"

雪燕说："过不去。你一定要把事情给我说清楚。你们是不是以为我被人强奸了？我如果承认了，齐志你会不会不要我？那好，我就承认。齐志，我是被人强奸了，他们就像刚才你那样，强奸了我！"

齐志虚弱地说："雪燕，求求你不要这样讲话，你这样讲话我受不了。"

雪燕说："我知道我不这样讲话你们也瞎猜疑！你爸妈为啥不来接我？"

齐志说："爸妈是啥脾气你不知道？我接你回去不行吗？"

雪燕斩钉截铁地说："不行！只要他们不去龙村赔礼道歉，我就永远不回罕村！"

齐志不说话了，他没想到事情会是这样。雪燕往回走的时候齐志跟在她的身后，他有许多话想对雪燕说，可不知为什么，说不出口。他们就这样一前一后走到了雪燕家，雪燕一扭一扭地走进了屋里，什么也没说。

齐志愣了片刻，拖着两条沉重的腿也走了进去。冯老六和付玉芳都在炕上坐着，看见齐志，都装作没看见。

齐志努力地说："爸，妈，我想接雪燕回去。"

两个人几乎一起嚷："不行！谁把我们打出来的，谁把我们接回去！"

齐志踌躇了一下，说："明天我就回城里了。"

冯老六说："告诉我们干啥？"

齐志从屋里退了出来。走到院子里，和一个人擦肩而过，虽然天很黑，齐志还是看清了那人是李树山，杀猪的。

俩人彼此看了一眼，谁都没有说话。

十四

麦苗青了。

秋天接近尾声的时候青了一地麦苗。齐志站在城市楼房的房顶上经常往远处眺望，广阔的土地在他的目光中洇上来一层绿色。那种绿色让齐志觉得委屈，他的眼睛经常是潮湿的。麦苗的那种青草味儿也让他委屈，离得那么远，齐志一下子就能闻得到。齐志本来就是一个沉默寡言和不苟言笑的人，所以，没有人知道他心里有痛。齐志在城市的下水道里做着疏通或疏导之类的工作，耳边有车飞过，齐志常常觉得那些车都是从自己的身体上碾过去的。齐志常有这种幻觉。

下了一场小雪。雪花像闹着玩儿一样在冬天到来之前就来土地上做客了。齐志对雪花有一种天生的好感，因为雪花的韵致和婀娜，齐志喜欢它们。齐志趴在窗台上半天半天地看，如果没有其他的事，齐志会永远这样看下去。这时外面有人喊齐志，齐志想也没想就走了出去。他没想到会有人找他，他在这个城市无亲无友。找他的人是雪燕。雪燕的脸冻得通红。天气真的还不十分冷，可雪燕的脸已经被冻红了。齐志有点儿手足无措，他不知道自己怎么会手足无措。他说："来了。"他又说："到屋里坐吧。"口气完全像是对一个陌生人。雪燕穿着长的驼绒大衣，齐志看着眼生，头发好像比大衣还长。雪燕说："我跟你说个事。"齐志说："说吧。"雪燕说："我们离婚吧。"齐志的心里咚地一跳，仿佛那根心弦断了。雪燕自上次分别就换了手机号，齐志已经联系不到她了。齐志说："你想好了？"雪燕说："想好了，早就想好了。"齐志想说，如果我不同意呢？想了又想，没有说出口。齐志问："什么时候办手续？"雪燕说："你最好现在就跟我走一趟。"

他们去了民政局，上三楼。这一路齐志都不知道自己是怎么走过来的，可还是走到了民政局三楼。接待他们的是一位中年女人，烫着麻花卷样的头发。女人正在喝一杯鲜奶，边喝边推销她的美容经，用鲜奶代替白开水。雪燕说："我们办离婚手续来了。"女人边喝边问："结婚几年了？"雪燕说："快六年了，从四年的时候就开始分居。"女人说："还没到七年之痒呢，你们是不是再商量商量？"齐志的脸涨得血红，可还是摇了摇头。

外边的雪已经很大了，纷纷扬扬。两人站在雪地里，不一会儿头发就都白了。齐志在顷刻间产生了幻觉，仿佛他们都已经到了白发苍苍的年纪。齐志是有那种愿望的，在白发苍苍的时候，仍能和雪燕站在一起，挽着手走路，雪燕还像十八岁时那样漂亮。这时雪燕笑了笑，让齐志的幻觉消失了。雪燕说："没想到离婚那么容易，像结婚一样容易。早知这样……"后边的话她转了话题："我在罕村待了四年，却一直不觉得自己是罕村人，这有多奇怪。"齐志心里说：那是你不融入，我也阻碍了你融入。我总想像朵花一样养着你，可你没根基，养不活的。这样想，齐志却没有说出来。自从知道她跟李树山住到了一起，齐志就觉得没有说啥的必要了。雪燕摆了摆手，一蹦一跳地走了。她还像个中学生的体态，也许她一直都没有长大。直到雪燕的身影淹没在人流中，齐志才撕破喉咙样地喊了声："雪燕！"

整个一条街的人都停了脚步，都回头瞅齐志。只有雪燕没有回头，她一直没有回头。齐志的心情很复杂，不全是因为雪燕，不全是因为离婚。就像他撕破喉咙喊的那一声，其实与雪燕并没有多大关系。齐志不是因为想留下她才喊她，齐志知道，雪燕不是谁想留下就能留下的。其实齐志喊的是他自己。他几年的所有努力都通过那一声喊传了出去。从此雪燕不再是雪燕，齐志也不再是齐志。

轰的一声，齐志感觉心中的什么东西坍塌了。

十五

　　雪燕很快就结了婚，嫁的就是龙村杀猪的李树山。那天齐志从一条马路的下水道里钻出来，有一个人弯着腰凑过来看，说："这不是齐志吗？"齐志不好意思地笑了，齐志身上满是油污。脸上也是黑一块白一块的。来的人是齐天啸，罕村的能人，坐过飞机，嫖过娼。雪燕结婚的消息就是他告诉齐志的。齐天啸说："冯老六总白吃人家的猪肠子，吃着吃着就把个闺女贴了出去，龙村人就是这素质。"齐志已然麻木的神经又痛了一下，他当然知道李树山是个什么样的人。他想：一个屠夫带给雪燕的快乐也许远胜于自己吧。"这下冯老六可不愁下酒菜了。"齐天啸又说，"他买茴香大料成斤地买，说是回家炖吊子。龙村人就是这素质，有个杀猪的姑爷也显摆。现在的雪燕什么样你不知道吧？每天穿着血糊糊的罩衫，一脑袋的头发又脏又乱，可不像在罕村那样头是头脚是脚的。冯老六把个闺女给毁了。"

　　齐志试着想了想雪燕现在的样子，想不起来，但他知道现在的雪燕肯定已经是一个标准女人了。也许做女人就应该做得标准，否则她总会摇摆不定。齐志很后悔他明白这些的时候是现在，而不是跟雪燕结婚的时候。

　　齐天啸又说："听说雪燕早就后悔了。她原以为李树山得有不少钱，他家里到处扔着钱，雪燕花的时候总是随便拿。

俩人照结婚相就花了好几千。嫁过去才知道，李树山的钱也就是那些，花完了也就没了。你说这龙村人邪性的，听着像是在编故事。"

齐志接过来齐天啸的一支烟，很男人样地吸了两口。齐天啸又说："听说你也要结婚了？结婚好，应该给龙村人看看，缺了他们村的臭鸡蛋，咱照样做槽子糕。"齐志想解释自己并没有结婚的打算，想起秀波，他又觉得话说出来对她不公平。

妈一再给他打电话说亲事，说没有比秀波更合适的人了。

十六

春节放假齐志回了家里，立刻感受到了家中的一团喜气。爸妈都乐得合不拢嘴，那种情形真的让齐志心里很不是滋味。齐志料想自己的新年会过得空虚和寂寞，根本没想到事情完全是另一个样子。妈拉着他到自己的屋里，一屋子的新家具明晃晃、亮堂堂的。妈说："能搬动的东西都被龙村人搬走了，连墙上的钉子都没落下，那就是一伙土匪。不过这样也好，咱全买新的。过去我是舍不得给你花钱，现在不一样了，儿子要什么就跟妈说，妈啥都答应你。"齐志苦笑着说："现在买这些也太早了点儿。"妈说："早什么早，人家新媳妇可等不及了，就等着你回家办喜事呢。"

齐志一惊，问："谁是新媳妇？"

妈满意地说："我告诉过你，秀波呀。"

齐志与秀波见了一次面，就把一切事情都敲定了。秀波给小建缝的衣服，单的棉的摆了一炕。齐志鼻子一酸，心里就热烘烘的。他还能如何呢？自己自由了一回，没自由好。跟雪燕的婚姻就像明火执仗演了回大戏，感情就是他一个人的风花雪月。齐志总是很灰心，感觉因为一点点事，情感就能被生活碰得粉碎，说来还是自己无能。觉得里面得掺杂某种坚硬的东西才行，也许，秀波的品质就是。他也觉得自己对家对妈对小建，都欠了一份什么，他情愿妥协。齐志分明觉得自己不爱秀波，秀波拿出亲手织的围巾，不由分说就给齐志套在了脖子上，齐志觉得有股暖流温润了他，但那不是爱，确实不是爱，给方受方都不是。围巾是鸡血红的，也把齐志的脸映得红通通。在胸前两边垂下来，自己都觉得像个城里人。齐志不由咧了咧嘴，想和雪燕结婚的那几年，雪燕连个扣子都没给自己缝过，不由叹了口气。秀波把围巾抻平实，把衬衣领子给他翻了翻。说："我给小建织了一件加厚毛衣，还没上身试。小孩子长得快，我特意织大些。"齐志忍了又忍，才没让眼泪掉下来。秀波又说："我知道你不爱我，我不漂亮，又比你大两岁。可有一天我会让你爱上我的，你信不信？"齐志一下子搂住了秀波，却是搂住母亲和姐姐的那种感觉。他真的希望秀波就是母亲或姐姐，能让他好好地搂一搂。齐志就是一个受了委屈的孩子，那种委屈还没处去说。

齐志与秀波结了婚，罕村的许多人家都随了礼。爸妈的颜面上都有了光彩，随礼的人多，证明认同这桩婚姻的人多。妈特意给他们缝了一床双人被，这才几年的工夫，乡下居然也开始流行了。

妈逢人就说："盖双人被好，暖和，城里人都盖这个。"爸的目光甚至有一点儿温情，齐志不看他的时候他看齐志，齐志一看他，他就慌忙去看别处。

又是新婚洞房时。

齐志与秀波并排躺着，谁也不挨谁。齐志想把一只手放到秀波的身上，放了好几次，都放不过去。屋里的灯光很明亮，原先挂着雪燕照片的地方挂了一幅山水镜框。镜框是爸妈为齐志选的，一定是以为齐志喜欢。如果是为了自己，他们会买花团锦簇的那种。秀波原来一直在假寐，齐志偷偷看了看她，想起种麦时秀波那荒凉的眼神，隐隐有些感动。当时齐志劝她再找个人，秀波说："不是不想找，是找不到。"不知现在秀波算不算已经找到了，如果算，这桩婚姻总归有一个人不冤枉。

可躺在双人被下的齐志什么感觉也没有。当初那种热望、那种激情、那种对爱情的美好想象都不知去了哪里。被子里一点儿也不暖和，总觉得有一股凉风串来串去。身体是凉的，心也是凉的。齐志想看一看到底哪里冒风，却一眼就发现他们两人中间的被子上有一块油渍，像指甲盖那样大。齐志突然想起了自己在百货大楼买的那床被子，也被小建弄出了一块油渍。那床被子不知藏在了哪里，齐志一直也没看见。他突然坐起身，把被子里面翻出来看，这确实是一床新被子，与过去那床毫无共同之处。

齐志忽然有一种怪异的感觉，他觉得那片油渍就是雪燕，雪燕躺在了他和秀波中间。

齐志无声地叹了口气。叹出来，就把秀波搂在了怀里。

一大串光怪陆离的梦折腾得齐志筋疲力尽。他睁开眼睛，发现雪燕不知什么时候已经起床了。齐志很纳闷儿，雪燕从来也没有比他早起过。这时秀波闯了进来，兴奋地说："那头母猪产了九个猪崽儿，虽然产得不多，但个个滚瓜溜圆。"话没说完，又一溜烟地跑了。

齐志蒙了会儿，突然也很高兴。他翻身下了床，趿拉着鞋子就往外跑。他的新生活就这样开始了，但齐志自己，好像并不觉得。

很多年后，齐志在母亲的柜子底层发现了那床双人被。按照罕村的习俗，秀波烧掉了母亲很多的衣物，轮到这床被子，被齐志抢了过去，抱到了小建的屋里。秀波追过来，问

他想干什么。齐志说："小建也要娶媳妇了，这床被子从来
也没人盖过，可以铺在儿子的婚床上。"

很多褶皱也掩盖不住被子上花朵的艳丽。秀波一下就想
起了那些旧事。她在门口站了一刻，什么也没说。

纪念公元 1972

这个七个月大的孩子，总是一动不动地看着陌生人。我明明知道她看谁都这样，可看我的时候，我还是忍不住想掉眼泪。

——摘自 2014 年 6 月 6 日 @尹学芸 新浪微博

一

许多年以后的某一天夜里，我突然想起了七二当年的模样。我根据当年的感情写了篇微博，然后才有了这篇小说。

二

我叫王云丫，我的好朋友叫刘翠枝。我们俩同年同月同日生。我父亲去接我姥姥，她父亲去接她姥姥，两个父亲在路上碰上了。我上面有一个哥哥一个姐姐，所以家里多一个丫头父亲不以为意。刘翠枝上边是两个姐姐，所以刘翠枝的父亲很以为意。我父亲问他家生个啥，刘翠枝的父亲黑着脸说："小子。"我父亲就以为他家真的生了小子，回家还跟人抬杠呢，说："刘四方亲口说的，还能有错？"父亲后来明白了刘四方说的是气话，他不喜欢丫头，可丫头非得成群结伙排着队去他家讨债。一个丫头两个贼，两个丫头四个贼，除了从娘家往婆家偷东西，丫头还有啥用处！

我和刘翠枝的特殊渊源，使我们成了好朋友，专门做"狼狈为奸"的事。比如，偷瘸老太家的桃。她从墙外用肩膀把我顶起，我摘一个丢到地上，又摘一个丢到地上。摘到第三个，被瘸老太发现了，瘸老太举着拐杖尖声骂着追我们说："桃核是嫩的，刚能'孵小鸡'，这不是造孽嘛！"嫩的桃核没长硬皮之前，用两只手揉啊揉，能揉得透明，这就叫"孵小鸡"，我们常玩儿这种游戏。这个时候的桃子嚼起来就像木头渣子，一点儿味道也没有，我们哪里不知道这些，图得不就是个好玩儿嘛！瘸老太在后面一瘸一拐地追我们，我们嘻嘻哈哈跑跑停停，气得瘸老太唾沫飞溅。我们还在前面叫阵："追啊，追啊！"

有一天，我们去六指家里偷黄瓜。他家黄瓜长在后园里，有一道梢门正冲着井沿方向。夏天的蝉吵翻了天，一个村庄的人都在睡午觉，空气里都是呼噜声。我和刘翠枝睡不着，串到六指家的后园去拧黄瓜。我们都爱吃小嫩黄瓜的脑袋瓜儿。我们独特的偷法前无古人：钻到黄瓜架下，把看起来顺溜的小黄瓜一撅两半，尾巴那一端依然长在藤秧上。或者，干脆把嘴凑上去，咬上一大口，把满口清香直接吞到肚里。剩下的一半挂在架上，不仔细看，还觉得它们长得挺好呢！只是它们长得再大，也是半截黄瓜，就是那弧形的缺口，也再不能长齐整，当然，也再生不出黄瓜脑瓜儿。这跟人不一样，人如果没了脑瓜儿就不会生长了吧？

有一天，我们从黄瓜架底下钻出来，看见六指摇着蒲扇光着脊梁在后门槛子上坐着看我们。不知道他在那里坐多久了，也不知这样看我们有几回。他不说话，脸上却挂着笑。麦秸秆编的蒲扇中间绣了红花绿叶，他摇动时，脸与红花绿叶交错隐现。不知刘翠枝想些什么，反正我感觉很没脸，都不如让瘸老太追着骂觉得有脸。这种感觉可真奇怪。我们小猫一样钻出了那片园子，溜过长条坑，坑边长着许多芦苇。我撅了一根苇毛挡着脸，对刘翠枝说："以后不要找我了，我再也不要去他家偷黄瓜了。"

刘翠枝问："为什么？"我说："六指那人太阴险，我不喜欢吃阴险人家种的黄瓜。"

一只盖盖虫在地上爬，被我用脚尖蹂死了。刘翠枝追问我："啥叫阴险？"我的脸热得冒汗，却答不出。刘翠枝说："我告诉你一个秘密吧。"

我赶紧伸长了耳朵。

刘翠枝说："我姐来井沿挑水，我在那边踢毽子。有一天，她把水桶从井里拽上来，人忽然不见了。"

我大吃一惊："她掉井里了？"

刘翠枝眯眯笑着看我，说："你再猜。"

我哪里猜得出。

刘翠枝指了指六指家的后园。

我说："她也去偷黄瓜了？"

刘翠枝急得摆手，说："翠娥是大人，不会馋嘴偷黄瓜。她是去偷人了。"

我又大吃一惊，下巴差点儿掉在地上。

刘翠枝得意地说："她和六指亲嘴让我看见了，就在他家后门槛子里，但我答应她不告诉别人。"

我说："他是六指哎！"

刘翠枝说："你发誓不对人说！"

我不敢发誓，我还被惊着。

刘翠枝杵了我一下，我才把手伸出来，跟她拉钩。我的眼神是直的，手指也是直的，一点儿力气也没有。

刘翠枝却显得兴奋，她一下勾住了我的手。诡秘地说："你以为我们吃六指家的黄瓜是偷吗？我们吃他家的黄瓜他乐意！"

这个弯子转得实在太大了，一下把我震蒙了。

三

这样的新闻我哪里藏得住。我妈总说我是直肠子，吃多少拉多少，听了多少话，吐出来的比听到的还多。高粱米子的干饭像石头那样硬，我一粒一粒往嘴里填，吃得心不在焉。哥在说学校篮球队打比赛的事，他说十几个人的队伍，就数他的鞋子旧。爸闷头儿吃了一大口干饭，只说了一个字："买！"哥兴奋地看了我一眼，嘴角都要咧到脑门上去了。我注意到姐不高兴了，平白的一张小脸没有半点儿表情。其实，她新穿了一件的确良衬衫。她的不高兴传染给了我，我妈说我的嘴噘得能拴头驴。就是拴两头驴，新鞋新衣也没我的份儿，我天生就是穿剩落儿的命！哥是高中生，姐是初中生，我是小学生。我们家与别人家不一样，别人家可没有那么多叫学生的人！这些我都知道。刘翠枝的姐姐一天学都没上，人家早去生产队挣工分了。因为心里有秘密，我一会儿就把噘起的嘴唇放下了。小心地说："刘翠娥和六指相好，他们亲嘴被刘翠枝看到了。"话没说完，我夹老咸菜的筷子被母亲横着打了一下，我的食指被抽得生疼，筷子一下子脱手了。母亲训斥说："小孩子家少胡说八道，再让我听到你说这些闲话，我把腿给你打断！"

我委屈地说："我听的不是闲话，是刘翠枝亲眼看到的。"

父亲把眼一瞪："你还说！"

我一拧身子站起来，赌气离开了饭桌，来到了院子外面，把身子靠在房山上，一颗一颗掉眼泪。越掉越委屈，不哭不行了，就开始从小声到大声。我心里想的是：哥要穿新球鞋了，姐穿的确良衬衫了。哥穿新球鞋我不心疼，姐穿的确良衬衫才真让人心疼啊。白底儿，粉格，谁看了都说好看。姐故意在我眼前扭，说穿的确良果然凉快，呼啦呼啦招风啊！再看看我的身上，裤子褂子都打了补丁，都是姐姐穿剩的。都是做闺女的，差距咋这大呢！我越想越可怜，从哭变成了号啕，震得房山一晃一晃的。家里人却都假装听不见。吃了饭，哥哥姐姐去上学，父母去上工，一家人全走了。我到碗柜里找吃的，只有小半碗高粱米饭，一根咸菜丝儿也没有！我饿着肚子去上学，心里暗暗发誓：再也不哭了！再也不在吃饭的时候离开饭桌了！再也不说刘翠娥与六指相好的事了！

他们不让我说，他们自己却说私房话。夜晚，父母把堂屋的电灯拉到门框上，在院子里搓麻绳。母亲说："翠娥与六指的事指定成不了。"父亲说："刘四方不是有谋略的人，他的背后是曹大拿在指使，刘四方就是曹大拿的一杆枪。"母亲说："可怜六指那孩子，人不坏。"父亲说："好人都没用处，人不坏有啥用？"母亲说："听说两人已经那个了，可别出啥事。"父亲说："出不了啥事，刘四方管闺女管得紧。"母亲说："你没听云丫说，两人都亲嘴了。"父亲笑了下，说："亲嘴能亲出啥？"下面的话我就听不清了，但他们依然在说，显然是把语音放轻了。窗台是用青灰抹的，硌得我的腋下生疼。姐姐问我咋还不睡，我顺势出溜到了炕里面，横着躺，头碰到了姐的脚。姐姐又没洗脚，真臭。我把头偏了偏，心想：翠娥和六指亲嘴的事爸妈是听我说的，看样子他们并不反感这个消息，可当时何苦都对我这么凶。

六指一家是个特殊的家庭。他娘只有半人高，他爸背上背着包，学名叫"驼背"，我们都叫他"罗锅"。还给他编了一首儿歌："罗锅子罗，罗锅子罗，罗锅子上山打美国，美国不怕罗锅子打，罗锅子就怕马蜂蜇。"谁编的，不知道，反正大家都这么唱。六指长相不丑，就是大拇指上面背着一个小指头，就像他爸背上背着一个包一样，显得那么多余。可六指手巧是出名的，用麦秸秆编的辫子都比别人编得匀称，做成蒲扇，中间还绣花。我敢说，村里没有一家给蒲扇绣花的。六指妈去世的时候我们还有印象，她死于心脏病。六指和他的两个哥哥一起哭，这个哭没人做饭了，那个也哭没人做饭，哭得大家都笑。六指跟刘翠娥是怎么好上的，没人能说清楚。有一天晚上，我和刘翠枝去河里洗澡，一个叫三姑的人问刘翠枝："你爸知道翠娥和六指的事吗？你怎么不告诉他？"

刘翠枝反感地说："你妈才跟六指好呢！"

说完，身子一扭一扭地下了河堤。

就是全世界的人都知道翠娥和六指的事，也不会有人告诉刘四方。"谁告诉刘四方谁找死。"大家都这么说。

四方叔也算个好脾气的人。他脖子短，给人的印象，他的一张大扁脸长在了腔子里，下巴抵住胸脯，见谁脸上都是笑眯眯的。他家的一铺大炕上，四拨孩子打扑克，吵闹声能让屋顶掉土渣，他就那样嘿嘿地笑，看谁都一副菩萨相。可大人孩子都怵他，他若沉下脸，或不高兴时咳嗽一声，孩子们就像猫一样下地穿鞋，一点儿也不敢弄出声响。刘四方的威严，还体现在另一面。四方婶一辈子不在他面前吃饭，吃不饱。桌子放好，碗筷摆好，四方婶就端碗蹲到屋檐底下。有一次，四方婶把家里的掸瓶拿出去卖了，给自己换了几贴膏药，治老寒腿。四方叔知道后，抄起一柄三股叉，俩眼瞪圆了追四方婶，那情形，就像一个老哪吒，追上了会扎四方婶一个透心凉。四方叔从村里一直追到了村外，谁都不敢拦，拦也拦不住。正赶上曹大拿从公社开会回来，曹大拿骗腿儿下了自行车，扭过身子看刘四方，说："四方你这是干啥呢？"刘四方赶紧收了叉子戳到地上，嘿嘿笑着说："败家娘儿们卖了祖上的瓶，我吓唬吓唬她。"曹大拿说："瞧她婶子的脸，都不是人色儿，你快让她歇歇。"四方婶一下子瘫在地上，连哭都不会了。

罕村的人都知道，刘四方谁都不服，就服曹大拿一个人。

曹大拿在大队当会计，比书记和治保主任都有威严。因为他的舅子在县里做大事，来他家，要坐吉普车。四方叔无论大事小事，都听曹大拿的主意。隔三岔五，就要请曹大拿喝酒，两个人的交情称得上莫逆，但再莫逆，刘四方这一辈子，也没摸过曹大拿家的筷子。

当然，这是罕村人的闲话。

有一天傍晚，我们正在街上玩儿跳绳，就见曹大拿鸭子似的往刘四方家走。他个子不高，方肩膀，走起路来外八字，有板有眼。村里的老人说："这是走官步，吃官饭的人才这样走。"我们曾认真讨论过，大队会计算不算吃官饭？刘翠枝说算，我说不算。我说："官饭得吃商品粮。"刘翠枝说："村里没有商品粮，如果有，肯定是大拿叔吃。"这话让我没法反驳。我见过曹大拿的大账本，硬壳子，小碎格，村里的大事小情都在账本上记着。有一次，村里的鱼塘翻坑，死了很多鱼。谁家分多少，大拿叔就拿账本对实物。他弯着手夹着账本往大队部走的样子，就像一道风景，大人孩子的眼神都会看得发痴。

眼下曹大拿又往刘四方家走。我问刘翠枝："他又去你家吃饭了？"刘翠枝摇了摇头，说："今天家里连豆腐也没有。"这话说得有典故，别人不懂，我懂。去年秋天，我和刘翠枝放学以后直接去了地里捡黄豆。黄豆收过了，豆荚炸在地里，黄豆像珍珠一样诱人。我们捡啊捡，蹲累了，就坐着。黄豆多的地方，就连土和豆叶捧到手心里，用嘴吹。尘土和豆叶飘飘扬扬飞走了，留下一颗颗黄豆油光水滑。书本倒在地上，黄豆直接放进书包里。天黑得看不见了，我们把书本和铅笔盒夹在腋下进了豆腐坊。刘翠枝比我能干，换了十四块豆腐。我换了十二块，回家美美吃了一顿。转天我问刘翠枝的豆腐是怎么吃的，她丧气地说："那么晚，我爸还是把曹大拿叫了来，两人你一盅我一盅喝到大半夜，大拿叔走时，盘里根本就不像盛过豆腐的样子，比舔的都干净。"

这件事，我好几次都想在饭桌上说出来，可都心有余悸。我觉得刘翠枝可怜，自己捡了半天黄豆，却连一口豆腐都吃不上。言外之意，当然是称赞我的父母。那晚，我们油煎了八块，拌了四块，一家人都吃得心满意足。可一想到大拿叔的鸭子步，我又心虚了。四方叔能用几块豆腐请曹大拿，我家若请，人家都不一定来。

这话说出来，我怕爸妈的脸上挂不住。

谁会想到呢，这天晚上曹大拿去刘四方家却不是为吃饭。他坐在一张黑漆靠背椅上，轻飘飘地说："你家丫头的事……你知道吗？她跟六指搞对象，跟谁不行，跟六指。"

刘四方脑袋摇得像拨浪鼓："六指？不可能！我家翠娥眼光高着呢。她二姨给她介绍个解放军，她都不乐意。"

曹大拿不管刘四方说什么，接着自己的话茬说："有丫头扔圈里喂猪也不能去那样的人家……我们家的女儿，咋能嫁给那样的人家？"

一句"我们家的女儿"，简直深入刘四方的骨髓啊！刘四方走几步出屋，站到后门槛里吼了一声："翠娥！"

翠娥拿着鞋底从厢房出来了。她是大辫子，红脸膛，俊眉俏眼，脾气秉性随四方婶，说话从不高声。刘四方问："你跟六指搞对象了？"

不等翠娥搭话，一个大嘴巴扇下去，翠娥身子一歪，栽倒在台阶上。

四

刘四方的祖上是殷实人家，人家是瓦门楼。村里有瓦门楼的人家也就三四户，另几户是地主富农，刘四方家却是中农。有个成语叫"门当户对"，是说旧时的婚姻，彼此两家的条件要差不多，其实就是瓦门楼找瓦门楼，土门楼找土门楼。像我们家，就属于土门楼人家，是贫农。像六指家，连土门楼都没有，就是雇农。虽说越穷越光荣，但那是在另一个层面。在很多人的眼睛里，仍然是住瓦门楼的瞧不起住土门楼的，住土门楼的瞧不起没门楼。当然，我父母不这样。他们都是胆小怕事老实的庄稼人，从不敢在人前大声讲句话。我妈若做错事，他们只敢在屋里拌嘴，实在气急了，我爸也只敢在我妈腰上打一巴掌。哪里像四方叔，端着三股叉冲锋陷阵，像老哪吒一样。

六指家的日子，不知道是怎么过的。一个罗锅爹，带三个光棍儿子。他大儿子人送外号"地了排子"，就是匍匐在地上的意思，形容一个人个子矮，已经到了极限。二儿子则长了张猴脸。六指却眉目清秀，重要的是，他读到了初中毕业。因为家里没有女孩儿，六指小时候，他娘把他当女儿养，留小辫儿，点胭脂。他毛发重，像头毛茸茸的小狗熊，很好玩儿。六指的女红手艺，就像他娘有先见之明，家里的鞋袜裤褂都是六指缝补。他还无师自通地学会裁剪，大闺女从婆家要的彩礼多是布料，裤子做成鸡肠腿，上衣做成小翻领，只要你说出样子，就难不倒六指。

刘翠娥已经很多天没到队里上工了，她让四方叔关了起来。有关她家的事，传得沸沸扬扬，各种说法都有。刘翠娥看着稳当，骨子里却浪荡。她跟六指在棉花地里，在队里的墙根屋角，在大堤下的树林子里，哪里是一天两天了！只是谁都不会朝这方面想。她是谁，是刘四方家的丫头，要嫁也只能嫁曹大拿那样的人家。六指那样的人敢娶她？真不怕被刘四方剥了皮！

可想不到的事就这样发生了。谁也不知道两人暗生情愫有多久。六指比刘翠娥大两岁，要说也算年貌相当。刘翠娥身上的肚兜，就是六指绣的花，一对并蒂莲，都绣活了。刘翠娥还喜欢六指多出来的那截指头，像个小脑袋样探头探脑，拇指一动它就跟着动，看上去就像个玩具。刘翠娥跟六指有打算，想过了大秋忙月，到了年根底下，地里的活计闲了，找个稳妥的人上门提亲。这个稳妥的人是谁，他们都还一直没想好。当然，大拿叔是首选，可他们不敢用。因为他们都知道，过不了曹大拿这一关。用六指的话说，曹大拿的眼角都能夹死人，提起他，六指的胆子都是寒的。但六指家的彩礼一直在准备，摘摘借借凑了 150 块钱，想专门给老丈人买辆飞鸽自行车。可事情很快就不在他们的掌控之中了。曹大拿知道了信儿，又把信儿告诉了刘四方。刘翠娥就成了关在笼子里的鸟。六指半宿半宿地在大堤上走溜溜，眼前就是刘四方家的厢房，后窗像一张脸那么大，映着暗淡的灯火。刘翠娥若想从里面钻出来，得变成一只猫。

六指每天都去上工，社员们没完没了地好奇。"你们俩谁先起意？""你敢让刘四方当老丈人，不害怕？""你小子胆子比倭瓜大，真相信这事会有结果？"六指平时是个低调的人，就知道下死力气干活儿，从不多言语。六指谁的话也不听，就信翠娥一个人。别人担心的事，他们都彼此分析考量过，相信没有过不去的火焰山。爱情的力量就是天边的火烧云，任何力量都休想摧毁它的美丽。

刘翠枝每天早晨找我上学，都是站在院墙外面喊："王云丫！"我就赶紧背着书包出门，若晚出来一分钟，她就会一路走一路埋怨。过去她爱听我讲故事，我是看闲书看来的。书都是我哥我姐看剩下的，堆在一只小木柜里，上着锁。柜盖中间是一块折板，我往外一抽，中间就能出现空隙，我的手伸进去正好合适。书拿出来，再放进去，易如反掌。当然，这是个秘密。眼下我正看《红楼梦》，看了几章，许多话似懂非懂，但记住了一个篇目《尤二姐吞生金自逝》。我们都是见过金子的人。瘸老太有一块小金山，是他儿子从广州带来的，其实就是山字形一小块三角。有一次，瘸老太拿给我们看，说她老了若是死不了，就吞金子。我们哪里信呢，鼓动她吞一回试试。瘸老太"哼"了声，说："还不到时候。"说起这块金子的来历，那可真漫长，是他儿子年轻的时候从广州带回来的，是蹚着没鞋帮子的血逃出来的，吓得从此再不敢回去。那里还有一儿一女一对双胞胎呢！瘸老太知道的就是这些，往细了问，她一句也说不上来。我在以后的许多年都为这个事着迷。瘸老太的儿子我们叫他大爷，那个时候，胡楂就已经是白的。他逃回来的应该是哪年？为什么逃？怎么就连儿女都不要了？他是好人还是坏人？都让我费心思。但眼下我只想给刘翠枝讲尤二姐的故事，有故事憋在喉咙里，就像几天没解大便一样难受。可我刚开个头，刘翠枝不耐烦地说："你快别说了，我一句都不想听。"我这才知道她心里烦，问她为什么。她把牙龇出来给我看，门牙旁边居然是个血窟窿！我吃惊地问："你栽跟头了？"刘翠枝说："栽啥跟头，我爸打的。"

　　原来，自打刘四方知道翠娥跟六指搞对象那天，他就没有一天不打人。四方婶和翠娥是主要对象。翠娥被他锁在厢房里，窗户都用铁丝拧紧了。刘四方每天都问翠娥："你还跟不跟六指？"刘翠娥把大辫子握到手里，像女英雄一样："跟！"就这一个字，要了刘四方的命。他用棍棒把翠娥打得鬼哭狼嚎，又打四方婶。刘翠枝想拦，刘四方一棍子劈下来，把刘翠枝打倒，下巴正好磕在门槛子上，把牙磕掉了。我可怜巴巴地说："这可咋办啊，你姐不答应，你爸一准儿没完没了。这样打下去，是会出人命的。"刘翠枝却不以为然，说："出啥人命？我爸让她们去死，她们都不会去死。"我说："你咋知道？"刘翠枝说："我姐舍不得六指，我妈舍不得我。"看我听不明白，刘翠枝唾了口血唾沫，又说："我妈死了我爸会拿我出气。我妈不会让他打我。"

　　我说："你姐跟六指散不了？"

　　刘翠枝说："咋散？他们都亲嘴了。"

　　我默默走路，脚上踢飞了一颗小石子。刘翠枝的话说得像大人，我有些接不上话茬。

　　我叹了口气。

　　刘翠枝又啐了口唾沫，说："他妈的曹大拿，我要有本事，我就杀了他！"

　　"啥？"这话吓着我了。

刘翠枝说："他整天给我爸出馊主意，我爸才犯疯打人。我咒他们一家都不得好死，他闺女嫁得还不如六指！"

我问："你同意你姐嫁六指？"

刘翠枝说："六指有啥不好，皮肤那么白，眼睛又黑又亮。他还会绣花，你见过会绣花的男人吗？"

我摇头，我确实没见过。我爸手那么巧，也只会编筐和木匠活儿。

刘翠枝说："若不是曹大拿，我爸也许早就同意我姐跟六指了。你知道吗？"刘翠枝看看前后没人，跟我小声说："我姐跟六指都那个了。"

我心里一跳，突然想起有一晚我爸我妈说过相同的话。我紧张地问："那个是哪个？亲嘴？"

刘翠枝一晃脑袋，咳了一声，说："你怎么啥也不懂，就是在一起睡觉了。"

我紧着问："在谁家炕上？"

刘翠枝说："肯定不是在炕上。"

我说："不在炕上咋睡觉？"

刘翠枝生气地说："你是猪脑子啊！人困了在哪儿都能睡觉！"

这天晚上发生了悲惨的事。放学回来，刘翠枝撇下我走了另一条路，说有事。我没多想，先回家了。原来翠枝一直给姐姐当信使，传情达意。这天晚上，六指家蒸了玉米面的发糕。这样的饭食很少见，要用特别细的玉米面，发酵，还要加糖精。除了六指，谁有心思做那么细致的饭。六指说："你等一等，发糕熟了管你饱，也顺便给翠娥带过去。""罗锅"在灶前添火，因为心急把火烧得特别旺。发糕终于出锅了，翠枝把嘴烫出了泡，勉强吃了一块。六指用白布包了两块放进了翠枝的书包里，书包都在冒热气。六指家外面是长条坑，长条坑的另一边就是曹大拿的家。翠枝用舌尖舔烫出来的泡，还沉浸在发糕的香气中。想姐姐若是嫁了这样的人，以后天天吃发糕都是可能的。美好的想象让翠枝脚步轻盈，她颠着步往前跑，一只手放在书包上，隔了两层布，书包还烫手。突然，她差一点儿撞到一个人的身上。翠枝后退了两步，想掉转头跑，长头发却被一把薅住了。刘四方手里一拧，就把翠枝整个吊了起来。左右一抡，翠枝便杀猪样地叫。翠枝哭着喊："你打死我吧！我不活了！"刘四方把她摔在地上，一脚踏了上去，然后没头没脑地一通乱踩，翠枝一下子晕了过去。

刘四方对着围观的众人说："看你还敢不敢去那个畜生家！"

曹大拿迈着方步来了，指挥两个人把翠枝抬到了自己的家里，往脸上给她喷凉水。翠枝醒过来第一句就骂曹大拿的妈，被曹大拿的老婆轰了出来。

这些都有人绘声绘色到我家来说闲话，我父母听得津津有味，脸上甚至冒着喜悦，也不知道这喜悦意味着什么。据说刘四方很少到曹大拿家去，这天是去商量翠娥的事。翠娥总待在家里，耽搁许多工分。一个工分两毛五，刘四方其实是个财迷，他早就心疼了。要想让她不跟六指见面，又能到生产队上工，就只能把六指一家调到别的生产队去。曹大拿为了许多难，但到底答应了。

怎么那么巧，刘四方从曹家出来，一眼就看到了六指往外送翠枝。

五

日子不知不觉就往深处走，许多事都在发生、发展和变化。我不再偷六指家的黄瓜，六指家的黄瓜都旱死了。他家挨着长条坑，过去他都是用长条坑里的水浇黄瓜，可整个春天没下雨，入夏了，数伏的连阴雨天没盼来，把一条坑渴死了。眼下，坑里的水就变成了一只锅底那么多，被一些水里的生物搅得混浊，小蛤蟆蹦得铺天盖地，看了让人心乱如麻。忽然有一天，家里的小喇叭哇啦哇啦地叫了起来，播完新闻，书记喊起了广播，说遭遇了百年大旱，县里号召抗旱，从明天开始，男女老少齐上阵，有桶的提桶，有罐的提罐，要打一场人民战争。还特别说起有些劳力很长时间不出工，大旱来临应该自觉参加到劳动中来。我爸在饭桌上说："这不是在说翠娥吗？"我妈说："不至于吧？他家跟大拿那么好。喊广播的是书记，村里人都知道他跟大拿两条心。可账本在曹大拿手里，他惹不起曹大拿。"书记在广播里又说："恋爱自主，婚姻自由，有些人不要在错误的路上越走越远。"我爸一下子就把筷子放下了，点着手指头说："说刘四方，这是在说刘四方。"我妈看上去也很激动，说："翠娥总这样下去会闷死的，她昨天又挨打了。"

书记广播完，传来一阵音乐，一个奶声奶气的小丫头唱儿歌：

> 一对水罐两头拴，
> 挑担水，上南山，
> 咯吱咯吱走得欢。
> 社员南山正抗旱，
> 俺送开水去支援……
> 浇一瓢，绿一点儿，
> 浇一担，绿一片。
> 公社庄稼长得好，
> 跨上"刚要"追"江南"。
> ……

不知道"刚要"是什么，"江南"又是什么，可我一下子就对那些文字着了迷。

翠娥挑着一对白洋皮的水桶从我家门口过，我妈赶紧跑过去跟她打招呼。我妈说："水桶这么大，别让自己累着。"我妈的潜台词肯定还有很多，可她只能说这一句。一个月没见，翠娥瘦弱了很多，四方脸成了尖下巴，扁担放到肩膀上，两只水桶像在荡秋千。翠娥说："没想到抗旱救了我，我太想出去干活儿了。"翠娥故意摆起手臂走出一副英雄气概，我妈看得痴了，跑回来跟我爸说："翠娥走路的样子怎么变了呢？"我爸说："她被关了这么久，肯定有变化。"我妈说："她怎么也往外撇着走路，越来越像曹大拿了。"我爸说："真的？曹大拿也会影响到翠娥？不应该啊！"他们说着话，各自挑起水桶出发了。小学中学都放假，姐姐假装积极，端着脸盆走了。我等刘翠枝来找我，商量怎么打发这一天。我们很久没"狼狈为奸"了。商量来商量去，我们决定去做好事，给瘸老太家扫院子。我们过去偷人家还没成熟的桃子，实在太不应该了。

村里的地分上地和下地。上地指村庄附近的耕地，傍着一条周河。周河很多地方都断流了，有水的地方，大堤就像悬崖一样陡峭，从那里挑上来一担水，肩膀得磨去一层皮。傍中午的时候，就有不好的消息传来，翠娥在挑着装满水的桶爬坡时，扁担从肩头脱落了，两只水桶滚进了河里，她自己也重重地摔倒了。翠娥被人抬回了家，一张脸白得吓人。便有人说翠娥似乎是病了，肚子圆圆的胀了一圈儿。她仰面躺倒时，衣服撩了起来，露出了雪白的肚皮。翠娥的事第一天有人说起，第二天就没人提了。因为有比这更重要的事发生了。河里有水井里才有水。几天抗旱过去，家家水缸见底。再到井里打水才发现，咚的一声响，水桶撞在了井底的石头上，被弹了回来。于是水荒变成了惊慌，天还没有亮，去井边打水的水桶就排成了长队，去晚了连泥汤都打不来。于是大家比着赛地早起，水井经过一夜的涵养，起得最早的人能打来一担清水。但谁都没我妈起得早，她晚上不睡觉，在电灯底下刺啦刺啦地纳鞋底，纳到过半夜，摸黑挑着水桶去了井台。夜黑里水桶碰撞青石板的声音非常清脆，但只有我家的人能听见。因为一个村庄的人都在沉睡。他们太累了。每天从天一放亮，干到天大黑，脚底板起泡，肩膀磨出了茧子。有时一担水要挑出十里地。我家从没缺过水，但这是个秘密，父母一再嘱咐我们不能说出去，若别人也这样做，我们家就只能喝泥汤了。

我们所在的生产队是三队，过去六指一家也是三队的社员。抗旱上工的时候，六指才发现他们一家的户口簿、工分账单都到了五队，他们一家都是五队的社员了。第一天上工，六指和另几个青年被派到洼区打井。他们打着红旗背着吃喝来到了大洼深处，红旗上写的是"青年突击队"几个大字。

雨水充沛的年月，洼里三锨土就能挖出口井。几个年轻人信心十足，把红旗插好就开始干活儿。可他们干到了天大黑，井窟窿挖了几米深，也没见出水。大洼辽阔宽广，一眼望不到边的秧苗都枯焦了。六指很着急，比另几个人都急。因为他是五队的新社员，他急于表现得比别人都好。黑夜来临，几个年轻人躺在茅草铺就的床铺上，精疲力竭。六指却觉得自己有使不完的力气。是爱情让他成了大力士，不知饥饿，也觉不出苦累。翠娥上工的事他在第一时间就知道了，这个消息让他振奋。六指觉得，事情正在往好的方向转变，抗旱结束，那个准老丈人说不定就能回心转意。

　　蓝天上的星星繁密而明亮，浩瀚的宇宙此刻散发着一种无穷美。夜色掩盖了秧苗枯焦的颜色，放眼望去，大地丰腴浑厚。白天生产队的马车来送补给，光灯油就有一大桶。此刻六指把马灯拨亮，对横七竖八歇息的几个人说："我下到井里再干会儿，也许再挖几锨土，就可以出水了。"这样的想法像一个魔咒，几天来一直统领着这一群人。可井越挖越深，新鲜的泥土冒着热气，一攥就是个泥疙瘩。可就是没出水，一直没出水。有人已经灰心了，但六指不灰心，六指想：别人灰心的时候我应该更有干劲。一只铁锨横在井口，马灯挑在锨柄上，六指借着微弱的灯光下到了井里。井筒挖得很大，能供三四个人转身。井底除了铁锨还有斧头和箩筐，六指一边深挖一边摸索着探寻脚下，他怕哪个泉眼让他捅漏了，把他淹没。六指默默干活儿的时候在想翠娥，他和翠娥相好的时候也是夏天，比这个季节略早。一群男女从打麦场下来去河里洗澡，翠娥稍稍一暗示，六指就跟她走了。拐上一个弯儿，一条新的河流出现了，河水恬静，闪着粼粼波光。六指胆战心惊地猜想翠娥想干什么，翠娥却让六指在岸上抱着衣服背转过身去，她说她不能把衣服放在地上，怕衣服里爬蛇。

六指老老实实背转了一个晚上。虽然他那么想借着夜色偷看一眼，但最终战胜了自己。翠娥有条不紊地洗头洗脸，河水正好齐到肩头，雪白的胳膊伸出去，就像水里漂着两条大白鱼。岸上的影子一动不动，翠娥在水里暗笑，这个傻六指，可真实在。

从那一晚，六指才开始揣摩翠娥的情谊。过去六指只知道翠娥对自己好，却从来没敢往这方面想。

这天夜里，翠娥嚷胸口疼。她是从睡梦中憋醒的，声音从窗缝里挤出来，毛茸茸的，让翠枝起了鸡皮疙瘩。四方婶想过去看看是咋回事，可四方叔不发话，四方婶不敢动。翠娥自那日被人抬回来，就一直没上工。翠娥心性要强，关键时刻才知道，自己的身子顶不住了。她摸着已然微微隆起的腹部，发出的每一声叫都是在呼唤六指的名字，只是别人听不出。翠娥是个胆大的姑娘，她就是想在关键时刻用这个孩子做筹码，好嫁给亲爱的六指，也好断了家里人的念想。翠枝原本和姐姐住在厢房，翠娥被关禁闭，刘四方让她搬到了自己的屋里。姐姐的叫声揪心，翠枝悄悄爬起来，摸黑跑到了赤脚医生的家。赤脚医生还是个接生婆，她随翠枝跑过来，翠娥却已经平静了，只是汗水都把衣服湿透了。赤脚医生象征性地拿出听诊器，撩起衣服一看，就什么都明白了。

与此同时，大洼深处灯火通明，有人嫌冷清，抱来枯焦的小玉米燃起了篝火。灰飞烟灭时，几个人正睡得深沉，忽然听到了沉闷的坠落声，领头的大庄翻身起来，一数人头，少了六指。再到井边一看，井筒的地方黑黢黢的，成了塌陷的大坑。

他赶忙喊大家起来，说："六指被埋了，赶快救六指！"

这件事是大事。许多年以后，罕村人说起过去的事情就以这一年为界，六指死的那一年，或者六指死的第二年。六指死的消息传到村里，翠娥当即昏厥。刘四方那么有主见的人，也一下没了主意。乡间讲究人死为大，这个人再渺小，再不堪，人死了也开始顶天立地，是因为不论变鬼还是成神，都比人有法力。村里给六指举办了隆重的葬礼，有人把六指的消息写成了广播稿，小喇叭里一天到晚滚动播放，称他为"抗旱英雄"。翠娥几天不吃不喝，刘四方也着急了，问曹大拿怎么办。曹大拿戴着小圆眼镜翻皇历，皇历还是上一辈人留下来的，毛头纸，有一寸厚。他说："你是想翠娥有名节还是没名节？是想让她成为好女人还是坏女人？"这还用说吗？他刘四方是什么人，把荣誉看得比生命都贵重啊。但此时的刘四方不那么笃定，他知道曹大拿话里有话。果然，曹大拿指着皇历说："六指死的时辰不好，要是过了子时就可以成神，子时之前则只能成鬼，还是恶鬼。"曹大拿的意思是：别做对不起六指的事，否则会有大麻烦。皇历的事刘四方不懂，他斗大的字不识一筐。眼下最紧迫的事是翠娥的肚子怎么办，那孩子都四个多月了。曹大拿说："你说咋办？"刘四方说："我有主意就不来问你了。"曹大拿把皇历扔到桌子上，不屑地说："你没听懂我的话吗？把孩子生下来，就是烈士遗孤。若是不生下来，翠娥就是搞破鞋，以后休想再找男人。"

看刘四方不语，曹大拿又说："这样伤风败俗的女人谁敢要？"

刘四方抬起头，一张大扁脸上都是汗水。他说："六指能评烈士吗？"

曹大拿说："我去找我舅子，这个事你放心。"

刘四方回到家里就嘿嘿地笑，在院子里高声喊翠娥，说："你好几天没吃饭，饿坏了不得了。爸给你买了两斤鸡蛋，你快补补身子。"

夏天结束了，六指的烈士也没批下来。我们经常看见翠娥一手叉腰一手像桨一样划动着往大堤上走，她的肚子就像大破车一样。我和翠枝私下说："翠娥一准儿生丫头。"村里的妇人总结说，怀了孩子像大破车的都生丫头。只是以后咋办呢？我都替她发愁。翠枝却一点儿不着急，说："家里没有弟兄，大不了在娘家住一辈子。"这话提醒了我，原来家里没儿子还有这般好处。"将来我们嫁不出去也得往外嫁。"我叹口气说，"因为家里又多了个弟弟。"翠枝认真地说："你嫁不出去就来找我，我管你一辈子。"

曹大拿过来保媒，说："烈士的事，县里没有批下来。舅子突然调到市里去了，官当大了，却不管这一截了。孩子生下来不能没有爹，让翠娥嫁给六指的哥哥小仙勒吧。"翠娥拒绝了。小仙勒只有翠娥齐胸高，眼睛就像线割的，终日扒不开缝。翠娥怎么可能看上这个人。翠枝告诉我，翠娥从来不哭，刘四方打得再狠也不哭。可曹大拿一走，她哭了。我问："翠娥哭什么？"翠枝说："她一辈子的幸福就毁在了曹大拿手里。六指一家如果不去五队，这一切就都不会发生。"

翠枝的小脸忽然变得激愤，朝天空狠狠唾了口唾沫，说："曹大拿还让她嫁给小仙勒，这不是糟蹋人嘛！"

许多年以后，我接触到了有关那场大旱的资料。县志在"大事记"里是这样记载的：

（1972 年）2—7 月中旬，全县大旱。总降雨量仅

33.5 毫米，造成河流干涸、水位下降、土地失墒，48.8
万亩大田作物受灾。县委、县革委召开紧急会议，确定
农业生产的中心任务就是"抗旱保种"。

"抗旱保种"，却提也没提六指。

六

秋天快要结束的时候，怀孕七个月的翠娥早产了一个小
丫头，大小就像只耗子。民间讲究七活八不活看来还真是有
道理。我妈买了一斤红糖想送过去，被我爸喝住了。我爸说：
"你这是作死，这个时候刘四方见谁都恨不得咬一口，你还
往门上送。"我妈说："他顺过劲儿来了，他同意翠娥生孩
子。"我爸说："妇道人家就是见识短，他顺过劲儿来，不
会再别回去？"

村里的赤脚医生姓姚，大家都叫她"姚大夫"。翠娥偷
偷去找过她，问五个月大的孩子能不能流产。六指死了一个
月，翠娥要面对现实了，她不想这一辈子让这个孩子拖累。
姚大夫说："办法肯定有，但要去城里的大医院，我反正不
敢动手。"翠娥让姚大夫陪她去，姚大夫说："咱们不能私
自走，我去告诉你爸一声。"刘四方却对姚大夫暴跳如雷，

说："那好歹是个性命，你这是杀人害命！"

大家都说，刘四方之所以这样，是断定翠娥会生个男孩
子。乡间还有说法，非婚生子一般都生男孩子。还有骂人的
话，"再狠不过绝户。""绝户"便是指没有男丁的家庭，
丫头养得再多也没用。四方婶一辈子没生儿子，这是刘四方
最大的遗憾。所以翠娥如果能生男孩子，也是了了刘四方的
心愿。

只是，连我们都能猜出刘翠娥会生丫头，这回刘四方又
失算了。

翠娥月子中的滋味，没人能够体会。翠枝说，她姐经
常坐在炕上发痴，炕上的孩子哭都听不见。她还拒绝给孩
子喂奶，孩子饿得整夜哭。六指的爸送来了三十块钱和一
头奶羊，被刘四方骂了回去。我们都看到了"罗锅"仰起
的那张黑红小脸，嘴里叨咕说："不要我再牵回去，不要
我再牵回去。"说着，用小鞭子抽了一下羊屁股。可到了
晚上，曹大拿出面又把羊牵了过去，他让罗锅再添二十，
钱变成了嘎嘎新的五张票子。刘四方不再打人，可终日没
个好脸色。翠枝对我说："我妈本来就怕他，现在看见他
就哆嗦。"我问："他对你姐啥样？"刘翠枝说："还好
得了？不打了不骂了，可自从我姐生下孩子他就没瞅过一
眼。"我说："也没瞅小孩子？"刘翠枝说："一个丫头
片子，有啥好瞅的。"

　　翠娥满月以后，又去队里干了几天活儿。过去翠娥人缘好，男的女的都爱跟她说笑话。现在翠娥却从不往人前走，队长让她倒粪，她便用锄头砸粪坷垃，只砸一块，砸得没完没了。有人试图跟她说话，她会吓一跳，眼神惊慌地看人。

　　转眼就到了来年春天。

　　罕村家家基本就种四种树，毛桃、小杏、榆树、柳树。所以说罕村的春天桃红柳绿一点儿不为过。小学校建在了村外，我们往村外走，路上要用很长时间。翠枝变成了一个话痨，上学的一路紧着跟我说她家的事，那些活计，没完没了。翠娥回家就在炕上躺着，有饭就吃，却从不知道干活儿。那个小丫头面黄肌瘦，每天就知道咧开大嘴哭。过去四方婶还能去队里劳动，自从翠娥出去干活儿了，四方婶就从队里下来了。有一天，翠娥在屋里点火，想把小孩子放到火上烤。多亏四方婶发现得及时，否则房子连同孩子说不定早没了。

　　一个星期天，我正在睡懒觉，翠枝跑进来一把把我拉了起来，说："快跟我走。"我好歹穿了衣服就跟她跑了出去。我问："去哪儿？"她说："我家死人了。"我问："谁死了？"她说："那个小丫头。"我吓得腿一软，险些栽倒。我说："真死了？"翠枝说："我爸出去埋了，我们过去瞅瞅。"我们朝村西跑，那里是一片小树林。从老远就看见筐子里有花被子一角，旁边戳着一把铁锨，附近却没人。我们跑过去掀开花被子看了看，那个丫头突然睁开了眼。这个七个月大的孩子，总是一动不动地看着陌生人。我明明知道她看谁都这样，可看我的时候，我还是忍不住想掉眼泪。

翠枝拽了我一下，说："她是活的，就是在发烧。"我小心地摸了下她的额头，烫得我一激灵。翠枝挎起筐子拉着我就跑。我说："你爸呢？"翠枝说："不管他。"

那天早上，刘四方下决心要埋了这个小丫头。可小丫头迟迟不咽气，他就先钻进树林里去拉屎。他特意走远些，多蹲了一会儿，觉得自己拉完屎小丫头的手脚也该凉了。早晨上工时，他在队里说："小丫头大概被獾叼走了。"有人疑惑："被子呢？筐子呢？"刘四方嘿嘿地笑，说："獾连被子和筐一起叼走了，大概是只成精的獾。"他哪里知道，此刻我们把筐提到了瘸老太家，瘸老太用湿布把小丫头包了起来，小丫头嘴唇一动，忽然哑着嗓子叫了一声。

到瘸老太家来是我的主意，否则我们能去哪里呢？大人都去队里干活儿，我们又不知道怎么照顾病小孩儿。翠枝怕瘸老太不乐意，我说："你放心，瘸老太好心眼儿。"我们把筐放到炕上，瘸老太掀开被子一看，就明白了。

小丫头一直没名儿。翠枝让我给她起名，我认真地想了想，说："七二年大旱，她爹六指被埋了，就叫'七二'吧。"

瘸老太拍着巴掌说："叫'七二'好，好记。"

有些话，父母不愿意当着我们的面说，可他们又忍不住不说，他们说起话来就像打哑谜。我妈说："这回看曹大拿怎么办。"我爸说："估计这回他该没脸见人了。"我脱口说："是红莲偷人的事吧?"我妈举起筷子,作势要打我,可筷子却没有落下。我爸问我："听谁说的?"我说："听翠枝说的。"我妈说："啥事都瞒不了这丫头,外头有个电报车!"

父母脸上隐秘的兴奋让我很激动。他们只知道红莲偷人,却不知道细节。红莲卫校毕业以后在卫生院当护士,是份人人羡慕的工作。红莲跟院长搞在了一起,可问题是,院长有老婆,还有一个五岁的闺女。院长总也不回家,媳妇生疑了。带领娘家兄弟找到了卫生院,把俩人堵在屋里。娘家兄弟跳窗进去,把红莲的衣服拿到了手,红莲是穿着院长的衣服跑走的。这件事轰动了全罕村,没想到曹大拿家能出这样的事,要说伤风败俗,翠娥算什么,这才是头一份!

翠枝是在我家的棚子里跟我说这些的。我们各拿出一条旧的红领巾,对在一起做胸罩,看到有人这样做我们也想试试。翠枝管缝线,我管挖扣眼,锁扣鼻。每天都系纽扣,以为扣眼就是在布上挖一个洞,周围锁上边。挖完了才发现,那个洞大得像牛眼,什么样的纽扣都能漏下去。我们研究了半天,才弄明白扣眼就是剪开一道缝。想把那个洞缝小,结果周围出了好几个死褶子。

罕村人怀着隐秘的兴奋,等着看曹大拿怎么处理自己闺女的伤风败俗。曹大拿那么要脸面的人,还不得把闺女打个半死！大家不是对红莲有意见，实在是大家就想看曹大拿的态度。曹大拿纠集了一群亲友出发了，每人骑一辆自行车。晌午歪了才回来。有人猜他会把红莲绑回来，当着全村人的面抽鞭子。可去了几个人，回来了几个人，连红莲的影子也没看到。翠枝告诉我，曹大拿没去找红莲，也没去找院长，他去高庄子找了院长的老婆，让人家离婚！曹大拿警告说："你不离婚也行，第一院长开除；第二院长坐牢；第三赔红莲 2000 块钱……"后边还有好几条，曹大拿没说完，女人就吓瘫了。这件事在刘四方家的反应可想而知，四方婶气得用头撞墙，说："他把我闺女祸害成这样，自己的闺女却啥事也没有。刘四方，你还不明白吗？"

过了半辈子，四方婶就硬气了这一回，却被刘四方一个巴掌扇回去了。刘四方说："你养的贱闺女，还敢跟人家红莲比。人家找了个院长，她找了个啥？"四方婶号啕大哭，翠娥缩在屋角，随后从屋里蹿了出去。

傍晚，翠娥的尸体漂到了下游，她的裤子被水冲走了。大辫子绕到了河里的一根木桩上，捞上来时，人整个虚胖了一圈儿。

从那以后，刘翠枝就休学了，她得在家照顾七二。七二爱得病，总是感冒发烧。七二得病了她就抱到瘸老太家，瘸老太用新棉花蘸酒给七二退烧。

瘸老太死的那年，我在高中住校，回家听说翠枝领着七二哭得死去活来。我只是鼻子酸一下，就过去了。瘸老太曾经把好吃的总给我留着，可因为几年不见，感情就淡了。

一晃，就是很多年过去了。

七

刘翠枝一年给我打两次电话，两次都是关于七二的事。刘翠枝家在开发区买了两百亩地，建了一大片厂房，生产各种水泥管材，工人就有几百个。这些年城市建设热火朝天，建材行业也跟着水涨船高。几年的时间，刘翠枝家的企业产值就翻了几番。我们过年时能在罕村见个面，见面也不是多亲热。她倒背着手，穿一件绛紫色的裘皮大衣，顶多说两句话："啥时来的？啥时走？"

第一次给我打电话，是农历正月十五。我们的小饭店刚要开门营业，我正在擦玻璃。听到电话响，严木林抓起一张餐巾纸包着手机给我拿了过来。他正擦厨房，两手都是油垢。里面喊了声"王云丫"，我就笑了，真是烧成灰也认识啊。我问她啥事，她说："你们那里南来北往的人多，看有没有合适的，给七二介绍个对象。"

我说："七二离两次婚了吧？"

刘翠枝说："哪儿，她离三次了，跟谁也过不长。"

七二离的那三次婚，前两次都是人家不要她，嫌她不会过日子，有一个花俩。小门小户的人家，谁经得起？第三次结婚，七二找了个残疾人。我过年回家，母亲还跟我絮叨，说："七二这个瘸腿的一个月能挣三千几，七二每次回家，都大包小包地买东西。这才几天的时间，怎么又离了？"

七二的三次婚姻中，生了两个女孩儿。离婚都没能带出来。尤其那个瘸腿人，人家就是为了跟七二生个孩子，好有靠。

刘翠枝说："七二这次离婚跟谁也没打招呼，自己背个包就回来了。"前一两年，瘸子的工资本在七二手里，随便花。到了第三年，七二就一分钱也摸不着了。婆婆也不让她带孩子，她在婆家一点儿用处也没有，七二便对男人说："我们离婚吧！"

我有很多年没有见到七二了。印象中她个子很小，很小很小，都不好意思说她一米几。说话却高门大嗓，嘴甜，很得刘四方的喜欢。当年她在瘸老太家生活了五个月，是刘四方自己接回来的。那时的七二人显得很机灵，爱笑，两条小短腿走路就像要飞起来一样。没人告诉她这个人是谁，可见了刘四方，她甜甜地叫了一声"姥爷"，把刘四方感动得热泪盈眶。

改革开放以后，刘四方做了很多年的生意。他驮着大筐卖大葱大蒜，到处追集，回家总要给七二带些好吃的。他家住在大堤底下，七二总是等在门口，出门帮他推上坡，回来像个千斤坠坠在后面。七二没怎么上过学，她学不进去。除了割草喂兔子，就是拾柴火烧火。四方婶逢人就说七二的好，家里有这样一个丫头，有帮手不说，还像开心果一样。

七十五岁那年，刘四方骑车没掌好把，从大堤上连人带车滚了下去。腿骨摔裂了缝，没大碍，但从此不再做买卖。那些葱蒜打个对折，让左邻右舍买走了。

当时正是冬天，厚棉衣服帮了刘四方。即便家里就剩两个人，四方婶也不习惯跟丈夫同桌吃饭。她或是端了碗去一边，或是等刘四方吃完了再吃。为了改掉四方婶的坏毛病，刘四方没少发脾气。可在他面前四方婶张不开嘴，嚼了东西伸长脖子也咽不下去。这些都是笑话，在罕村到处流传。

有一天，四方婶站在菜墩前剁白菜，想中午包饺子。剁着剁着没了动静。四方叔在屋里觉得奇怪，出来在后面捅了她一下，四方婶的身子朝旁边一歪，轰然摔倒了。这样的死法，罕村人从没听说过。村里人都说："哪怕是让刘四方伺候一天也好啊。"四方叔哭成了泪人，说这一辈子对不起四方婶。村里人就有人撇嘴，说："这一辈子，四方婶挨了你多少巴掌啊。"

刘翠枝第二次给我打电话，自己先不好意思了。她说："我是没事不找你。"我说："你找我能有啥事？"刘翠枝小学没毕业，丈夫的学历也差不多，可人家就是有眼光。当年在家门口打水泥管，是夫妻作坊。后来政府号召扩大规模，他们就把作坊搬到了开发区。贷款圈了两百亩地。当时的土地便宜得要命，就像白给一样。转眼十几年过去，土地的价值翻了不知多少倍，企业经营得也有声有色。可我们的小饭店仍是三间房，每个月十几万的流水，吃不撑，饿不死。我经常对严木林说："我们都读了那么多书有啥用啊，早知道一辈子要开小饭店，真是读到三年级就够了！"

刘翠枝嘿嘿地笑。我才发现她笑起来的声音尾音下沉，特别像刘四方。她说："你的小饭店缺人手不？"

我警惕地问："干啥？"

她说："你给七二找点儿事做。"

我说："你拿我寻开心是吧？你那里多少人安排不下？"

刘翠枝说："我管不了她。她在我这里干了几个月，跟谁都处不好关系，家里人都烦她。我实在没辙了才找你，她去别处我也不放心。工资多少你说了算，只要能圈住她，让她白干都行。"

我跟严木林商量，这里他是老板。严木林说："春燕就够缺电了，七二心眼儿还是不全。两个服务员都这样，你说这饭店怎么干下去？"

我说："心眼儿全的人还去大饭店呢，谁在你这个小地方混吃喝。"

我说的是实话，现在招个服务员比登天还难。小饭店的活计又脏又累，工资又低，根本留不住人。

严木林说："反正是你娘家人，我不管。我就负责提个醒。"

我说："就先让七二试试工，也许不等咱辞她，她就炒了我们呢。"

我丈夫严木林属于下海淹死的。当年在机关喝茶聊天看报纸的日子觉得没意思，义无反顾经商干实业。先是在一家集团公司负责外联，后来又跳槽到了一家民营企业。再后来自己跟人合伙创业搞一种果品深加工，赔得差点儿当了裤子。现在他的身份和我一样，是下岗职工。小饭店经营了十几年，主要走低端路线。来吃饭的大多是农民工，还有少数公务人员自掏腰包请客的。用严木林的话说，过去吃饭都不会进这种狗食馆，更不会想到有朝一日自己会经营。

但事实证明，这个选择是对的。二十几张桌子每天都吃流水席，人满为患。

七二四五岁的时候，成了我和刘翠枝的跟屁虫。刘翠枝家养了一头老母猪，出奇地能生小猪，一窝最多生过二十一只。可平时这头老母猪只喂青草，瘦得皮包骨头，肚皮能拖到地上，像一面墙一样。每天放学，我提着尼龙袋子拿着镰刀在门口喊刘翠枝，最先出来的一准儿是七二，她响亮地喊声"姨",就蹦蹦跳跳往河堤上跑。我和刘翠枝挖野菜,七二就到处采野花,扑蝴蝶。有一次,我们在麦田里采凳儿菜,一转眼,七二不见了。我们又喊又叫地找了半天,七二在电线杆底下睡着了。她小小的身子窝靠在电线杆上,两只脚向前平摊着,嘴角流着涎水。

刘翠枝一把把她薅了起来,说:"死样,我们要是走了,你就在这里喂狼吧!"

七二说:"我不怕狼。"

刘翠枝说:"明天不许再跟着我们!"

七二说:"我管你叫妈还不行吗?"

刘翠枝马上眉开眼笑,说:"光叫我还不行,还要叫她。"

刘翠枝指了指我。

七二规规矩矩站好,先叫刘翠枝"妈",又转向我叫"妈"。

叫得格外大声。我心里痒得似乎有无数只蚂蚁在爬,此时特别想抱一抱七二,用自己的脸蹭蹭她的脸,就像大羊和小羊一样。可有刘翠枝在旁边,我不好意思。这样的称呼我们每天都喊,可跟被人喊是多么不同啊,就像沉睡的种子突然被春天唤醒,有一种挡不住的想要发芽的欲望。

刘翠枝神秘地说:"以后我们俩就给七二当妈。"

我慌忙说:"这可不行,让人知道笑话死。"

刘翠枝说:"我们也不让人知道,七二只在背后叫我们。

七二，听到了没有？"

七二却在风中跑远了。记忆中，七二只叫过我那一次。管翠枝叫过几次，我就不知道了。

八

七二蹦蹦跳跳跑进门，我都不相信她是个结了几次婚的人。她穿了件大红的连衣裙，领口开得很低。胳膊上搭着围裙套袖，进来先叫了声："老妈老爸，我来了！"

我和严木林快速对了下眼神，严木林除了吃惊没表示反感。

我问她："为啥叫老爸老妈？"她说："比叫姨、姨夫顺嘴，天底下的称呼我就讨厌姨和姨夫。"便龇出一口小白牙。七二一示范，把我们都逗笑了。我问她从哪儿来，她的声音有些童稚，还是个碎嘴子，问一答三。她说："在刘翠枝家干了几个月，那家人没法伺候，个个事妈。饭菜做不好吃了就扔，衣服没洗干净就扔。总怀疑卫生有死角，每天早晨刘翠枝都会这儿抹一把，那儿抹一把，如果有灰，会把你骂个底朝天。"我吃惊地说："你怎么叫她刘翠枝？"七二说："她就叫刘翠枝啊。"我说："她是长辈，你这样就不尊重了。"七二不以为然，说："没事，我不当面叫。"严木林在一旁笑了，说："七二还是蛮有心眼儿的。"七二得意地说："那当然，没点心眼儿在她家一天也混不下去。她和她的三个儿子，各个如狼似虎。"我说："她不是有两个儿子吗？"七二说："还有她丈夫啊，刘翠枝也管他叫儿子。"严木林乐不可支，七二再说话就有些像邀宠："刚才老妈说我不尊重她，她也得尊重我啊。一早起来让我刷马桶，我说我今天要去饭店上工了，刷马桶会把手弄臭的。刘翠枝就骂了一早晨，说：'你原本手就臭，永远不会香！'"

七二嘻嘻笑了。把自己的两只小手展出来，凑到了严木林的鼻子底下，说："老爸闻闻，香不香？"

我说："你这个没良心的，当年要不是你老姨，你的小命早没了。"

七二说："你怎么跟我老姨说得一模一样，一个字都不差。"

我说："可惜你那时太小了，什么都不知道。"

七二说："我什么都知道，刘翠枝说了有一百遍了。"

我瞪着眼说："看你再叫刘翠枝！"

七二吐了下舌头。

严木林说："好了好了，干活儿吧。七二来得真是时候，饭店正缺人手。"

七二说："我就是来给老爸减轻负担的。需要我干什么，老爸吩咐吧！"

七二愿意给严木林打下手。严木林去厨房，她就去厨房。严木林去雅间，她就去雅间。歇着的时候她也愿意挨着严木林坐，剥了橘子一瓣一瓣往严木林嘴里塞，严木林躲都躲不掉。春燕看不下去了，频频给我使眼色。我打哈哈说："七二，你离老爸远点儿，不知道男女有别吗？"七二说："我就是要离老爸近一点儿，谁不服气谁来。"说完，半个屁股又移了一下，压着了严木林的裤子。严木林使劲往外抻裤子，说："你把我的腿都压疼了。"七二说："老爸哪儿疼？我给老爸揉揉。"

严木林跟七二只见过有数的几次面，都是在罕村。知道我们来，七二会特意跑过来看我们。印象最深的是她十五六岁的时候，还有些羞怯，跟我们话很少。我给她买了件新衣服，她跑到另一个屋子换上，穿给我们看。她十八岁那年自己找对象嫁掉了，跟谁也没打招呼。

不管是洗碗、扫地还是收拾桌子、择菜，我发现七二干啥都麻利，比春燕强很多。春燕是东北姑娘，在饭店干三年了，还是像门闩，有人拨拉才动一动，眼里从来看不见活儿。七二真把饭店当成家了，去趟厕所也能领俩人回来。没客人的时候大家在门口剥蒜，有过路的七二也要招呼一声："吃饭吗？咱家的饺子五种馅，要荤有荤，要素有素。海鲜虾肉、牛肉羊肉保管你吃得满嘴流油。"还真有好奇留下来的，说："你们这个服务员可真尽责。"但也有让她骂跑的。那天来了一大桌客人，一个小伙子问："你们这儿都有啥好吃的？"
七二说："我们这儿啥都好吃。"小伙子顺杆爬，说："你
好吃吗？"七二说："你妈比我好吃，快回家去吃吧。"小
伙子骂骂咧咧地一挥手，那群人呼啦啦全走了，严木林想去
追，七二嚷："老爸你别下三烂，他们走就让他们走好了！"

严木林说："你说得轻巧，今天中午就这一桌像样的客
人。"

七二说："一个一个贼头贼脑，他们哪像样了？"

我说："人家长什么样关你什么事？以后跟顾客说话要
有分寸！"

七二跟我嚷："我哪儿没分寸了？我的分寸大着呢！"

我拍了下桌子，七二才闭上了嘴。

可七二也有出彩的时候。有一天，几个半大小子一
边吃饭一边挤眉弄眼。吃完一抹嘴，都开溜了，只把一个
七八岁的孩子剩下了。那孩子也想跑，被七二一把抓住了，
七二问他："有没有钱？"他说："没有。"问他："哪里
人？"他说："附近东北隅的。"七二说："你联合国的也
不行，既然吃了饭，就得交饭钱。"说完，拉着小子到外面
租了辆三轮车，跟他回家取钱。那家人还算开明，饭钱是
二百四十，给了二百五，多少有点儿羞臊七二的意思。七二
却很得意，说扣下十块租车钱。严木林说："五十都给你，
你交两百到柜上。"严木林没提防，七二忽然抱住他的脑袋

亲了一口，说："老爸，你真好。"严木林气得用袖子抹，说："都是唾沫哈喇子，你咋这么没正经。"

时间长了，七二的毛病就显出来了。她经常掐着腰站在门口，说："春燕给我倒碗水喝。""春燕去给我买包卫生巾。"连厨师她都敢支使。可别人都休想使唤她。她对严木林一口一个老爸，严木林若叫她干活儿，经常十喊九不应。小饭店不像大饭店各司其职，各守一摊。小饭店人手少，上饭菜、抄桌子、洗碗一条龙。那份忙乱，有眼力见儿的就得多干活儿。七二是头顺毛驴，越表扬干得越来劲，可若是哪天犯了驴脾气，谁喊她跟谁炝蹶子。她多少还是有些怕我。有一次，严木林喊她，她假装听不见，我说："七二的耳朵丢了！"七二忙不迭地假装洗手往外跑，说："七二的耳朵来了！"她和春燕住在饭店的一间梢间里，每天都像耗子一样往外捣鼓吃的，各种瓜子、花生、水果、点心，给这个抓一把，给那个送一块，却不给春燕吃。我喊春燕过来吃瓜子，春燕用三根指头捏，唯恐多捏一粒。七二眼睛横着瞅春燕，嘴里说："想吃自己买去，到这儿占哪门子便宜。"

我说："怕人家吃，你别往外拿。"

七二说："老妈不知道，春燕抠着呢，买羊肉串只买一串，都不够塞牙缝。"

我说："春燕离家远，家里有儿子需要惦记，她可不得省着花。"

春燕说："可我只离过一次婚，七二都离过三次了。"

七二说："我离三十次也是黄花大闺女，你行吗？"

几个男服务员和厨师乐得前仰后合，严木林实在听不下，去了屋里。我使劲闷着没有笑，看她说得那么一本正经，真不知道她理解哪儿去了。

七二频频跟我告状，说春燕穿吊带，露肩膀，她这是想勾引人呢。我说："你就不想勾引人？"七二一撇嘴，说："我要找也得找老爸那样的正经人，文质彬彬。"一句话又把我逗笑了，我说："文质彬彬的看得上你吗？"七二说："老妈你放心，你老闺女要么不嫁，要嫁这次一定找个称心如意的。"

九

转眼就是一个月，该发工资了。七二比别人有优惠，没有试用期。做企业的人的精明在这个时候体现了，我说的是刘翠枝。一大早，她给我发微信，问我一个月给七二多少钱。我心里一堵，想这若是电话，我可能就带情绪了。她明明说过，工资多少我说了算，只要能把人圈住，让她白干都行。话说得大大方方，关键时刻露出了尾巴。我说："别的员工多少她多少，你放心，一分也不会少她的。"刘翠枝说："我不是这个意思。你别把工资都给她,她有多少花多少。"我说:"那咋办?"她说:"存在你手里,每月给她五百就行。"

饭店管吃住,要说五百零花不算少。我跟严木林说起,严木林很吃惊,说:"七二没有几个钱,她都提前支走了。"我说:"我咋不知道?"严木林说:"她今天借三百,明天借五百,这个月已经借了六次了。"翻开账本,七二果然就剩了四百块钱。我把七二喊过来,问她钱都哪儿去了。七二不满地说:"我老姨管我,你也管我,我自己的钱,自己不能花吗?"我说:"七二,你不是三岁孩子了,你得知道过日子了。"七二说:"老妈放心,我每天都在好好过日子。"我说:"从这个月起,每月给你五百零花钱,不许你再从柜上借钱!"七二大声叫:"还让不让人活啊!"我没理她,把她借钱的那页记录从账本上撕下来,用夹子夹住,挂到了墙上。我对严木林说:"如果七二再借钱,你让她来找我。"

七二开始了没精打采的日子,整天闷着头不说一句话。当然是在我面前的时候。春燕告诉我,背过脸去,七二跟有些顾客打情骂俏,闹得欢着呢。我对春燕说:"你长点儿眼力见儿,手脚麻利点儿,凡事多干点儿,别总让七二欺负你。"春燕说:"她能给老板当闺女,我能吗?"我说:"甭说当闺女,就是当儿子,该干活儿也得干活儿。"有一天,我正在后厨跟人商议一道菜,春燕跑过来喊我,说:"你快去看看,前门打起来了。"饭店里面是个"丁"

字，前门临街，门口已经围了很多看热闹的人。就见七二在人群里跳着脚地骂，外面是一个年老的妇人，旁边有一个七八岁的女孩子，一看就是从乡下来的。我从没见过那么瘦的孩子，骨头都在外支棱着，一张小脸巴掌大，就被一张皮蒙着。我分开众人挤了进去，就见七二横眉立目说："想跟老娘要钱，门儿都没有！当年你们是怎么说的，有我没我都能活！现在活不下去了，想起我了是吧？"我狠狠拧了七二一把，让她闭嘴，又把妇人和孩子让进了雅间。我对七二说："有话好好说，你们这样在门口骂来骂去，还怎么做生意？"七二马上换了一张脸孔，说："老妈，这回你可得向着我，她们欺负我。"我问妇人是怎么回事，妇人拉了孩子一把，说："想她妈，我就带孩子过来看看。要开学了，也顺便让她妈出点儿学费。"七二马上说："老妈你看看，她们分明是来要钱的！"我看着那孩子，鼓鼻梁，眉骨突出，皱着小小的眉头，身子拧成了麻花。不难看，可已经知道难为情了。我问："这是你闺女？"

孩子拉着妇人的手往起拽，那意思是不在这儿说话，我们走。

我把孩子的手握住了，那么细的手臂，握在手里就像麻绳那样柔软，可真让人心疼。七二面朝里坐着，头歪向外面，看也不看孩子。

妇人抹着眼泪说："孩子的爸去年出车祸，腿断了，现在还下不了炕。我们有一分活路，也不会来找她。"

我说："七二，你把钱给孩子！"

七二气鼓鼓地站起身，领着孩子出去了。我从围裙口袋里抓了一把钞票给妇人，有五六百。我说："以后有困难就来找七二，她是孩子妈，应该管孩子。"

妇人连头都没抬，一曲腿，慌得我赶紧把她扶住了。

七二总试图解释自己为啥不管孩子。当年婆婆如何，丈夫如何，总之都是对她不好。孩子一岁半，她就被轰了出来，这些年连面都没见。我懒得听。孩子明显营养不良，我问七二："你看着不心疼？"七二理直气壮地说："她对我没感情，我心疼她也没用。"我说："孩子是你身上掉下的肉，你不心疼她，她怎么会对你有感情？"

七二花零钱的毛病逐渐没了。有时候大概觉得嘴实在闲得慌，会偷偷抿一口白酒，或嚼一口茶叶。白酒和茶叶都是客人寄存的，都比店里的东西档次高。严木林不允许她动客人的东西，她表面上听话，严木林转过身去，她会多喝两口。有一次，客人意识到酒少了，说不是怀疑老板和老板娘如何，是怕那些打工的嘴不干净。结果，人家把酒倒了，又去车里取了一瓶。严木林有点儿挂不住脸，给大家开了会，说："若是再看到谁动客人的东西，就扣当月的一半工资。"七二明显想以身试法，散了会，她就拿客人的茶叶给自己沏了一壶，把严木林气得要死，说："我们不用她了，你赶紧打发她回家。"

我嘴里说给她时间慢慢改，背地里狠狠骂了她一顿。最难听的话都说了出来。我说："难怪亲姨都不留你，你这个德行，到哪儿也没人待见！"

把七二说哭了。七二说："咋没人待见？我姥爷就待见我，我现在只有他一个亲人了。"

严木林每天早晨五点去市场批发蔬菜，八点左右回来，在饭店里安顿好，回家吃早饭。略做休息，我们再一起去饭店做午餐准备，年复一年，天天如此。这天他九点还没回来，我有点儿不放心，打手机问他人在哪儿，他说："我在饭店呢。你打的过来吧，四方叔来了。"

我到饭店时，大厅里的小餐桌上四菜一汤，严木林与四方叔已经喝上了。服务员都在做餐前准备，饭店难得的安静。四方叔八十开外了，但精神矍铄，还像年轻时一样喜欢嘿嘿地笑，下巴顶在胸脯上，像是脑袋直接插进了胸腔里。嘿嘿时，脸上的肉上下蹿动。七二像百灵鸟一样欢实，眉眼里都是喜气。其实，她前几天才从家里回来，我问她姥爷身体咋样，她说姥爷想她，人都瘦了。七二的伶俐此时体现得充分，她在厨房包饺子，却不时跑出来，递餐巾纸，或给杯子加水，小手不断在围裙上抹来抹去。我问刘四方："怎么想起进城了？"严木林插话说："四方叔是来买烧鸡的，'徐记烧鸡'不知哪里有卖，你听说过吗？"

我说："现在的烧鸡种类多，各种口味的都有。您想买哪一种？"

四方叔喝了一口酒，嘿嘿笑着，说过去西关有个"徐记烧鸡房"，就在独乐寺院墙外，门口朝南，有棵大槐树。有一年，他和曹大拿进城办事曾在那里吃过一次，那种味道，一辈子忘不了。

严木林还在使劲回忆。我说："您说的是多少年前吧，眼下那里是一片家属楼，做生意的都进了附近的农贸市场。"

刘四方说："对，就是多少年前，你大拿叔代表公社到城里来开会，我是陪着他来的。"

严木林说："那么早啊，早没了。"

刘四方说："烧鸡的手艺还在吧？"

我寻思了一下他刚才说的话，说："是您想吃，还是大拿叔想吃？"

刘四方说："你大拿叔想吃，他现在出不来，特意派我进城来淘换。"

我说："大拿叔的儿女都在城里工作，他想吃烧鸡倒不找儿女。"

刘四方让我说得闷闷不乐。他低头夹一粒花生米，那粒花生米像是在捉迷藏，总是东蹿西跳。七二从里间走出来，边走边摘围裙套袖。七二说："老妈，我去买烧鸡。"

我说："你哪有空出去？回去包饺子去！"

　　刘四方第一次到我们店里来，我也不好意思让他空手回去。我让严木林开车出去买烧鸡，顺便把刘四方送到汽车站。七二管我借钱，我问："干啥用？"她说："送给姥爷。"这理由不能驳回，我从钱包里取出五百块钱给她，七二小心地卷好，放到了刘四方的口袋里，还在外面拍了拍。

　　刘四方嘿嘿地笑，心满意足。

　　送刘四方出门，刘四方说啥也不肯坐副驾驶，他说眼晕。七二把后面的车门打开，把刘四方扶了上去，又把车门关好。汽车跑走了，我对七二说："你孝顺，我不反对。可你姥爷不缺钱，你老姨的资产有几千万，随便给些就够他花一年。"

　　七二尖声说："你以为刘翠枝会给他钱？"

　　我没理她。

　　七二追着我说："我老姨一分钱都不给他，不信你打电话问！"

　　我说："你老姨给不给是你老姨的事，你姥爷是她爹不是你爹。"

　　七二说："反正我就姥爷一个亲人。将来我姥爷死了，我也不活了。"

　　我大喝了一声："包饺子去！"

十

许久不去罕村，罕村的人和事都显得隔膜。早几年，曹大拿的老婆花彩芳得了脑血栓，曹家买了个日本轮椅，带升降，带折叠，能坐能躺。曹大拿与老婆的关系，跟刘四方家差不多。花彩芳在人前叽叽喳喳，只要瞄着曹大拿的影儿，就像耗子见了猫，溜得无影无踪。与刘四方家不同，曹大拿从来不打老婆，甚至从来不骂。罕村人都说："曹大拿就是有瘆人毛，他往那儿一站，不怒自威。"曹大拿用轮椅推了花彩芳将近一年，花彩芳佝偻着腰身团在椅子里，呆滞的脸孔偶尔流露出享受和满足。他们从村南到村北，从村西到村东，专门去人多的地方。罕村人看见他们就想起刘四方家，都说可惜四方婶死得早，要是能让刘四方专门伺候这么一天，这一辈子也算没白活。

曹大拿家三儿两女。除了小儿子在家务农，其余的早年都被舅舅安排到了城里，眼下都在外过得很好。轮椅就是红莲从日本带来的，她早就不当护士了，用曹大拿的话说，走仕途了。花彩芳瘫痪这一年，家里走马灯似的不断人。今天儿子来，明天女儿来，哪个来也不空手，大包小包往家里提东西。村里的小儿子住得远，反而他来得比别人少，他没东西可提，有点儿自惭形秽。曹大拿推着花彩芳满村转，迈着鸭子步走路的样子，简直是风景。但村里人还是有说法，说他表面上是推花彩芳，其实是在显摆轮椅。只要谁提起轮椅，他总要把钱数提拎出来，仿佛"万把块钱"是一个天文数字。村里也有人坐轮椅，但没人坐日本轮椅。曹大拿还专门爱与人做比较，材质、款型、颜色、舒适度，总之，言语间春风无限，仿佛他家的虱子都是金眼圈。

一年以后，曹大拿也瘫痪了。他比花彩芳重，整个左半边身子都不会动，两只脚抽成了里八字，再不能走官步了。在城里的医院住了一段，略有好转，就让儿子送回来了。打那儿起，儿子闺女都来得逐渐少了。一家俩瘫子，想一想就让人着急啊！村里的小儿子负责给他们俩送饭，开始还送到屋里。曹大拿心情不好，就故意恶心人，把大便抹到墙上，或者故意抹到饭碗里。儿媳妇送饭回来一路走一路吐。屋子实在没法进，小儿子就在窗上开了个口，外面遮块布帘，从那里递进递出。村里人都感叹："过去的曹大拿是多利落的人啊，眼下吃、拉都在屋里，又没人给收拾，那屋子就跟猪圈一样。"

某一天，刘四方遛弯儿走到了那里，掀开布帘看了看，一股恶臭从里面蹿出来，差点儿把他熏个跟头。曹大拿两口子隔着玻璃看见了刘四方，都紧着招呼他。两个人的头发都很长，像披毛老僧一样。曹大拿的山羊胡子垂到了胸前，两只大眼瘦得剥离了眼眶，眼珠一转，就像要滚落出来。他热切地说："四方，四方，我咋这么久没看见你，你去哪儿了？"

他从窗洞里把手伸出来，要跟刘四方握手。那只手苍白瘦弱得像鸡爪子，指甲有半寸长，像鹰隼的鼻子一样，掌纹和指缝间藏着数不清的内容。换了别人，会被这只手吓跑，刘四方却在这一刻眼睛湿润了，就像孤单得太久，终于找到了组织。他赶忙把手伸过去，两只手紧紧握到了一起。曹大拿似乎有一股魔力，要把刘四方吸进去。刘四方感慨地说："你过去是啥样人啊，唾口唾沫是钉，脚一跺罕村乱颤。现在却像猪一样关在这屋里……我恨不得放火把这房烧了！"曹大拿从窗口把脸往外探，二目炯炯，就像探照灯，把刘四方的老眼都照花了。曹大拿却一点儿都不悲观，他淡然地说："眼下我这身子不行，日后身子好了，我要翻盖房，买汽车。还要把房前的这条路翻修，拓宽，铺柏油。我姑爷在交通局，他一句话就成。"一席话，说得刘四方心潮激荡。他一直以为曹大拿是废人了，他就是来看废人的。可没想到人家还有远大志向，而这些志向刘四方做梦都不敢想。到底是曹大拿，瘫了都比自己强！刘四方心底的敬佩油然而生，他说："又回来了，过去的曹大拿又回来了！"曹大拿说："给我支烟。"刘四方摸兜，他早戒了。曹大拿说："下次来给我买几斤核桃酥，我想吃它了。"刘四方连忙应了。曹大拿说："等我买了车，我先拉你出去兜风，你说上哪儿好？"刘四方一时想不出，但想起开汽车要考驾照，刘四方小心地问："你这身子能好？"曹大拿说："咋不能，现在已经好得差不多了。

夜里每天都有仙女来给我扎针做按摩。"刘四方问："哪儿来的仙女？"曹大拿轻描淡写地说："仙女一直跟着我。花彩芳沾了不少光，她的手脚都好了。"就像受了遥控，花彩芳把两只手高举过顶舞动，左手明显绵软无力。曹大拿说："将来你瘫痪了也让仙女给你治，仙女的针法好，手软得像棉花。"就像那只棉花手已经抚在了刘四方干燥的皮肤上，他浑身的毛细血管登时欢畅起来。刘四方问："她会给我治吗？"曹大拿说："你手里有钱吗？先拿些钱过来，仙女也得送礼。"刘四方翻兜，只翻出些散碎银两。曹大拿都没正眼看，说："你这点儿钱，拿出去我都嫌寒碜。"

刘四方就是这样与曹大拿重新建立起了联系。刘四方平时也是一个人，守着一座大宅院，每天自己做一口饭吃，或者到代销点去买。买得勤了，代销点的人都奇怪，说："您一人咋会吃那么多东西？"刘四方说："哪会是我一个人吃，还有曹大拿家三口呢。"两家打几十年前就交好，这点村里人都知道。可三口人都是谁，就让人费琢磨了。问刘四方，刘四方嘿嘿地笑，并不详细解释。代销点的人感慨说："您还比曹大拿大两岁，还能替他出来买东西。可怜他们两口子，年轻的时候活得风光体面，如今却猪狗不如。"

刘四方却不爱听这话，瞪起眼睛说："啥叫猪狗不如，赶明儿曹大拿还能开汽车呢！"

曹大拿住的地方，是长条坑的左边，对岸曾经是六指一家人。现在那个地方建了一个小化工厂，专门往坑里排废水。那废水又黄又绿又红，煞是好看。六指一家如今都化成了泥土，他的罗锅父亲在分田到户不久就去世了。两个哥哥都暴病而亡，他们在罕村活着的时候无声无息，死了仍然无声无息。

从某一天开始，小化工厂的人就频频有人竖耳朵，说："听，又叫了。"曹大拿的声音尖锐得就像从金属管里发出来的，能把树叶震得颤动。叫出的却是："刘四方，我要吃烧鸡！刘四方，快去给我买烧鸡！"

化工厂的人听了都笑。说这个刘四方，是哪辈子造孽了，这么大岁数还让人呼来唤去。

严木林从外面回来，我问他："从哪儿买的烧鸡，买了几个，花了多少钱？"严木林说："原本想买两个，可四方叔坚持买四个。二十六块钱一只，一共花了一百零四块钱。"我说："你也忒好说话，他说买四个就买四个？吃不了都糟蹋了。"说完，我把账本扔给严木林，让严木林记一笔。自从小饭店开张那天起，记账就成了习惯。收入多少，支出多少，盈余多少，每天都明明白白。我问："有没有给他买车票？"严木林说："他没去车站，我把他送刘翠枝家了。"我说："他提出来的？"严木林应了一声。我说："送那儿去好，翠枝咋也不会让他坐公共汽车走。"

正说着话，七二跑出来接电话。屋里信号不好，谁接电话都得往门口跑。七二边跑边"喂喂"，站到了屋外，七二突然吼了句："你少管我！"

啪，把电话挂了。

七二进来嘴里就不干不净。说："管天管地还管拉屎放屁，她也管得面忒宽了。"我用一支圆珠笔敲桌子，懒得接她的话。七二说："气死我了，真是气死我了。"见我不搭腔，七二跺了下脚："老妈，你倒是说话啊！"我说："我说什么？"七二说："你也不问问我为啥生气。"我笑了笑，说："你生气能有什么好理由。"有几个客人往这边走，我刚要迎出去，人家指指点点又去邻家了。

我的电话响了，是刘翠枝。劈头就问我："为啥给七二钱？不是说好了不给她吗？"我一头雾水，说："给什么钱？什么时候给她钱了？"刘翠枝缓了口气，说："我爸来跟我唠嗑，说七二给他钱了，整五百。他拿出来一张一张数，给我看。我实在是让他气着了。"我说："七二跟我借钱说给姥爷，我哪能不借？"刘翠枝："不借！下次就是给玉皇大帝也不借！"我笑了笑，说："玉皇大帝哪里会缺钱花。我也不主张七二把钱给姥爷，她挣得少。可关键是，你怎么不多给四方叔些？"刘翠枝说："我怎么不给？过去一千两千地给他，可他一分钱也存不住，当我的钱是大风刮来的，他专门去结外人缘。"

我吃惊地说："结外人缘？四方叔不是那样的人啊！"

说完才觉得话说得不合适，可刘翠枝并不计较。她说："要说我爸也是个有主见的人，可只要碰到曹大拿，就能着他的魔，上他的道。我就纳闷儿了，这几十年曹大拿怎么就在我家阴魂不散，他现在都成瘫子了，还能忽悠我爸，你说他怎么那么大本事？"

我说："他忽悠四方叔的……钱？"

我的意思是，曹大拿连腿都没有，要钱也没用。可刘翠枝说："她每次回家都能发现钱不对数，原来他是给曹大拿送去了，理由居然是曹大拿那里有仙女。"

我笑得不行："看来真是老糊涂了。有仙女能去曹大拿家？臭也臭死了。"

我问："四方叔现在在哪儿。"刘翠枝说："旁边坐着，还嘿嘿乐呢。你说咋办啊，人到这个年纪，油盐不进。我就只能切断供应，不让他手里有钱。刚才还在说，你买的四只烧鸡不是徐记的，但闻起来味道不错。我训了他，让人家买那么多鸡，您以为您是狐狸啊？"

我说："你回罕村吗？"

刘翠枝说："我不回！来给曹大拿买烧鸡，他脑子没病吧？"

十一

还没到下班时间，七二就要走。她说她陪姥爷回罕村。姥爷年纪大了，上下公共汽车不方便。七二急急忙忙换衣服，跑过来又说："老妈给我一晚上的假，我在罕村住一宿，明天就回来。"

不等我说话，就像风车似的跑远了。

闲下来，我对严木林说："刘四方还多亏有这么个孩子。人到老年，儿女都不一定指望得上，曹大拿就是例子。"

严木林说："七二有的时候很灵性，就是读书少，缺根筋。"

我说："她要不缺根筋就不会接二连三离婚了。女人出一家进一家哪儿那么容易，看她就像住一趟姥姥家。"

严木林说："如果她的亲生父母都活着，她的人生会是什么样？"

我说："无论什么样，都不会比现在更差。她爸是有名的巧手，她妈是有名的美人。有爹妈照应，最起码不会像现在这样少教养。再说，那根筋也许不会缺。"

严木林叹了一口气，说："那个年代啊，私奔都无处可去。七二的爹妈真是可怜。"

想了想，我说："七二现在就不可怜？"

有个旅行团从这里过，哗啦都拥进了饭店。我一次一次去门口望，七二始终没踪影。饭店不是一个萝卜一个坑，是一个萝卜几个坑。突然几个坑同时空出来，大家都乱了阵脚。我越等火气越大，电话拨了无数次，却无人接听。最后一次居然是"您拨打的电话暂时无法接通"。我对严木林说："七二肯定在搞鬼，她不想回来又不想接电话，就在手机上做手脚。"严木林忙得大汗淋漓，没空听我的唠叨。他负责炖菜，端着砂锅里出外进，侧着身子，免得被火扑着。实在气得不行，我抽空拨通了刘翠枝的手机。我说："七二昨天走了到现在都不回来……你知道是咋回事吗？"我的口气可能不大对，刘翠枝马上说："还没回来？她说今天上午回来呀。你再等一等，等一等。"我看着墙上的石英钟，马上就到十一点了。刘翠枝可能也在看钟表，往回找补说："你那里正忙吧？要不……我过去干点儿啥？"我说："快拉倒，我哪敢用你。"刘翠枝说："我跟我们当家的说了，哪天好好请请你和严木林，你们收下七二，可是大恩人。我们那位看到她就脑仁儿疼。"

我口气软了下来，说："七二挺可爱的，有眼力见儿，干活儿也麻利。"

刘翠枝说："我知道你拣好听的说，不撩人儿的地方也多着呢。"

准备晚餐前，七二仍没回来。我到她住的地方转了转，是木板搭成的地铺，再住两三个人也没问题。七二和春燕的物品分列两边，但两边都像猪窝一样，衣服被子都胡乱团在一起。我对春燕说："这屋里就你们俩，咋不收拾整齐些？"春燕说："我收拾整齐了七二也给弄乱，她就是这个毛病，见不得我比她强。"我问："七二昨天走的时候有没有对你说啥？"春燕说："啥也没说。就见她着急忙慌的样，像是死催的。"我瞪了她一眼，从屋里出来了。严木林正在清洗猪大肠，我对他说："七二再不回来，真要乱套了。"严木林说："她还真对刘四方有感情……不会有啥事吧？"

我不以为然说："她能有啥事。"

我蹲在那里看他干活儿，一股臭烘烘的气味直冲鼻孔。红烧大肠是店里的招牌菜，很让顾客喜欢。猪大肠让谁打理，严木林都不放心，谁打理都不是他想要的味道。看看左右没人，我小声说："刘四方应该算七二的仇人吧？"

严木林看了我一眼，说："你这话是什么意思？"

我总有这种感觉，刘四方应该算七二的仇人。这种感觉不是现在才有，而是从十七八岁的时候就有。那个时候喜欢听评书，看戏曲，每每听到或看到快意恩仇的故事我都会想起七二。七二在仇人的身旁长大，有朝一日知道了真相，她不会有所作为吗？

若写成剧本，一定波澜壮阔。

我问过刘翠枝，七二有没有打听过生身父母的事。刘翠枝说七二打小儿就以为自己是姥姥、姥爷生的。长大一些，又以为自己是老姨生的。关于父母，她从来没问过，仿佛没有父母是天经地义的事。七八岁的时候，有一次在长条坑旁碰到了"罗锅"，"罗锅"让她喊"爷爷"，七二跑远了嚷："罗锅子罗，罗锅子罗，罗锅子上山打美国……"这件事她回家告诉了刘四方，刘四方拉着七二提着一把镰刀找上门，扬言要削掉"罗锅"的脑袋，"罗锅"吓得躲在屋里不敢出来。

许多年前我的那种感觉无从交流，此刻又像云雾一样弥漫了。七二不傻，心中怎么可能没有父母。如果不是刘四方从中作梗，七二会是一个幸福的小姑娘，像童话中的公主一样。不会从小颠沛流离，还险些被活埋；也不会高烧烧断一根筋，更不会长得如此瘦小干枯和左三右四离婚。而这一切的前提就是，她的父母是一对恩爱夫妻。

是刘四方活活拆散了他们。然后，要了他们的命。

"不是这样吗？"我问。严木林不答话。我接着说："等七二回来，我要问问关于她父母的事，她到底知道些什么。"严木林起身去倒脏水，说了一句："管那闲事干啥。"

罕村有半条街几乎等同于军事禁区。那里是一截长胡同，左边一溜七间房是曹家大院，外面是红漆铁门。过去从这里可以绕过长条坑，去对面的小化工厂，在那里上班的人们也习惯从这里抄近路走。可自从出了凶杀案，那里就成了阴森恐怖之地，除了曹大拿的小儿子偶尔去送饭，长长的胡同里再不见任何人的身影。

七二的手机号码终于出现在了我的手机上，说话的却是个男人。

"这个人管你叫什么？"

"老妈。"

"你在什么地方？"

"天乐园饭店。"

"麻烦您回一下罕村，这里有人遇害了。"

七二的手机被摔得四分五裂，所以我打的电话永远是"您拨打的电话暂时无法接通"。这是一个年轻的警察告诉我的。他找到了手机卡，装到了自己的手机上。他又让我看两件遗物的照片，一个粉色的坤包，一个白色的手机套，一看就知道是七二的。我的眼泪夺眶而出，怎么可能相信死的是七二，怎么可能相信七二就这么死在了曹大拿的家里！

最先发现命案的是曹大拿的小儿子。他照例来给父母送饭，进了大门，就觉得有些瘆得慌。这种感觉过去从来没有过。他试探着边往里走边东张西望，从洞开的窗口突然飞出个东西落在他脚下，他低头一看，是一只厚底的松糕鞋。他惊慌地跑到窗口前，探头往里看，就见两个瘫子正在拼命揪扯一个小姑娘。那把生锈的刀也派上了用场，曹大拿在空中挥舞，像砍瓜切菜一样。小儿子丢了饭盆跑进屋去把刀夺了下来，发现小姑娘遍体鳞伤，已经死了。

我把自己关在屋里，一个下午都不敢出门。刘翠枝比我来得晚，抱着我痛哭失声。她摇晃着我说："早知道七二的命运是这样，当年真不如不救她。哪怕被她姥爷活埋，也比让两个瘫子谋害强！"

刘翠枝说这话时，红莲就在我们身边。我们已经有很多年没见到她了，她眼下是一个乡镇的党委书记，看上去优雅温良。单眼皮抻扯着，脸上的镇定和从容像极了曹大拿。她面无表情地看了我们一眼，走了。

警察说："两个瘫子杀了一个活蹦乱跳的小姑娘，这事真不可思议。"

"他凭什么杀人？"这是我和刘翠枝共同关心的。

警察说："是啊，我们也想弄明白，他跟小姑娘何仇何恨，非要取了人家性命？"

"闲的，我看他就是闲的。"警察点燃一支烟，像是在自言自语。

十二

没有比这更潦草的命案，出现得突兀，结束得仓促。

没有审讯，没有审判。凶手不重要，动机不重要。没人能把凶手奈何。曹大拿不出屋，警察戴着防毒面具进去走了一圈儿，就出来了。他们说了些什么，无人知道。罕村到处悄无声息。不管多深的夜，刘曹两家也不见灯光。两个瘫子偶尔会弄出响动，刘四方家却连响动也没有，罕村人总担心他是不是还活着。

村里人告诉我，刘翠枝打了刘四方一耳光。不知是真是假。

几年以后，那条胡同的左右人家都搬走了，曹大拿家的七间房被夷为平地，长条坑填平了，整个区域成了化工厂的一部分。罕村人都淡忘了这场命案，我们才敢提及当年，大致拼出了事情的原委。

翠枝说，那一晚她与七二通了电话。七二兴兴头头说："姥爷要送三只鸡，我坚持送两只。老爸买的鸡，凭啥都送给别人吃呢。"七二说这话时，刘翠枝还有点儿泛酸。她把七二从小拉扯大，七二却不肯叫她一声老妈。姥爷说："那个房子里有三个人，还有一个仙女呢。"七二哈哈大笑，说："我也是仙女，我也要吃鸡。"刘四方那么拧的人，被七二说服了。家里也只有七二能够说服他。七二提出陪他去送鸡，一老一少出门了。那时大概是下午四点多，有人看到他们走进了曹家大门。大门在里面的门挂着锁，一拧就开。七二冒冒失失进屋，被熏了出来。七二在电话里说："老姨，你没见过那么臭的屋子，比厕所都臭。里面的人怎么活啊！"

　　与往昔不同。刘四方把两只鸡放到了炕上，而不是从窗洞里塞进来。曹大拿和花彩芳都光着上身，委身在破棉絮里。花彩芳的两个乳房像两根长条面，垂到了肚脐以下。曹大拿让刘四方坐，刘四方看了看炕沿，没坐。

　　炕头有一把切菜刀，已经很锈了。是曹大拿的小儿子放在那儿的，他说如果来贼，你们就用这把菜刀拼命。

　　花彩芳还与小儿子开了句玩笑："谁偷我们俩瘫子啊，不好吃也不好嚼。"

　　这一夜，七二跟姥爷睡在一铺炕上。临睡前，她还给姥爷洗了几件衣服，平平展展地晾到了院子里。七二一宿睡得不安稳，她总在想曹大拿住的屋子，哪里像人住的地方。七二印象中的曹大拿就像天王老子一样。几个小孩子玩儿时挡了他的道，他喝一声"别动！"那孩子就真一动不动，直到曹大拿走远，那孩子才敢活动一下腰身。曹大拿几乎没有与七二说过话，七二总是远远看着他，迈着四方步朝自己家里来，姥爷刘四方脸上堆满笑容站在门口等。曹大拿甚至看不到七二这个人，即使七二就在他的眼皮子底下，他也看不见。他看不见七二，七二眼睛里却全是他。

　　转天一大早，七二跟姥爷每人吃了碗鸡丝面，就背着包出来了。姥爷以为她回城了，把她送到了门口。七二却拐了一个弯，去了曹大拿的家。不知为什么，她有些放不下那两个人。那两个活得像屎壳郎的人，激发了七二所有的同情心。

她把坤包放到了外面的窗台上，先打开了前门后门，又打开了前窗后窗，门帘子掀到了门楣上，七二说："你们俩出去晒太阳吧，我来打扫卫生。"

七二试图把曹大拿扶到外面去，曹大拿挣巴了两下，险些把七二甩个跟头。花彩芳咬牙切齿地说："我们死都不会出去！"

他们确实已经习惯了待在屋里，连外面的风进来都觉得不习惯。

曹大拿说："你是谁？你到我家来干啥？"

七二说："我昨天还来送鸡呢。"

曹大拿想了想，说："你是七二，你爸是六指，你妈是翠娥。"

七二听不懂他在说什么，动手开始干活儿。七二说："你们跟我姥爷相好，我要帮你们。你们是我姥爷的朋友，就是我的朋友。我给你们把这屋子打扫干净，然后我再去城里上工。"

曹大拿看着七二迈着两条灵动的腿出出进进。院子里有晾衣服的铅丝，七二把炕上的棉絮和褥子都抻出去晾晒，干这些时，七二跟随着手机里的音乐唱着歌。曹大拿疑惑地问："哪儿在唱？"七二把手机拿出来给曹大拿，花彩芳伸长脖子看着曹大拿用手掰，他们都想弄清楚里面唱歌的小人儿藏在哪儿。院子里有压水井，七二熟练地压出了一大盆水，给他们洗了手脸。七二用笤帚打扫房间时，曹大拿指着手机说："你别让它唱了，我听着烦。"七二把音乐关上了。曹大拿却像孩子一样不愿意把手机给七二，他把手机坐在了屁股底下。

七二没有看到曹大拿的眼神越来越阴郁，那些雾状的记忆顷刻间把他包裹了。他曾经是罕村的人物，推着花彩芳满大街走时，他还在迈四方步。后来他把腿丢在了医院。他一直以为是医院没收了他的腿，那是他关于腿的最后记忆。他坐轮椅被人推出来，上了女儿的车。从苏庄子村前过，一根大烟囱通天彻地。曹大拿忽然喊了声"停！"司机不明就里，一脚踩了刹车。

红莲从前边扭过头来问："咋了？"

曹大拿说："送我进去。"

红莲问："干啥？"

曹大拿说："去火化场，把我烧了吧！"

红莲听明白了，对司机说："开车。"

最初的几个月，偶尔能看见有人来，大儿子、二儿子、大女儿、二女儿，后来便难得见到人了。曹大拿住炕头，花彩芳住炕脚，曹大拿需要挠背的时候，花彩芳会从炕脚蹭过来。他们一天难得说一句话。他们打年轻的时候就是这么过来的。花彩芳的碎嘴子，只要碰到曹大拿的电门就没电。某一天，曹大拿发现屋里有个蜘蛛。蜘蛛从屋顶上垂直而下，眨眼就没了踪影。曹大拿喊了声："仙女！"花彩芳问："仙女在哪儿？"曹大拿朝屋顶上指，那里刚好落了一只苍蝇。花彩芳蹭了过来，说："那不是仙女，是苍蝇。"曹大拿用那只好手打她个满脸花。这一辈子，这是曹大拿第一次动手打她，花彩芳马上长了记性，改口说："那是仙女，不是苍蝇。"

从此仙女就成了曹大拿每天的盼望。苍蝇是，蚊子是，蟑螂是，虱虫也是。曹大拿快乐而炫耀地说："仙女来给我扎针了，来给我按摩了，来给我送好吃喝了。仙女的小手可真白，摸在身上痒痒的。"曹大拿怕痒似的扭着身子笑，也像花枝乱颤。花彩芳坐在炕脚，瞪着一双混浊的眼睛朝这边看，曹大拿光着的脊梁黢黑干瘪，却被仙女的小白手捏成了一朵花。那朵花儿开在了花彩芳的心里。花彩芳恶狠狠地看着那些长着翅膀的小飞人，心里涌动着无比恶毒的情绪。她不敢骂曹大拿，即使在心里骂也不敢。她敢骂小仙女，那些烂这烂那的玩意儿一个也不肯落在她身上。曹大拿幸灾乐祸地笑，轻巧地说："今天晚上我让它们给你去按摩，就服务你一个人。"就像期盼已久的爱情终于回来了，花彩芳感动地哭了，亲人哪……

警方在炕席底下搜出两万多块钱。刘翠枝说是她的，警察说："你神经受刺激了，这些钱在人家的家里，怎么可能是你的？"六翠枝气得叫，说："这钱都是我爸送来的，不信你问红莲。"红莲只摇摇头，连话都懒得说。村里人说："红莲上班很忙，有半年没回家了，这次回来真是迫不得已。"刘翠枝说："我家的钱都有记号，都在左下角有个竖道，是用圆珠笔画的。"警察仔细一看，果然很多都有。

刘翠枝说："我知道我爸总给曹大拿去送钱。就是因为生气，我才做了记号。"

七二干到一半，有点儿想打退堂鼓。她发现，无论自己怎样努力，也休想把这屋子收拾干净。她有点儿后悔自己给自己找了麻烦。七二抹窗台上的灰尘时，是穿鞋上炕的。曹大拿说："你咋不脱鞋？"七二说："我的鞋底比你家的炕都干净。"有风形成对流，屋里的气味淡了些，可屋里一些长着翅膀的生物争先恐后往外飞。曹大拿发现了，赶紧说："快把后窗关上！"七二无动于衷，一个瘫子说话，不足以让七二响应。她把抹布叠了许多层，最后一面用完时七二跳下了炕。七二轻巧地往下一跳，离曹大拿大约有一米的距离。悲剧就是在这个时候发生的。七二两条灵巧的腿还没落地，曹大拿从屁股底下摸出了手机，朝七二的头部砸去。从触点和手机摔散架的情形分析，曹大拿使出了壮年男人的力气。

曹大拿现在都还活着。

图书在版编目（CIP）数据

贤人庄 / 尹学芸著 . -- 石家庄：河北教育出版社，
2022. 10

（年轮典存丛书 / 邱华栋，杨晓升主编）

ISBN 978-7-5545-7183-5

I.①贤… II.①尹… III.①中篇小说 – 小说集 – 中
国 – 当代 IV.① I247.5

中国版本图书馆 CIP 数据核字（2022）第 156163 号

年轮典存丛书

书　　名	贤人庄	
	XIANRENZHUANG	
作　　者	尹学芸	
出 版 人	董素山	
总 策 划	金丽红　黎　波	
责任编辑	程亚星	
特约编辑	张　维　韦文菡	

出　　版	河北出版传媒集团	
	河北教育出版社 http://www.hbep.com	
	（石家庄市联盟路 705 号，050061）	
印　　制	天津盛辉印刷有限公司	
开　　本	787 mm × 1092 mm　1/32	
印　　张	9.25	
字　　数	177 千字	
版　　次	2022 年 10 月第 1 版	
印　　次	2022 年 10 月第 1 次印刷	
书　　号	ISBN 978-7-5545-7183-5	
定　　价	48.00 元	